帰郷

JirO OSaraGi

大佛次郎

P+D BOOKS
小学館

目次

孔《く》雀《じゃく》

「いかがです？」

と、画家は連れを返り見た。

「なかなか景色の好いところでしょう」

一時間ばかり前に、強いスコールが過ぎて行った後で、くすんだ赤瓦《あかがわら》に白壁の多いマラッカ(※1)の町は、繁《しげ》る熱帯の樹々とともに、洗い出されたように目に鮮やかな色彩を一面に燃え立たせていた。雨雲の一部が裂けて、凄《すさま》じいばかりの日光が降りそそいでいる。町を縁《ふち》取っている海は、まだ黒雲の下にあって、泥絵具で描いたように光のない灰色をしていたが、これもやがて晴れて来るので、見ている間に、青みをさして変化して来る。その青い色が、まだ極めて沈鬱《ちんうつ》な調子のもので、遠景に長く突き出している椰子《やし》の林ばかりの黒い岬とともに、光の氾濫した町を一層絢爛《けんらん》としたものに見せているのだった。刻々と、その光は動いて、海の上にはみ出して行こうとする。

「ちょうどいい時、来たんですなあ」

と、画家は向きを変えて、ゆるい坂道を前面にある昔のキリスト教の寺院が廃墟となって、四方の壁だけ大きく立っているのを見上げながら歩き出した。

丘の斜面の芝原で柄《え》の長い鎌をふるって草を刈っていたマレー人が、二人を見て高野左衛子《さえこ》の日本の着物の姿に驚いたように手をやすめて突立って見ていた。日本人が出会って見ても、この南方では、はっとして眺めるほど、純粋の日本の夏姿であった。いや、昔の東京の町なかでもホテルのロビーにいる時か、歌舞伎《かぶき》の廊下でも歩く時でないと、芸者でない限り、これまでに、大胆に人目を惹《ひ》く身なりを、しかもきりっとした感じに着こなす女は見られない。

高野左衛子は、内地の生活では洋装一点張りだったのが、シンガポールへ来るようにきまると、普通ならば和服に慣れた者も洋装に変えるところを、逆に、日本の夏の着物や帯を揃えて持って来た女で、落ち着いた好みに、どこの令夫人かと町で人を驚かすかと思うと、思い切って派手な白縮緬《しろちりめん》の染浴衣《そめゆかた》で、平気で自宅で客の前に出ていた。

「驚いていますよ」

「え?」

「いや、あのマレー人の先生が、あなたを見て吃驚《びっくり》しているというんですよ」

過去にただの磨き方でない時期があった(※2)と知れる。白い顔の皮膚がしっとりと輝くようなのが、笑って、

「お化《ば》けだと思うんでしょうか」

「いや、きれいなものは、風俗の違う国へ行っても、きれいに見えることは、間違いない」

「小野崎さんは、お口が上手ですから」

「いや、そうじゃない」

ブンガ・チナ(※3)の大きな木が一面に大輪の白い花を付け、雨後のせいで強く匂っているのを見上げていた。

その花の匂いだけでなく、どの木も草も匂っている。土も匂っている。寺の廃墟の内部に入ると、屋根はなく、筒抜けの青天井で、四方の壁の隙間にも、小さい木が枝を伸ばして髯《ひげ》を生やしたように繁っていた。毀《こわ》れた窓からは青い海が覗《のぞ》いている。

「あら、空《から》っぽ？」

「ポルトガル人が建てたのが、和蘭陀《オランダ》人が攻めて来た時毀してしまったんですね、古いものなんです。千六百何年っていうから、ざっと三世紀昔のものだ」

何もない内陣の石の床に、羅典《ラテン》文を彫刻した平たい大きな墓石が寝かせてあるのが、織田信《おだのぶ》長《なが》の時代に日本に切支丹《きりしたん》の布教に来たフランシスコ・ザビエル(※4)の遺骸《いがい》が、この下に一時埋まっていた位置を記念するものである。その他にも幾つかの同じ形の墓標が、船の画や、紋章らしいものや文字を彫刻して残っているが、昔あった位置もわからなくなっているらしく、壁に立てかけて並べてある。頭蓋骨《ずがいこつ》に、骨を二本組み合わせて、墓には不似合いに感じられる絵もあった。

しかし、これは左衛子には、あまり興味のないことらしく、あたりを見回していた。外陣の床も草で一面である。小鳥が外の木の繁みに隠れて啼《な》いているだけだ。

「これだけです」

「でも、いいところね」

「いつか来た時は、朝だったせいか、蝙蝠《こうもり》が幾つも飛んでいましたっけ」

歴史という考え方が、画家の頭に浮かんだ。

「最初に、ここに土人の王朝があって、そこへポルトガル人が攻め込んで来て城を作ったのを、和蘭陀人が来て占領し、その後で英国が手を入れたんですね。それから今度は、日本人が来て……この後は、また、どこの国が来るんでしょうかね。黒子《ほくろ》のように小さい土地だけれど」

「外の景色がいいわ。小野崎さん、どこか写生をなさるの」

「あなたに待って頂くのは、お気の毒ですから」

「いいんです。あたし、アブドラに運転させて、町の方を見て、いい時分にお迎えにまいりますわ」

「それァ有難いんですが、買物をなさるにしても、もう町には何も残っていないでしょうよ」

「女だけで危険なことはございますまいね」

「いいえ、もう静かな、人気《じんき》のいい町ですから。僕なんか、のんきに、ひとりでどこへでも入って行きますよ。やはり歴史のある古い町ですから、シンガポール辺りの人間ばかりうようよしていて人気の悪い新開地と違うし、とにかく小さいんです。自動車でしたら、往来にいる誰かを探そうとなさったら、二十分も走らせたら必ず、どこかで見つかるでしょう。そんなに狭い……」

運転手は、芝刈りのマレー人のところへ行って、ふたりとも悠長に芝に腰をおろして話し込んでいた。

「ドラ！」

と、名前のアブドラをちぢめて澄んだ声で左衛子が呼ぶと、小腰をかがめて敏捷《びんしょう》に、自動車のところに戻って来た。やがて自動車はエナメル塗りの背を光らせながら、ゆるやかに坂を降りて行き、青い樹立《こだ》ちの陰に姿を隠した。

「買出しだな」

画家は、こう思うのだ。高野左衛子はそういう女なのである。椰子の林が、黒い花火を連発したような形で海を縁取っているデュフィ(※5)好みのマラッカの明るい風景や、三世紀も昔に日本にも来た耶蘇《やそ》(※6)の坊さまの墓などには興味はない。もっと、彼女は、現世的な本能を働かして動いている。

どういう由縁《ゆかり》があって、左衛子が海軍の特別の庇護を受け、三十そこそこの若さでシンガポールに来て、高級な料亭を開いているのかは画家もまだ知らずにいるが、静かで貴族的な容貌に、目立って実際的な欲望が組み合わさっていると知っても、別に驚かないのだった。

画家は、拳闘家《けんとうか》のような巨《おお》きな肩をして見かけは堂々としているが、もう五十に手がとどいていて、髪など白い方が多く、青年ばかりの従軍作家の中では変わり者扱いにされていたが、その代わり、安っぽく驚いたり腹を立てたりするような性質はなくなっている。

ほんとうをいえば、この小野崎公平は、自分を画家だとは思っていない。若い時代に画家として勢い込んで仏蘭西《フランス》に勉強に行ったのだが、巴里《パリ》に着いて美術館を回っている間に、最初の一カ月で画を描くのを断念してしまったという男であった。もともと画家としては頭の冴《さ》えた方の男だったし、古今の大画家の作品の前に立って、自分の才能の限度が見えてしまって、勉強しても無駄だと思い込んだのである。それからは、だんだんと身を持ち崩して、ぽん引き同様の留学生相手のガイドから寄席《よせ》の楽屋番までして、日本に帰っても画を出さずに、美術批評をしたり、画商の真似《まね》をしたり、新劇の舞台裏で働いていた。そこへこの戦争で、内地にいては食えないと見ると、急に画家に戻って運動して軍属となって従軍した。巴里でやっていたように、もぐりの生活法であった。お座なりのスケッチで、画に素人の軍人をだますのは易しかった。ところが、他にすることが何もなかったという事情もあろうが、南方にいる間に、ほんとうに自分で画を描きたくなっているのを知って、自分が先ず驚いたものだった。熱情が復活して来たのは、幸福であった。

命令次第で危険な前線近くまで出ることもあるので、暢気《のんき》だが、どこかに死の影を予覚して、生きている間に何かしたいと思うようになったのかも知れぬ。

このマラッカの町は以前に訪ねた時から気に入っていた。色が複雑だし、静かな環境で、それも、過ぎた歴史の影が、土にも木にも滲《し》み込んでいるような気配が、文学書なども読むのが好きだった彼に、暫《しばら》くでも戦争を忘れさせてくれるのだった。

画家が丘の樹立ちの間を歩き回って、漸《ようや》く場所を決めて絵具箱をひらいた時分に、高野左衛子は町にある印度《インド》人の貴金属商の店を見つけてアブドラに自動車を停めさせていた。表通りだが狭く汚い町で、その店だって小さくて、唯一のガラス棚の中には耳飾りの類を貧しく陳列してあるだけで、はだかの土間には、印度人が噛んで吐き出す檳榔《びんろう》の実の唾《つば》が、血のように散らばっていて、足を入れるのが気味が悪かった。

麻の服を着て、鬚のたくましい印度人が、椅子から立ち上がって、左衛子を迎えた。

「ダイヤモンド、ない？」

自由なマライ語であった。

印度人は、ターバンにつつんだ頭を、横に振った。

「ございません」

左衛子は、独得の鉛色の顔に白眼が際立っている相手の笑い方に、隠れているものを読み取っていた。

「心配ないのよ。蔵《しま》ってあるんでしょう」

「ルビーだけ」

「じゃァ、お見せなさい」

真昼の外の光が強烈だから、店の中は薄暗いが、自動車を走らせて風を受けて来た者にはむし暑かった。左衛子は、日本の扇を帯から抜き取りながら、往来の方を見た。日本人は絶対に通らなかった。マライ女か華僑《かきよう》(※7)の男が歩いて過ぎるだけで、筋向こうの店は空家のように埃《ほこり》によごれて戸が閉まっているのは、何の店か、もう売るだけの商品を失くしたものに違いなかった。その屋根の上に、同じ塔を二つ並べた教会らしい建物が伸び上がっていた。暗緑色に塗って、青い立木とともに、乾いて侘《わび》しい風景である。左衛子は知らないが、ザビエルを記念した寺院であった。ルビーを数種類見て、黙って、その一つを言い値で買い、軍票で支払いなが

ら、

「ダイヤ、あるんでしょう」

ルビーは、そう追及する前提として買い取ったものであった。果たして印度人の態度は変化して来ていた。

「ダイヤモンドは、日本軍が命令で買って行ったから、なくなりました」

「でも、一つや二つは、残っているでしょう。シンガポールでも華僑の店に行けば、ちゃんと奥から出して来て見せてくれるのよ」

「あっても高いです」

「お見せ」

たくましい傲慢《ごうまん》に見えた鬚面《ひげづら》は、ついに、譲歩の色を見せた。三カラットばかりの大きさのダイヤモンドは、左衛子の華奢《きやしや》な指に捕えられて、皮膚にプリズムの光を散らした。

「もっと大きいのが欲しいわね」

乞食が左衛子を見つけて、店頭に立った。これ以上は瘠《や》せられないというくらいに肋骨がむき出して、足の脛《すね》など、杖のように細い印度人であった。それと見ると運転手のアブドラが口ぎたなく叱りつけてから、かねて主人に言いつけられているとおり、自分が小銭を出して、追い払うのだった。

確かにマラッカは小じんまりした町であった。さかり場の広い通りは、五分も自動車で走ると、カンポン(郊外)の風景となって、人家がとぎれ椰子の林や畑が現われて来る。床の高いマライ人の住家が見つかったら、たちまちに町は終わるのだ。

「チャイナ・タウン」

と、左衛子は、運転台のアブドラに言いつけた。富も物資も南方では英国人が立ち去った後は華僑が一手に収めているからだ。

人家の間を流れるマラッカ川は、掘割のように水が濁《にご》っていて動かない。華僑の町は、そこの橋を渡ってから、海岸に沿って長く続いている。それも商店街となっているのは、橋の付近だけで、その奥は、シンガポールあたりの富裕な人たちの、隠宅や、大住宅が軒を並べていて、白昼も門の扉を固く閉ざして人通りも稀《まれ》な閑静な屋敷町が続くのである。建て方は、どれも同じ様子で、瓦屋根《かわらやね》に反《そ》りを打たせ、壁が白い表構えに、板の厚い塗戸を左右から閉ざした門の真上には、漆塗《うるしぬ》りの大きな文字の額を掲げて、

天官賜福

五福臨門(※8)

といった風の文字を彫《ほ》って朱や碧《あお》を塗った聯《れん》(※9)をかけてある。客が外に立って案内を乞《こ》わない

限り門をあけないので、内部に住む人の声も往来に漏れず、この炎熱の白昼に、この町の生活はまるで密封されたようにひっそりとしているのだ。左衛子のような外来者から見れば、空家ばかりの街を見るような工合《ぐあい》で、ただ自動車を一直線に走らせるだけのことである。

印度人の店で、左衛子が買い入れたダイヤモンドは三顆《か》(※10)であった。まだ他にも同じような店がありそうに思って窓から探しているのだが、城のような家ばかりが隙間もなく並んでいる閑静な町の外観は、失望に値した。マラッカは金持ちが隠居する町だと聞いたので、宝石商は多いものと期待して来たのだった。

「帰りましょう」

左衛子は、丘の上で画を描いている画家のことを思い出した。

自動車を返して、さっきの橋の付近まで来ると、前方の通路の中央に自動車が停まっているのが見えた。自動車は殆ど全部徴発して、軍の日本側の主な機関が使用していたことで、左衛子は近寄りながら、その車の乗り手に注意した。高級車のキャディラックの新式のものだった。

これがパンクしていたので、タイヤを取り換えるので、人は降りて道端の樹の陰に立っていた。防暑服の若い海軍士官に、ヘルメット帽をかぶった背広の中年の紳士である。先方からもこちらの自動車を注意して見まもって待っていた。

「あ!」

と、左衛子は急に、

「ドラ、停めて」

急停車した勢いに舞い立った埃を、ヘルメット帽に手をかけ顔をそむけて避けた平服の紳士は、セレター根拠地の参謀の牛木大佐で、左衛子がこれまで客として観察して来た限りでは、先任参謀の威厳を保とうとしているのか無愛想で、うちとけにくい人柄であった。

「パンクでございますか」

大佐は、例の、木の実を嵌《は》めたように堅い、きびしい目付きで見まもっていたが、

「君は、また、ここに何をしに来たのだ?」

質問の意地悪さを感じながら、

「マラッカを見ていなかったものですから、報道班の画家の方に、案内して頂きましたの」

「見物?」

「ええ、まあ」

にこりとして、大佐の連れの副官の若い中尉《ちゅうい》の、これは帝大出で、心安くしている方にも会釈を送った。

「見物の時期でもなかろうが、連れはあるんだね」

「ええ、お仕事をしていらっしゃるんです」

大佐は相変わらず棒のように突立っていたが、

「それで、今日中に、昭南(※11)に帰るつもりか」

「ええ、店がございますから。でも、お車は大丈夫なんですか。ご用をお急ぎのようでしたら、手前どものを差し上げても……」

「いや、それまでのことはない。しかし、単車で夜道になると、途中が危険だから、帰りは急ぐか、どこかで私たちを待って一緒に行くといい。昼間はよいが、夜はジョホールの辺が近頃、物騒のような情報が入っている」

「何か出るのでしょうか」

無邪気らしい驚き方を見せて、左衛子は成功した。

「それァ……」

と、大佐は、初めて笑って見せて、

「ゲリラ(※12)も出るが、あの辺は虎の出る名所だ」

「こわくございませんわ。虎でしたら、皆さんのを拝見して慣れておりますもの。先任参謀はご承知ございますまいけれど、この今西中尉も虎の方では、なかなか有名でございます」

若い中尉は、顔を赤くして、

「おい、マダム」

牛木大佐も笑って見せたが、何となく別の思念にとらわれているような他所他所《よそよそ》しい笑顔であった。

「危険を、その調子で甘く見るからいかんのだ。やはり我々について一緒に帰った方がいい。単車は危険だ。それからだな。ついでのことに、君、これから我々の行くところへ一緒に行って、ある人に、君の純日本風の姿を見せてやってくれぬか」

「どちらへか？」

「堅く断わって置くが、」

結論を下す例の軍人の流儀であった。

「今日のことは堅く秘密にしておいてもらわぬと、いかぬ。牛木の私用だが、どこへ行って、どんな人間に会ったか、ということを、女将《おかみ》の胸にだけ、おさめて置いてもらうのだ」

無名氏

平服でいるせいか、話していると、牛木大佐も日頃とは違って、うちとけた調子を見せた。多勢の部下の前にいる時とは気分が違うのであろう。

「その画描《えか》きさんは、どこで待っているんだね。ほっとくのも、悪かろうが、ざっと一時間は待ってもらうことになる」

「平気な方なんです。スケッチを始めると一日中でも、ひとりでいる人ですから、あたし行って断わってまいっても、いいのですが」

「いや、後で副官をやろう。場所さえ判っておれば。……日本人は、算《かぞ》えるほどしかいない町だろうから」

大佐は、ヘルメット帽の庇《ひさし》が影を置いている顔で沈黙した。いつまでも平然として無表情でいられる黙り込み方であった。

「どちらへ、おいでになるのでございます」

大佐は、木の実のような形の目で見返してから、まったく別の返事をした。

「和服の女なんて、この十年は見たことのない男だろうね。だが、用談があるので、その間は、君にも遠慮してもらう」

「やはり、海軍の方……?」

「いや、そうではない」

また、きびしい感じの、話の継穂《つぎほ》のない返事であった。

タイヤの修理は終わっていた。各自の車に戻ると、大佐の自動車を先に、左衛子がたった今通って来た道を走り始めていた。暑い風が窓から入って来た。

へエレン・ストリートと、金属板に英文で町名が標示してあったが、白壁に密封されて、門並に堅く塗戸を閉ざしたあの華僑の住宅街である。目的の家が近いことは大佐の車が際立って速度を落として徐行し始めたので知れた。左衛子が見ていると、案内役の副官が、窓から首を出すようにして、一軒ずつ、門を見ている。そして、自動車は急に停止した。

日ざかりの道路に影を黒く副官が降りた。アブドラが扉をあけて左衛子も降りようとすると、若い中尉は真っ直ぐに歩いて来て、

「暫く、……そのままで待っていて下さい」

大佐も降りないで前の車の座席に白色の背中を見せていた。中尉だけが、二段の石階を昇って行き、片側の壁にあけた小さい耳門《くぐり》の呼鈴を押した様子で、立って待っていた。姿勢はよいのだった。

殆ど人通りはなく、街は岑閑《しんかん》と陽に輝いて静かである。左衛子は、中尉が待って立っている頭上に、筏《いかだ》かずらの木が繁っていて紅い花が壁に垂れているのを見た。自転車が遠くから走って来たが、近くなるとこれが日本の陸軍の兵隊で、憲兵の腕章を付けていたが、華僑の家の前に停まっている自動車を怪しんだ様子で、徐行しながら覗き込むように見まもって通った。

マラッカの華僑の大住宅は、道路に面して表構えがどれも同じ形式を採っているように、家の内部に入って見ても、様子がほぼ似たものである。間口は狭いが建物は細長く、奥行きが深い。ヘエレン・ストリートに門があると、家の裏手は海の潮に直接に触れている。つまり、道路と海との間の短冊《たんざく》のように細長い地所を、どの家も一杯に塞《ふさ》いでいるのである。

門内の狭い庭から、すぐに玄関の客間に入る。石だたみの床に正面の壁に寄せて黒檀《こくたん》の卓を置き椅子を配してある。奥へ入る戸口は、この壁の左右にあって、敷居をまたぐと、同じような形式の部屋で、またその左右の戸口の奥が、これと同じ工合に、さらに後方の部屋に続く。正面の壁には文字の対聯《たいれん》(※13)を掲げたものもあるが、寺のように仏壇を置いた部屋もあった。

ある部屋の壁には、祖先から代々のこの家の主人だった夫婦の肖像を、額におさめて並べて飾ってある。これは、この家の歴史であった。最も古いものは、まだ写真のない時代なので、彩色した画像で、それも竜の模様を胸につけた孔雀の翅《はね》を帽子につけた清朝《しんちょう》の風俗の老人に、髪の結び方も違い纏足《てんそく》(※14)した太太《たいたい》(夫人)が、並んでいる。写真の時代に入ると、服装は南方の気候に順応した簡略のものになっているが、やがて一、二代で男主人は孫逸仙(※15)の写真にあるように詰襟《つめえり》の洋服を着ているようになり、夫人は、マレー風に更紗《さらさ》のサロンを腰に巻き、襦袢《じゅばん》のように前で合わせる薄い上衣と変化してくる。そして、次の代に来るものは洋服の背広だ。若夫人だけは現代に入ってもマレー風か、広東《カントン》あたりから移入される今日流行の支那《しな》服だ。故国を離れてここに根をおろして以来の家の歴史が、重々しく客を見おろしているのだ。

さらに人は、故国中国産の盆石や、夾竹桃《きようちくとう》の鉢植えのほかに、西洋人の彫刻になる童女や馬や犬の大理石像が部屋の装飾となり、また原色版の、狩猟や競馬の図が古風な書の額と並んで掲げてあるのを見るだろう。これは、オクスフォードやケンブリッジに留学した若い主人が、飾りのついた置時計などと一緒に英国の土産に持って帰ったもので、これもこの家の歴史の新しい頁《ページ》なのだ。

若い主人は、流暢に、倫敦《ロンドン》仕込みの本格の英語を話す。

こうして縦に並んだ居間の奥が、中庭のように屋根を抜いて、土間の石の井戸や、かまどのある厨房で、そこから階段が二階にある家族達の居間や寝室に昇っている。大きな木があって、片側から出た屋根の庇とともに、日陰を作っていて、並んだ水甕《みずがめ》の水に涼しい影を投げている。

下男が取り次いで来た牛木大佐の名刺をこの家の若主人が受け取ったのは、二階から階段を降りる途中であった。

若主人は、小肥りの軀《からだ》に鼠《ねずみ》色の背広を上手に着こなして、頭もきれいに撫でつけて、髪を光らしていた。

「日本人？」

と、強く問い返してから、無言で厨房の土間を奥に入って行った。

内庭を向こうから囲むようにして母屋《おもや》とは別の一棟がある。昔マラッカの海が現代ほど遠浅にならず、貿易がさかんだった時代には、ジャンク(※16)をすぐ岸まで寄せ荷揚げをしたので倉庫に用いられた建物だが、貿易の繁栄をシンガポール港に奪われて、マラッカの華僑の家が静かな隠居所や住宅に変化して以来、用のない部屋となって一部の屋根は破れたままでいる。

若主人の葉氏は、そこの戸口から入ると、

「シイサン（先生）」

と、呼んだ。

どこも空室で、ガラス窓越しに海が見えているのだが、一番奥の部屋から人の声が答えた。

葉氏が、その部屋の戸口に立つと、ヴェランダのような海に向かっている縁から、籐椅子《とういす》を軋《きし》ませて、身を起こした人物がある。

「お客さんですよ。日本の海軍の士官」

葉氏の言葉は英語だった。手にしていた名刺を見たが、中国人でいて、葉氏は漢字を僅かしか知らないので、特に日本人の名刺はよく読み下せないのである。

無言のまま、その人は立ち上がって来た。裾の長い、薄青い支那服を着た体格は、南方にいる中国人には珍しく肥っていて、顔も色白で、頬の肉付きよく、柔和な福相であった。名刺を受け取って読むと、急に顔に血の色がさした。若く見えるが、五十前後の年齢らしいが、皮膚が子供のように美しく染まった。

「心配しないでよい」

と、これも流暢な英語で言って、

「これは私の古い友人なんだから。多分、この間やった手紙を見て、訪問して来てくれたんだろう。ひとりですか」

「私は知らない」と葉氏はまだ不安らしい面持《おもも》ちで答えた。

「連れがあるかしら？　私は、このカードの男にだけ会いたいのだが……葉さん、そう話してくれませんか。他の人間がいたら外に待たせて置いて……構わないから、この男だけ、この部屋に案内して来て下さい」

「イエス、オーライト」

若主人の葉氏が出て行くと、男は、名刺を見なおした。柔和な顔に普通でなく烈《はげ》しく動いたものがあった。その興奮を抑えると、窓に近寄って日が一面にあたっている海の沖を見まもった。

海は、この建物の土台となっている石段の真下に来ているのだが、潮が退いて、近くには泥の州《す》が醜《みにく》く現われていた。厨房の内庭に生えている巨樹は、この家の屋根を越えて、太い枝を伸ばして、熱帯樹らしい大きな形の葉の繁りに、この窓に邪魔な目隠しを付けている。陽はさしていながら暗緑色に見える海の沖は、木の葉の間に挟《はさ》まっているのだ。涼しい代わりに薄暗いこの部屋には、中国風の簡単な寝台に、大きなトランクが一個、他に数冊の洋書があるだけだった。

牛木大佐の足音が、厨房の庭を横切って接近して来た。

屋内に入って来て、板敷の床に歩調の正しかった靴音は、部屋の入口で停止した。ヴェランダに立って海を眺めていた人は振り返った。牛木大佐が、例の強い調子で見まもっているのとちょうど目が合った。

「守屋」

と、大佐は押し出すようにして、

「生きておったか。貴様」

無言のまま笑って、これも強い目で見返していたが、

「貴様、か?」

と、妙に孤独な感じで、その人は呟いた。

「久し振りで、俺をそう呼ぶ奴に出会ったものだ。何年目か知らん。しかし、俺の名を忘れんで来てくれたものらしいな」

「手紙を見てたまげた。それも、横文字で名が書いてあるのでは、ぴったりせぬ。キョウゴ・モリヤとは、誰かと思った」

「何より元気なので結構だ。しかし、……貴様、もう大佐だと！」

「そんなものらしい」

と、牛木大佐は笑った。

「だが、貴様、どうしてこんなところにおる？」

「国籍もどこにあるか覚束《おぼつか》ない人間が、どこにいようが不思議はないはずだが、しかし、実はさすがの俺も驚いたのだ。スマトラのサバン(※17)から船でシンガポールへ入ったらこの戦争じゃないか。俺の船はプリンス・オブ・ウェールスが出動して行くのと、港の入口ですれ違ったが、まだ戦争とは知らなかった。上陸して、否《いや》も応もなく、そのままシンガポールに足留めだ。日本の爆撃機が頭の上の空を飛びおった。海軍機だなと思い、実に何ともいいようのない心持ちがした」

「そうだ、守屋」

と、大佐は、深く頷いて、

「貴様が、それに乗っていなかったとはいえぬ」

「そんなことは考えなかった。それよりも、自分の命のことだった。俺がここで帝国海軍の爆撃で死ぬかも知れぬということだった。運命の奴が、皮肉な、しめくくりを付けようとしている、としか考えられなかった」

「何のために、シンガポールに来たのだ」

「欧羅巴《ヨーロッパ》へ帰る汽船をつかまえるためだった。実に、それどころか！」

と、童顔に苦笑が浮かんだ。

「それから、陸上部隊のシンガポールの攻撃だ。死ぬまで日本人に会っても知らぬ顔をしていようと決心していた俺の前に、兵隊が出て来た。職業軍人だったら、俺はそっぽを向いて通る。しかし、無邪気な、何も知らぬ子供のように若い奴らだったのは、見ていて変に切なかった。帰りたくない日本に無理やりに帰らされたのと同じことだった。いや、あるいはそれ以上だった」

「日本の兵隊と話したのか」

「話した」

と、明瞭に答えてから、

「しかし、守屋恭吾としてではない。ただもう、日本語の喋れるエトランジェとしてだ。それに、あの連中は欧羅巴《ヨーロッパ》のどこかで出遭う日本人とは違って、意地悪く人のことを詮索しようとしない。時には、ひどく心を動かされたことがあった。つくづくと悪い戦争を始めたなあ、そう思わないか、君」

その話になると、牛木大佐は、この昔の同僚に対しても、急に、顔をきびしくしたまま、返事をしなかった。軍人は、上官の命令で行動するだけだ。相手も、それを知っているはずなのだ。無言のまま、こう抗議しているようだった。

「僕が、欧羅巴に留まっているものだったら、祖国の運命がどう成ろうが、もっと平静に見ていられたかも知れないのだね、しかし、まったくの偶然で、シンガポールにいて、外に出れば一々ぶつかりそうに日本の兵隊を見ている、時には言葉を交える。となると、やはり違うのだ。つらいことだね。この戦争は敗けるね。君はそう思わないか」

牛木大佐は硬い表情で笑った。

「何とも言えぬ」

「………」

「その話はやめてもらおうじゃないか」

「そうだ、そうだ、俺は地方人だ。いや、もっと悪く、もう、日本人じゃないのだから」

「貴様、海軍に戻って……死場所を得ようとは思わなかったか？　方法もあるような気がして今日も来たのだが」

「友達の親切として言ってくれたものと考えて置く。しかし、言わしてくれるなら言う。公金費消者、横領を働いて外国で失踪した人間を、二度と使うほど、帝国海軍が、がたがたに成って来ているのかね」

「そんなことは、貴様にも言わせぬ」

牛木大佐は、顔に朱《しゅ》をそそいで、怒った。しかし、すぐ自制したらしく、

「俺は、事情は聞いていた。貴様が、そんな破廉恥《はれんち》の奴じゃないと知っていた。気性から、ひとりで罪をかぶってしまったのも、うすうす、感じていたのだ。そうだろう? 守屋」

「気の毒がってくれるつもりでおるのかね」

と、恭吾は静かな語調で言った。

「要らぬことだ。十何年も外国に暮らしていると、そんなセンチメンタルな気持ちも失くしてしまうものだ。僕はユダヤ人のようなものだよ。正直に言えば、君と話していて、ひどく戸迷いする。どこかが食い違っていて話がしにくい。辛《から》くも昔を思い出して、そうだ。牛木はあの時分のまま真っ直ぐに育って来たんだな、と、こっちのレンズの焦点を調節してから、君がどこまでも軍人として正気でそう言っているのだと気がつくのだ。第一、君は早晩この戦争で死ぬつもりでいる。軍人の覚悟のことじゃないよ。物の見えない男じゃないから敗戦を予定して

「……」

「よせ」

と、鋭く大佐は叱咤して椅子から腰を上げた。

「日本の着物を着た美人を見せてやろう。こんな話をしに来たのじゃない」

意外な言葉を聞いたというように、守屋恭吾は、牛木大佐の顔を見まもっていた。

「君は僕を、どこかへ連れていくというのかね?」

「いや、貴様に、日本美人を見せてやろうと思って、途中で拾って来たのだ」

「そうか。連れというのが女か。しかしそれは後でよいことだ。牛木利貞が参謀《さんぼう》になって来ていると聞いても別に会いたいとも考えなかった僕が、危険を憚《はばか》らず、あんな手紙を出したのには、少しわけがある。僕が世話になっているこの家の主人のシンガポールの住宅を海軍が何に使うのか徴発命令が出ているのだが、老夫人が病気で、動かしたら命の危ない状態にあるので、何とかしてもらえないものかと思った。料理屋か何かを設営するのだったら、他の家を代わりに提供するから病人を動かさないで済むようにして欲しい。必要が万巳《ばんや》むを得ないものなら、病人を移すのに軍から自動車を出してもらえまいか? ご承知のように華僑は、自動車も自由に使えないのだから」

「そんな件なら……貴様をわずらわさんでもよかったろうに」

「いや、そうでなかった。軍の主計も末端の奴になると、華僑の陳情も聞いてくれぬらしい」

「引き受けた。シンガポールのどこにある家だ？」

「書いて置いた。これは、恩に被《き》る。外国人として自分が一方《ひとかた》ならぬ世話になっていながら、こちらからは、何も出来ぬというのは、苦しかった。そうしてもらえるものだと有難い。家長の老夫人のことなので華僑の家としては、実に重大な一族全体の心痛の種になっていた。引き受けてもらえるのだね？」

「帝国海軍は、そんな、けちなことはせぬはずだ。確かに牛木が承知した」

「有難う。たった、それだけのことで、いそがしい君に迷惑をかけたのは済まなかった。ことに、君自身わざわざ遠いところを訪ねて来てくれた親切は、忘れることでない」

牛木大佐は、窓に木の枝のかぶさった部屋の鬱陶《うっとう》しさを感じていたのである。

「それだけのことか？」

と、言って、

「しかし、貴様、戦争中ずっと、ここにおったのか」

「いや、ここに移ったのは最近だ。実は、お願いしたシンガポールの家におった」

「憲兵が煩《うる》さいようなこともなかったのかね？」

「旅券が中国のものだ。欧羅巴から来たと知れたら厄介だろうが、この家の主人は無論だが、事情を知っている人々も華僑は口が堅いから、お陰で無事でいる。しかし君の連れというのに僕が会っても差支えないのかね」

牛木大佐は答えた。

「口留めはしてある。黙って平気で会えばよいだろう。誰も、守屋恭吾が何者か知っておらぬ」

「それも、そうだ。一旦、死んだことになっている人間だからな」

と、恭吾も静かな調子で微笑した。

「日本へ帰ると、僕の墓があるそうじゃないか」

客間は、床に石が敷き詰めてあるし、外光に遠く、空気が涼しかった。珈琲《コーヒー》と菓子、截《た》ち割ったパパイヤに銀の匙《さじ》を添えて出た。牛木大佐も人が変わったように寛《くつろ》いだ態度である。しかし、守屋恭吾のことを、どこの誰とも、左衛子に紹介しないで左衛子のことだけに触れた。

「高野女史、昭南で飲み屋をやっている」

「飲み屋は、ひどいでしょう」

と、大佐に抗議してから、左衛子は、恭吾の方に、

「どうぞ、お出かけ下さいまし」

　この支那服のひとが、日本人だとは、わかっていた。名前を知らされなかったのも、こうして華僑の家にいることも何か特殊の任務を帯びている人と見ただけである。

「なるほどねえ。日本の着物のひとは久し振りだねえ」

　恭吾は静かに言った。

「独逸《ドイツ》の田舎の小さな美術館で、歌麿《うたまろ》の浮世絵が出ているのを見て、妙に、はっとさせられたことがあったが……日本人には、やはり日本の着物は、悪くないものだなあ」

「欧羅巴からお帰りになりましたの」

「いや」

　と、牛木大佐の顔を見てから、

「欧羅巴に根が生えてしまったのですよ。しかし、美しいものですな。巴里あたりも女がお化粧が上手で美人もいるが……長くいると、デモンストラチヴ(※18)のところが鼻について来る。日本人も私ぐらいの年配になって来ると、どうも外国人はどんな美人でも、あくどくて重苦しいような気がして来ると見えてね」

「だが、日本だって変わって来ている。とにかく、こういう女性が、この辺まで勇敢に飛び出して来る時代だからな」

と、大佐が言った。

「これから、まだ変わって来るのだろう」

「戦争がね」

と、恭吾は言った。

「これが大きく風俗に影響する。勝っても負けてもだ。恐らく、今度で、日本の女も着物を捨ててしまうようになるのじゃないか」

左衛子が笑って言った。

「そんなこともございますまい。好いものはいつまでも残りましょうから」

「わかりませんね。中国人だったら別でしょうけれど、日本人はすぐ動きますよ。あまり、といってもよいくらいに、よく変わる国民ですから」

「いいえ、そんなことはございません。ことに、こんどの戦争で、皆さんが日本の古い良いところにお気がつくようになったのではございますまいか」

「その反動がやがて来ないとは誰も言い得ない。戦争の力は、どっちへ転んでも大きなものですからな。これァ戦争をする軍人が、存外気がつかないし、無関心でいることなんだろうなあ、牛木君」

牛木大佐は、無言でいた。恭吾は、それを無視して、言い切った。

「毀《こわ》れるのさ、全部が」

牛木大佐が、腕時計を見て言った。

「しかし、もう十四時だ。そろそろ引き揚げることにしよう」

「まあ、そう急がんでもよいだろうが」

「いや、明るいうちに帰ることになっている」

大佐が目で合図したので、左衛子と今西中尉は挨拶して先に玄関の庭に出た。

「話の件は、しかと、俺が引き受けた」

と、大佐は、恭吾の目を見て、言った。

「もっと、くわしく話す機会が欲しいように思うのだが」

「いや、ほっといてくれたまえ。君に迷惑をかけてはならぬ」

「守屋」

と、大佐は立ち上がりながら低く言った。

「俺も最近に、艦に乗る」

この言葉で、恭吾は、急に、怠《おこた》りのない様子になって、

「出かけるのか」

「うん、……そんなことで二度と、君を訪ねるわけには行くまいと思うから、とにかく、いつ

までも達者で暮らしていて欲しい」

初めて、恭吾は暗然とした面持ちを見せて、心からの握手の手を伸ばしていた。

「君のことだ。武運……というのか、それを祈る」

「俺は……」

と、牛木大佐は、無表情のまま、

「二度と、日本の土を踏むことはなかろう。ね、ところで、君は早晩日本へ帰れるかも知れぬ」

「なに！　何を言う？」

「いや」

と、大佐は、微笑を漏らした。

「何も言わんで置く。そうなるかも知れぬ。と、これは、牛木一個の考えだ。俺については、ひとり息子に先に行かれたことで、心置きなく、任務に就けるというものだ」

「息子さんが！　どこで？」

「ミッドウェイ(※19)だった。二十三歳だった。いや、失敬する」

姿勢よく出て行く大佐の後を、守屋恭吾は大股で歩いて追って行った。

「牛木」

振り向いたのを見ると、

「今にして、俺は若い日の軽率妄動を悔いる。しかし、この愚かな戦争で、貴様などが死ぬことはないのだ。何とでもして生きて還れ。生きていて戦争を早く止めるように……君の今の地位で……」

「遅かろう！　遅いのだ」

大佐は振り放すようにこう言って背を向けて自動車に乗った。お互いが食い合うような目で、顔を見合っていたのは、数瞬時のことで、車は、なめらかに滑り出していた。

「副官」

と、大佐は運転台にいた今西中尉に、

「憲兵隊へ車を回してくれ。迷惑のことの起こらないようにだめを押して行ってもらおう。さっき、曹長が自転車で見て通ったようだ。あいつ等は阿房《あほう》だ。つまらぬことも仕事にしたがる」

触手

遊園地でパークと称えられているのはマライ半島の都会には、どこにもある。中華民国の京劇、新劇だの、マライ人の芝居、映画劇場、ダンスホールなどが、囲いを設けて入場券を払って入る敷地の中に一かたまりに塊《かたま》っていて、昼間の炎熱が遠ざかってから、市民が涼みがてら入って楽しむ場所となっている。シンガポールの町に電球は著しく不足して来ていたが、一歩、このパークに入ると、驚くほど明るい。戦争はどこにあるのかと思うくらいに不夜城の灯の塊りと、浮き浮きした騒音に迎えられる。

このシンガポールの「大世界」は、規模も、無論半島随一であった。しかし、高野左衛子がいつものようにりゅうとした夏姿で自動車から降り、宵闇に裾にちらほらする白足袋を、見る目に印象づけて、ここのパークに入ったのは、映画を見るためでもなく、ホールに人を待たせているのでもなかった。

やはり、この内にある小さい床店《とこみせ》(※20)だが、仏蘭西ものの香水や粉白粉《こなおしろい》、アメリカの石鹸など、今は町には皆無になっている贅沢品をれいれいしく陳列して平気で売っている店であったからで、左衛子はコティ(※21)の化粧品など買うこともあったが、近頃はもっぱら、ドイツのバイエルの薬で、残っているのを物色していた。

ドイツが数年間孤立していた上に敗北したので、薬は新しく輸入されることはないはずであった。しかし、華僑の世界の不思議さは、頼んでおくと、数日後には必ず、左衛子の姿を見ると、その品物を黙って飾り棚のガラス板の上に出してくれた。軍の徴用で、姿を消したダイヤモンドが、筋道を辿《たど》り代価をおしまないと確実に手に入るのと同じことであった。そして、左衛子のこの薬の用途は、風変わりな方法で、そのダイヤモンドと関係があった。これはピラミドンや、オクサンなどの粉末の中に、左衛子が集めたダイヤモンドが上手に隠されて、もとのように封をして、どこまでも薬の瓶のように見せ、日本に帰国する海軍士官や報道班員の信頼出来る者の手に渡されるのだった。

「妹の持薬なんです。日本で手に入らなくなって困っているんですから、お帰りになったら、書留小包で結構ですから、とどけてやって頂けないでしょうか」

青年たちは悦んで、この美貌の女将に対して騎士の役目をつとめてくれた。

「いいとも。マダム」

軍人には税関の検査もなかったし、薬ならば荷にもならずにポケットに忍ばせることも出来た。

左衛子の用意は、やがて、戦争が日本の敗戦でおわると判断したからであった。一般人の一向に知らずにいることを、聴き取る耳があった。それとは見せず、いつも艶麗《えんれい》に、店に来る人、また出て行く人を送り迎えしていた。他人の運命には、彼女は冷酷であった。

急に強い雨が降り出して、パークの中の道路に溢れていた人出を、蜘蛛の子を散らすように、軒下や、芝居小屋の中に逃げ込ませた。

熱帯性の、まったく一時的なスコールなのだが、降る間は強烈で、京劇の舞台の音楽や歌声も吹き消していた。たちまち、地面に押し出した水たまりに、ネオン・ライトの毒々しい色が映っているのを、太い雨脚が水玉を踊らせて、攪《か》き乱し続けた。

左衛子は、ダンスホールの外房になっている喫茶店の卓をしめて、落ち着いて、雨の勢いを見ていた。中山服(※22)を着た中国人らしい紳士が、外から入って来て、濡れたヘルメット帽を脱いだ時、

「あ！」

と、思わず口走って、笑顔で立って迎えた。

男は、牛木大佐に連れられてマラッカの華僑の家で会ったことのある守屋恭吾である。

「やあ」

と、向こうからも、

「おひとり?」

「お濡れになりまして」

「急でしたな。空が暗いから、わからなかった。あなた、踊りにいらしった?」

「いいえ、やはり、雨やみです。ただ今は、こちらにおいでなんでございますか」

「やあ、ちょっと」

恭吾は、あいまいに、こう答えて、

「ご一緒になって、よござんすか」

軍人としては、珍しい丁寧なものを感じて、左衛子は華やかに笑顔をひらいた。

「どうぞ。わたくしも、ひとりでございますから」

「三十分は足止めですなあ。ビールでももらいますか、あなたは?」

「わたくしも、同じもの」

「ああ、そうだ。これは失礼した」

恭吾は振り向いて、給仕を呼び、すらすらと出る英語で、注文を下した。髪に白いものが混っているが美男であった。それもどことなく動作や顔の置きように垢抜けたものがあった。

「牛木、どうしましたね?」

「あらご承知ございませんの」

「出かけた？」

つつむように深く見まもって、

「そうですか、出かけましたか」

言葉は、異様に重く響いて、不意と、腹でも立てたように強く言い切って、左衛子を驚かした。

「自殺しに行ったのだ」

「………」

「いや、切ないことですなあ。皆、死にに行く。出かける奴はいいですよ。残って見ている側がね。奴の女房も私は知っている」

優しく見えるようにするのを忘れないが、咎《とが》めるような調子で、左衛子は相手の顔を見まもった。しかし、彼女は、危ないものに自分から触れて出るのを好まない。

言葉は、次のような形になった。

「戦争。どうなるのでしょう？」

守屋恭吾は、意味不明の笑顔を見せて、煙草《たばこ》の灰を皿に落とした。

「それァ、あなたの方が、よくご存じなのじゃないですか？」

技巧的に左衛子は驚いて見せた。

「あら、どうしてでしょう？　私などが」

「僕は、そう見ている」

やはり軍人の目つきだと思われるものが、恭吾の穏和な容貌に、流星のように光って、また消えた。

「軍の首脳部が隠そうとしているものを、あなた方は、不思議な本能で嗅いでいらっしゃる。知らないのは一般人、それも日本人に限られている。無論、兵隊たちは、無邪気に日本が勝つものと信じさせられている」

「私だって、勝つと信じております」

「と、仰有《おつしや》るのだ」

ぴしッと直接に皮膚に来た感じを、

「意地の悪い方！」

「そうじゃありませんよ。私は決して、悪い意味で言っているのじゃない。華僑が、戦争は日本の敗けともう知っておりますからね。最近の物価の上がり方をごらんなさい。これが、まるで晴雨計のように、戦況の間違いのないところを知らせている。私自身、華僑の中にはいって暮らしていて、彼等がどこから嗅ぎ出しているのか知りません。短波のラジオ受信器は残らず憲兵が召し上げて行ったのだから、重慶なり倫敦の放送は聴けないはずになっているんですが、それが、ちゃんと知っているんですね」

「………」

「そして新しい情報が、直ちに日々の物価の上にデータとなって現われて来る。日本の大本営発表が嘘をつき出したと、知れば知るほど、加速度的に物の値段があがる。五銭ぐらいだった蕎麦一杯が、もう六十円になっている」

ふいと、恭吾は、左衛子の顔に視線を向けて、

「ダイヤモンドだってそうでしょう。今、一カラット、どのくらいになっております？」

まだ強い雨の音の中で、左衛子は静かに微笑を作った。

「存じません」

相手は、深い沈黙を守っていたが、

「ご存じないと、仰有るんですか」

「さあ、おいくらぐらいでしょう」

「お隠しにならんでいいのです。今朝も、華僑のリャン・シャオの店で、相当、手に入れられたそうじゃありませんか」

これは左衛子に、ぎょっとして顔色を変えさせた言葉であったが、相手はそれに関《かかわ》りあいの

ない顔色で窓の外にネオン・ライトの色を映して滝のように落ちている雨の勢いを見まもっていた。道路の向こう側に、贅沢品の売店や玉ころがしのたぐいの、賭事の遊びの店が長屋のように並んでいる。その軒下には、マレー人が雨やみして列を作っていた。腰に巻いたサロンを裾をまくって、頭から、すぽっと被て、何かの塊りのように蹲《うずくま》っている者もある。

二の句が継げなかった左衛子は恭吾がそれだけ言ったきりで、また黙り込んだのに脅かされていた。どんな男にも気に入られると知っている柔かいしぐさで肱を曲げて左衛子は、髪に手をやり、上眼で、恭吾を見まもった。

彼の態度は、反応なく、突き放していた。

「何でも、ご承知でいらっしゃいますのね」

「私じゃない。華僑の仲間が何でも知っている。私は話に聞いてそうかと思うだけだ」

「少し誇張されていますわ」

また恭吾は、黙り込むのだ。壁が目の前に立つような工合である。しかも、この男は軍人らしくなく、どこかに人間が練れた感じの、穏やかなものがある。話の仕方から、それであった。牛木利貞大佐のように単純でない。耳に柔かいが、油断のならぬものが隠されていた。

「実によく何でも承知していますなあ。彼等は。……ここだけのことではなく、このシンガポールにいて、タイピンでどういうことが起っているか、仏印《ふついん》のサイゴンで何があったか知っているんですよ。インパールの前線で日本軍が散々に敗けていることも承知なら、総司令官が、後方の松や桜のある涼しい別荘地で、洋館の広間の天井の下に、瓦ぶきの屋根までつけた日本間の畳の上に暮らしていることまで、私の方が、彼等から知らしてもらうんですからね」

「風説だけのものもございましょうね」

「あなたのダイヤモンドの話ですか」

と、言って、

「はは、そう気にしなくてもいいですよ。女のひとは宝石類が好きなのだ」

「ええ、それァ……」

「それなら、あなたは、私が、日本が勝てないことをご存じでしょうと、言ったのを、そんなことはないとは仰有れますまいね。あなたは、用意がよいのだ」

また恭吾は、左衛子には横顔を見せて、外を見詰めた。

スコールの勢いは漸く衰えて来ていた。芝居小屋の方角から銅鑼《どら》や胡弓《こきゅう》が急に騒々しく響いて来るようになったのが、そのせいである。売店の灯で明るい路地にも黒く人の影が出て来た。

急に、恭吾が振り向いて、

「踊って見ますか?」

まだ、左衛子は、不安のままでいたが、この言葉で救われたように笑顔になって承諾した。

この不安の原因となっていながら、相手はそれを念頭から忘れ去っているように見えた。しかも丁寧だし、左衛子を先に歩かせてホールの方へ伴うのに、作法が、自由で楽々としていいたに付いた感じであった。

奥にあるダンス・ホールでは、バンドがタンゴの曲を演奏していた。ダンサーと踊っているのは華僑の青年ばかりで、日本人はひとりもいず、そこに降りると、左衛子の姿は、はっきりと目立った。

それが恭吾のリードで、ステップを踏み始めると、一層、水際立ってホール中の注意を呼び醒《さま》した。左衛子自身が、この相手の巧みさに驚いたまま、暫くリードを追うのに夢中になっていた。

「軽い!」

と、思わず彼女は口に出た。五十に近いと思われる恭吾の肉体に、殆ど予期していなかった軽捷《けいしょう》で、流れるように快い動作であった。漸く、それに随《つ》くことが出来て、呼吸《いき》が合って来た安心から、

「あたし、下手なんですの」

「どうして」

「でも、海軍の方で、……ほんとうに、びっくり致しますわ」

驚いていたのは、心や頭でなく、左衛子の軀《からだ》であった。その間も快く自由な運動に乗せられて動くようにされている。その軀に、この踊りの相手が、妙な風にして影を落とした不安が根をおろしたまま消えないでいながら、小気味よく二つの肉体が同じ線を描いて極まりながらも絶えず流れる形に、人の注意が集まっているのを意識すると、左衛子は我を忘れて夢中にならずにはいられなかった。

「楽ですわ」

「僕の仕込みが欧羅巴だから、もう古風の方なので」

「そんなこと！　本場のお仕込みなんですわ。バンドの人たちが見ています」

「それァ、あなたを見ているのだ」

短く、こう言ってから、

「あなたも誰かに運動して、出来るだけ早く、何か理由をつけて、日本へ帰った方がよござんすよ」

と、耳に意外なことを囁《ささや》いてくれた。

「長居すればするほど、碌《ろく》な目を見ませんからね」

「あなた様は、まだ、こちらに？」

「いや、戦争さえ済めば、こんなところにはいたくない。多分、また、欧羅巴へ帰るでしょう」

　左衛子は驚いて恭吾の顔を見た。

「日本でなくて！」

「多分、というよりも、先ず、そうなるのでしょう。それも仕方がない」

「羨ましいわ。欧羅巴へ、いらっしゃるなんて」

「そう、お考えになりますか」

　と、恭吾は、静かな調子で問い返した。

「幸福だとか、不幸だとかいう話でないんだね。そう出来ている、ということだ。となると、決して羨ましがって頂くことじゃないんです」

「お仕事で？」

　いや、というらしく微笑した。バンドは停止した。

　拍手に促されて、バンドは直ぐに次の曲の演奏にかかった。これは、賑やかなフォックス・トロットだったが、恭吾は、わざと間を抜いて、ゆるいテンポで、ステップを踏むようにした。左衛子は自分が再び水かミルクのような液体になって、とどこおりなく流れ出したような思いに誘い入れられ、動いている快さに目をつぶった。そして、恭吾のことを不思議な男だと思った。

ダイヤモンドの話を持ち出して、こちらを脅かして置いて、急に目を逸らして沈黙する彼と、こうしてダンスの相手になっている彼とは、まるで別の人間のような気がする。そして、鋭い話の切り込み方をして、また急に黙って外の雨を見まもる恭吾の横顔に、何とはなく孤独な感じの影があったような思いがする。恭吾が美男のせいもあろうが、どこかで何かの彫刻で見たことのある悲しい男らしい表情と同じものが見えたような心持ちがした。

目をあくと、彼女は、現在の感覚だけに酔っている華やかな顔立ちであった。

「では、間もなく、東と西にお別れするのでございますね」

「そんなことになりますかな」

「意地の悪い方」

「どうして？」

「どうしてって、……私は、淋しいことだと思いますわ」

「日本人らしいお言葉ですね。それも、あなたは僕に取って、なんでしょう？」

左衛子は、目で恨んで見せてから、

「どうして、そんなこと、仰有いますの」

「僕がヴァガボンド（放浪者）で、人ずれしてプラーゼ（※23）だからだね」

「……………」

「日本を離れて暮らしていると、感傷性って奴が、なくなりますよ。砂漠、そう、乾いた砂漠だ。それに慣れて見ると、その方がこの世は暮らしいいのです」

「もっと、静かなところで、お話を伺いたいんです。私の家へおいで下さいません？」

「お料理屋さんで、海軍の連中が来ているんでしょう、僕は……」

と、首を傾けてからきっぱりと言い出した。

「ただの兵隊なら別ですが、本職の軍人の顔は見たくない」

もとの卓に戻ると、スコールは止んでいた。

「ねえ。おいで下さいまし。ほかの方をお入れしない別の部屋だってございますもの」

と、左衛子は熱心に言った。

恭吾は、ゆるやかに笑って、目で、ふざけて見せた。

「いやだね。軍人の匂いがするだけでも、厭だ」

「だって、あなたは？」

「僕には、そんな臭いはしていないはずですよ。どうやら抜けて来たようですね」

そう言ってから、明瞭に言った。

「戦争っていうのは、一番大きな罪悪なんですな。私がヨーロッパへ帰っても、あちらも地獄のようになっているでしょうが、日本はもっとひどいでしょう。それだけは覚悟していらっしゃるとよい。何のためか？　なくてもよかった戦争のためなんだから、ひどい。なァに、勝ったって、地獄だ。もともと戦争って、そんなものなんですなあ」

「変わった方だと、思いますわ」

「憎まれるでしょう。非国民だ」

「そう。お家族の方は？」

ちらと、また相手の顔には沈んだ影が現われて、例の口重い調子で視線を、よそに逸らした。

「いましたよ。女房と、娘が」

「あら、どちらに？」

ゆったりと重く、それも、今度は、目もはっきりと、左衛子の追及に耐えていて、

「それァ日本です」

「では、離れて別々に」

「それァ、今は、どこでも珍しくないことでしょう？　それが戦争なんだ。あなたは、ご主人とご一緒？」

「いいえ、……」

と、自然に艶麗な笑顔に変わって、

「ひとり者です。これで」

「失礼。……海軍にだけ、そう発表してある?」

「とんでもございません」

「では、世界中で一番、気楽な身分だ」

「お嬢さまがおありでございますって? おいくつくらいにお成りでいらっしゃいます?」

「二十」

「お名前は、何とおっしゃいますの」

「伴子《ともこ》。いや、その話は、この辺で、止めて頂きましょうよ。もっと他に話すことがありそうなものだ」

「それにしても、宅へ……」

「いや、私の行くところに随いていらっしゃい。失敬だが、酒も、あなたのところより良いものがある。雨も、やんだでしょう」

「どちらへ?」

「黙って、随いていらっしゃい。あなたは、私に女房や娘のことを思い出させた。そいつを、もう一度忘れさせて下さる義務があるんですよ」

「ずいぶん、ご無理をおっしゃいますのね」

朝

豆腐《とうふ》街——と、どうした理由で付けたのか知らないが、シンガポールにしては妙な名前の町に、杏花村《きようかそん》という京蘇《けいそ》料理(※24)があって、日本人の商社の客を集めていた。左衛子も二、三度行ったことがある。徳川夢声が、この店の料理の味が一番うまかったと日本に帰って週刊雑誌に書いたのを、誰が親切に渡してやったのか、杏花村では雑誌の切り抜きをガラス張りの額に入れて客席の壁に人に見えるように掲げてあった。

人に案内されて自動車で行ったので、どの辻を、どう曲がって入ったのか覚えていないが、下町の雑然と建てこんだ華僑の街で、道端に老酒の甕《かめ》が積み上げてあり、子供たちが蝿のように群がって遊んでいるし、三階四階と上に伸びた建物の各階に競争のようにして洗濯物が干してあったのを覚えている。スコールで濡れた夜の街を自動車を走らせて、左衛子が守屋恭吾に案内されて行ったのは、どうも、その近くらしい。同じような町筋の、灯火管制下で、舗道だけ白く浮かんでいる真暗なところで車を降りると、独得の臭気が、すぐと鼻に来た。

閉めてあった戸をあけさせて入ったのは、戸棚も柱も黒光りした雑貨商らしい店だったが、木の階段を三階まで昇ってから、壁にあいていた戸口から、隣家の三階へ入り、空気の流通の悪い暗闇に人が寝ているらしいところを通り抜けて、もう一軒隣の三階に出た。

ここは料理屋の二階のように、廊下を隔てて小さい部屋に分かれていて、どの部屋にも電灯がともり、人の影が見え、麻雀《マージャン》のパイの音も聞こえていた。

さらに、ふたりは、そこから階段を四階に昇った。そして忽然と、洋式のロビー風の長椅子や卓を置いた明るい広間に出て、白服を着た給仕に迎えられていた。

恭吾が、流暢な英語で給仕と何か話している間に、左衛子は奥にある部屋に人が多勢集まっていながら、妙に静かに、話し声もしないで大きなテーブルを囲んでいるのを見た。

卓の上だけを明るく照らしつけるようにシェードをかけた電灯が低く垂れているので、そこにいる人達は、軀の前側だけに光を受け、背中の方は黒く影になっていた。低い声で一人が叫ぶと、それまで、じっと動かずに何か見詰めていた人々が、急に身動きし、いそがしく手を出したり引込めたりして紙幣をやり取りした。左衛子の直感は狂わなかった。賭博道具のルーレット(※25)を置き、長いテーブルの表面にいろいろの数字が大きく書き分けられていた。

「どうぞ」

と、告げて恭吾は左衛子の視線の行く先を見ると、

「あの勝負にはね。私は相当の達人ですよ。これだけは本場の仕込みだ。お陰で、ここでは、

なかなか好い顔なんだ。だから、何もご心配は要らない」

「窓から海が見えるんですがね。あかりが漏れると煩さいから」

びろうどに似た厚い布が重たく垂れて、窓の在りかを目隠ししていた。その為にガラスの卓に置いた小さな花瓶の花が、強く匂っている。くちなしの花に似た白色の花で、甘く、きつ過ぎるくらいに匂った。

瓶ごと持ち出したマルテル・ブランデーを、氷の破片を入れたグラスに注いで、恭吾は、強《こう》酒《しゅ》である。左衛子も強いのだが、勝負にはならなかった。

「静かですこと」

「そうだ。箱の中にいるようなものだ」

ぽつりと、こう言ってから、手に支えた炭酸水のグラスに、こまかく気泡が立つのを無言で見詰めていたが、

「印度人の占いが、水晶の玉を見詰めて運命を見るがね、君は感じないかね。我々が、ここで、こうしている瞬間に、どこかの海面に潜水艇が浮上して、休息の息をついたり、またどこかでたった今海戦が行なわれて、沈んだ船の乗員が助け上げられる希望もなく浪《なみ》に漂っているのを！」

沈痛な顔色に、多少の酔いを感じさせた。

「わたしなど考えても仕方がございませんもの」

「同じことだ。僕も同様だ。しかし、何て世界だろうね。一秒毎、一分毎に、子を失い若い夫をなくす人間が際限なく殖えて来るという……それだけの苛酷な事実も、我が身に関係ないと、人間は、思いのほか平気でいられるのだ。いや、そんなことは僕には言えなかった。戦争が起こるずっと以前に、妻子を捨てた人間なんだからな」

「どう遊ばして？」

「いや、人間て奴は、長く生きていると、そんなことが、何でもなくなるものですよ。垂直の感じで、いつの間にか落ち着くところへ落ち込む。簡単ですな。ただそういう係累《けいるい》がないと、生きていることに、ひどく退屈することはある。電車の吊り手のように、やはり、つかまるものがないと、弱い人には、いかんらしいのですな」

「…………」

「西洋人は、もっと平気だ。欧羅巴を歩いているとそんなタイプに、幾たりでも出会う。冷酷にひとりで生きている人間にね。あなたは軽くお聞きになったようだが、僕が、お陰で女房を思い出したと言いましたね」

「ええ、仰有いました」

「日本の着物を着た日本の女の方だ。まことにただそれだけのことなのだ。ところが正直な話、お目にかかって僕は、どきっとしたのだ。胸が苦しかったとまで申してもいいですかな」

「奥さまのことを、お思い出しになって？　こちらからお礼申し上げます。光栄でございます」

「違った」

と、恭吾は答えた。

「自分もそう思ったのが、そう行かなかった。完全に忘れているんですよ。思い出そうとしても浮かんで来ない。影だけなんだ。まるで実体のない……正直に言えば、そんなものじゃないと微かに信じていたんですがね。歳月が知らぬ間に作り上げた距離というのは、思ったよりも大きなものだ。覚えているようで実は、何も覚えていないと気がついたのだ」

「そんなことがございましょうか？」

「そうなるのだね。はかないとか、悲しいとかいうものじゃないよ。これは！」

「………」

「そういうものだ、ということだ。已むを得ないだろう」

「そんな、さびしいお話！」

「いや」

とにこりとして、

「あなたは、強い気性でそんな風に感じないでくれるひとだと思ったがな。僕を慰めるつもりで、そう言われるんだったら、やめておいて下さいよ。何のためにもならぬことだ。第一、僕は、さびしいなどとは感じなくなっている男だ。やはり戦争が終わったら欧羅巴へ帰るんですよ」

　恭吾は、まだグラスの酒を流し込んだが、

「欧羅巴の伝説に『さまよえる猶太人《ユダヤ》』というのがある。かなり古く、中世紀あたりから言い伝えられていることだが、キリストが刑場へ曳かれて行く途中を見ていた人間の中から、猶太人が一人、キリストを侮辱したのがおりましてね。その罰を受けて、何千年経っても死ぬことが出来ないで、永劫に、この地上をさまよっているという話があるんだがね。本国に帰れずに、欧羅巴各地を歩き回っていて、ふいと僕はその話を思い出して、その猶太人が、他人のようでない気持ちがしたものでね。エヘノジュルスという名の猶太人だそうだが、いつまで経っても死ねないというのは苦しかろうと思いますね。僕の方は、寿命という期限はあるのだから、平気なものだ。それに、バッカラ(※26)とかルーレットとか、閑《ひま》を潰すのには欧羅巴は不足はないところだ。そこへ帰るんですな」

　こう言ってから、左衛子にグラスを挙げて見せて、慇懃《いんぎん》な笑顔になった。

「さあ、どうです？　ちっともおやりにならぬ」

「なんですか、寂しくなって」

「寂しくお感じでしたら、なおさら召し上がること」

「ほんとうに、欧羅巴へ行っておしまいになる？　そうしたら、また、いつお目にかかれるかわかりませんのね」

「この世界は、どこも、お別ればかりですよ。マダム、牛木は、今時分、どこの海の上におりますかね」

左衛子は烈しく首を振って見せた。

「牛木大佐のことは存じません。何ですか、あなたがお気の毒のような気がして……」

「それァ、とんでもない。牛木は求めて死にに行ったのですし、僕は残って生きるのだ。これは、まだ倖せの部類に属します」

「でも、なぜ、日本の奥さんのところへお帰りにならないのです」

「さまよえる猶太人のように、罰を受けているからですよ。欧羅巴の方が、いいですな。日本のように狭くない。人間が、お隣の陰口を言ったり、あら探しをしないで、静かに、ほっといてくれるんですよ」

「でも、違いますわ」

左衛子は溜息したが、ふいと、自分のグラスを取り上げ、白い形のいい喉を見せながら、強い酒を乱暴にあおって見せた。

「欧羅巴へいらっしゃるんでしたら、いくらでもご馳走になります」

「何で、そんな差別がつきます」

「でも、二度とはお目にかかれないでございましょう？　それから……」

「それから？」

「あなた様が、お目にかかった時から、何となく好きになったからです」

「これは、海軍に叱られるかも知らん」

「叱られましょう。いくらでも」

恭吾は、ぬっと椅子から立ち上がった。思わず、左衛子は怯《おび》えて媚《こ》びを消した。彼女は知らずに、みだれていた裾前を正していた。

「マダム」

と、強い目で見て、

「抱いてもいいかえ？」

警戒警報のサイレンが尾を曳いて外で聞こえたようであった。空耳でなく、ほんものであった。階下の中国人の客が騒ぎ出したのが聞こえて来た。階段を駆けて降りる音もした。

恭吾を見返していた左衛子は、柔順に首を垂れたが、

「どうぞ」

と、声変わりして答えてから、また急に爽やかな目の色とともに、すらすらと口がきけて、

「奥さまを思い出して下さいまし」

どの家からも人が走り出たらしく、下の道路に、がやがやした騒音が湧き起こった。競争で重い戸を音を立てて閉めているのも聞こえた。それと同時に、この建物の電灯が、一せいに消えた。サイレンは、吠え続けていた。

「逃げますか」

「いいえ」

恭吾の腕の中で左衛子は首を振ったらしかった。髪と、汗ばんだ皮膚の匂いが、卓の上の花の強い香を混じて、この不意に立たされた暗闇を、海のように変えていた。その中に溺れ入りながら、恭吾は、濡れた唇の柔かく、燃えるような抵抗を知った。歯が、かちかち鳴る音がして。

自動車が門を入って植込みの間を走ってから白く塗ったポーチの下で停まる。もともとこれは英国人所有の相当贅沢な邸宅で、庭には青い芝が手入れよく刈り込んで、さまざまの熱帯樹や、花壇を囲んでいる。

左衛子が入口の呼鈴を押すと、屋内が急に明るくなって、ガラスは入れてなくて蚊除《かよ》けの網戸越しに、電灯の光は、近くの庭木の色を闇の中に浮き上がらせた。

扉をあけて迎えたのは、簡略な洋装に、化粧の濃い日本の少女である。

「お帰りなさいまし」

左衛子は草履のまま、屋内に入って、後を閉めさせると、

「警報で、足留めされていたのよ。いいから、もう寝てちょうだい」

そのまま、正面の階段を二階の寝室に上がろうとしたが、もとの客間にあたる右手のホールの隈に酒場が出来ていてバーテンの出入りする狭い戸口があったのを入ってカウンターの電灯を点じ、電気冷蔵庫の蓋をあけた。

タンサン水の瓶のつめたく冷えているのを取り出した時、灯を消してあるホールの暗い中で椅子の軋む音がした。怪しんで覗き込むと、誰かが長椅子に窮屈に寝込んでいたのが、肱を曲げて腕時計を見ているらしかった。

「どなた」

酔いの残っている鈍い動作で先方も起きなおって、こちらを見まもったが、

「うん、マダム」

「小野崎さん?……珍しいことね。お酔いになったの」

「やあ、醜態だ」

と、画家は、起きなおっただけで、まだ長椅子に腰をおろしたまま、

「だが、奥さん。どこへ行ったんです。もう、朝だろう?」

それに返事は与えないで、

「そんなとこにお寝みになって、蚊はいませんでした?」

「お別れに来たんですよ。奥さん、朝の汽車で急にビルマへ立つことになったので……」

「およしなさい。今から、そんなところへいらっしゃるの」

「いや、ビルマにだけは、まだ行ったことがないんだし、インパールで勝つと、今度は印度へ入るんだから、思い切って行って見る気になったんだ」

「およしなさい。苦労なさるわよ。小野崎さんだって、もう五十でしょう」

「軀じゃ若い者に負けませんよ」

初めて、左衛子のいるカウンターの方へ歩いて来ながら、寝みだれた画家の髪の毛は、いつもより白く見え、その下に酔いざめの、好人物らしい顔があった。

「印度へ出るんですよ。これァ、行って画を描きたいですよ」

「あなたも召し上がる? タンサン」

「私は、水だ」

「お出かけになる時に、水はいけないわ。ビールになさい」

「なるほど、水盃《みずさかずき》ではいけないのか。僕は、そんなこと気にしませんよ」

「でもね」

と、真顔で、

「もう、出かけるって、お決めになったの。インパールも味方に悪いんじゃないでしょうか」

「なァに、勝ってますよ。もう印度が見えたって発表があったんだもの」

「そうかしら？」

「もう一足ですよ。印度は、是非、行って見たいですなあ」

「ほかの、太平洋の方面だって悪いんでしょう」

「嘘ですよ。相手を本土にひきつけて決戦を挑む作戦だっていいますからね。大本営発表が嘘を言うことなんかありませんよ。僕は、そう信じている。これだけ善良な国民を、まさか仮りにも大本営ともあろうものが騙すはずはないでしょう」

「…………」

「僕は、ここまで来たのだから、覗くだけでも印度を見て来る。暫くお別れだ」

「今朝の汽車？」

「ええ、汽車もいいですよ。飛行機が取れなかったんだけれど……のろのろ、土人たちと一緒に旅をするのもいいや。行く先々でスケッチが出来るから、僕なんかには、いいのだ。僕は巴里にもいたし、文明人というのは見倦《あ》きるくらい見て来た男だが、無知かも知れないけれど、土人の顔に、澄んで、まるで神様か仏さまみたいのがいるのに吃驚《びっくり》するんですね。人間って実にいいですよ。可愛いですね。文明社会の人の顔のように、知識に汚れたり、くたびれたりしていない。……これはと思う。美しい顔にぶつかることがあるなあ。あ！　奥さん、眠いんでしょう？　失礼しましたね。しかし、夜があけるまでここに寝かして置いて下さい。実は、僕も眠い！」

「小野崎さん、念を押すようですけれど、軍の方でインパールへ行ってもいいって、仰有るの」

「是非、行ってくれっていうんですよ。陸軍の方の許可が要るので、難かしいかと思ったら、大賛成なんです」

「そう？　それなら行ってらっしゃい。では、また朝、お目にかかるわ。あたしも眠いから」

「いや、わざわざ起きないで下さい。別に危ないところへ行くのじゃない」

「寝るところを、他に、こしらえて上げましょう」

「いや、ここでいいですよ。前線へ出たことを考えたら、ここは天国か極楽ですよ」

左衛子は、画家が、もとの長椅子に戻って無造作に横たわったのを見てから、灯を消して二階に昇った。

部屋に入ると、入口のドアの鍵をおろし、寝台の枕元の小さいランプだけを残して、電灯のスイッチを押した。

南方へ来てからの習慣で、朝起きた時と、夜寝る折に、必ず水を浴びることにしている。その支度に帯を解き始めると、庭の木の繁みで夜の鳥のナイト・ジャー(※27)が濁った声で啼《な》いた。左衛子は手足が快く疲れ、躯がほてっているのを感じた。懈《ものう》い心持ちであった。薄暗くした室内には、網戸越しに、庭の夜気が、草や花の匂いを乗せてなま暖かく流れているのが薄着になった肌にわかるのだった。

水浴は最初の一杯が、冷たいので、叩きつけるように思い切り勢いよく肩や胸に浴びるのである。いつも、夢中で浴びながら、皮膚が冷たくひき緊って来る心地よさに、浴室中を水だらけにしながら悪戯《いたずら》をしている子供のように知らずに笑顔になるのであった。厚いタオルで拭ったあとに、ローションを塗り込む。皮膚が目を醒して来るのだった。薄いパジャマを羽織って寝台に横たわると、左衛子は自分がいつもの夜と違う姿勢をして寝ているのを発見した。自然の姿勢というのは意識に上るものではない。それが、こういう手の置き方をしていると、自分で躯の輪郭を追うようにして、わかったのである。

左衛子は、目をつぶったまま、じっとしていた。蚊帳《かや》が夜風で動いているのが感じられた。ナイト・ジャーのほかに、トッケイ（※28）が遠くで啼いた。どことなく、朝の近い心持ちであった。寝台の下に、横たわったまま腕を伸ばして、黒いガラスの香油の瓶を取り出した。仏蘭西のケエ・ドルセエ会社のものだが、香水もローションも、ダイヤモンドの結晶の形に切った黒いガラスの化粧瓶で売り出している。そして、この中に左衛子は自分が買った真物《ほんもの》のダイヤモンドを幾十個となく隠して入れてあった。

栓を抜いて瓶を傾けると、きらきらとプリズムの光を放ってダイヤモンドは水のように流れ落ち、掌に盛り上がって行った。敷布に落ちたものは、左衛子の素肌を見せた白い胸の下に隠れた。左衛子は、それを拾い上げながら、別れて来たばかりの守屋恭吾に不意に、憎しみを覚えた。いまだに軀に、彼の与えた影響が沁みるようにして残っているために、一層、憎いのであった。瞳は掌に散るプリズムの色を見まもっていた。動かすと、陽炎《かげろう》のように、光が角度を変えてさまざまに動くのである。その光の遊戯が、いつもの夜と違って、決して心を悦ばせてくれないし、慰めてもくれなかった。

不意に左衛子は、ダイヤモンドを集めて瓶におさめ、蚊帳を出て、三面鏡をつけた化粧机に灯をともして向かって腰かけた。鏡の中には、明けて来た外の朝の色が一部に覗いていた。万年筆を取り出して、左衛子は手紙を書き始めた。終わると、封筒に入れ、上書に昭南陸軍憲兵隊御中と宛名《あてな》を書いた。

異邦人

マラッカの刑務所は、町外れにある小さい建物である。昔のポルトガル時代の城砦《じようさい》の遺跡が郊外の裸山の頂きから海を見おろしている丘に三百米の距離にあり、印度人ばかりの部落と隣り合わせている。町名はバンダ・ヒラである。往来に向かって鉄の扉を閉ざしている門の脇の壁に、高く銅板をはめ込んで、千八百六十年総督ケエヴネエ大佐の在任中に建てたものだ、と彫刻してある。

昭和二十年の八月二十日のことである。青天白日旗(※29)を立てた自動車が、この鉄門の前に停まって、背広服をきちんと着た男が降りて呼鈴を押した。

鉄門は、盲戸だが、小窓があって内部から戸を開けて、来訪者を検《きわ》めるような仕組みになっている。

客が英文の書類を渡すと、小窓を閉めて、やがて錠を外す音が響き、耳門《くぐり》(※30)の重い鉄戸をあけて内部に迎え入れた。

左手が典獄《てんごく》(※31)の部屋と事務室で、右手が壁の、トンネルのような通路正面がやはり鉄門で、鉄の棒を並べて向こうが透いて見える扉が厳重に錠をおろして閉めてあって、交通を遮断している。

典獄は、和蘭系の混血児であった。書類を一読して、頷くとマレー語で挨拶して、やはりユーラシアン(※32)の下役に鉄門の錠を外させた。監房は、数歩の距離から始まって、左右に並び、廊下は見とおしである。その十六号室の入口の錠を案内者は外しにかかった。ここの扉も、床から一尺の高さが格子になっていて透いているだけで、その他は目隠しがしてあるから、内部にいる人間は扉に近く出て来て床にかがまないと外が見えないようになっている。

客は獄吏が錠を外すのを待ち切れなかったように、

「先生」

と、呼び、はっきりした英語で叫んだ。

「葉です。お迎えに来ました」

「葉君?」

と、内部から静かに問い返した。そして戸があくと、細長く狭い独房の、一番奥の壁にだけ通風の窓から青空が覗いている場所に、守屋恭吾が木の腰かけから立ち上がって、若い葉氏を見まもっていた。

「釈放です。もう、外へ出ていいのです」

葉氏はさすがに独房の中へ足を入れるのを憚《はばか》って廊下から、こう叫び、握手の手を伸ばしていた。

「そう」

と、恭吾は頷いて、

「戦争がおわったから」

「終わりました。先生」

「しかし、中国人の君が親切に迎えに来てくれたのだね。それから私の故国の憲兵隊は、今日まで私を忘れてしまっていたものと見える」

若いのに親切な葉氏は、薄い長衫《ちようさん》（※33）まで準備して来て、上から羽織らせると、そのまま歩いて外へ出ても他人が怪しまないようにしてくれた。

自動車が町の中心部に出ると、青天白日旗ばかりでなく、英国旗を掲げてある店舗も見あたった。その他は、マラッカの街の外観には、さして変化はない。華僑の邸宅街のヘエレン・ストリートは、例のごとく、真昼の炎熱の中に漆塗《うるし》りの扉を堅く閉ざし、金や朱の掲額の文字が路面の陽の照り返しで、もの静かに光っている。壁の上から枝を垂れているブーゲンヴィルの花（※34）の紅い色も、変わらない。

葉氏の家の門を潜ると、一家の者が前房に集まって待っていた。夫君に随いて倫敦にも行ったことのある若夫人は、腕をむき出した広東服を着て、二人の子供を揃えて笑顔でいたし、もう、かなりの老人になって家の中で杖を突いている父君も、大声で伝える知らせを聞いて奥から出て来て迎えてくれた。

「謝《シエ》、謝（※35）」

恭吾は、この家の七歳になった男の子と五歳の少女と向かい合った時、急に涙が両眼に溢れて来た。

「謝、謝」

手に取って、子供たちの手は小さく、掌に柔かかった。

こんな柔かいものが、この世にあったものかと、ひそかに驚きを覚えたくらいである。男の子は髪の毛をきれいに撫でつけて、洋服で半ズボンだが、妹はマレー服（※36）であった。

「先生」

と、若い葉氏が目を輝かして熱心に、

「バス（風呂）を立てさせてあります。先生は、マンデェ（水浴）より温湯がお好きだから」

この二人の会話は、いつも英語で、恭吾は礼を言ってから、ふいと独語のようにして、

「戦争は終わったのですね」

「世界中、どこでも！」

と、葉氏は、西洋風の身振りまで入れて、笑って大袈裟に言った。

「それァ、よかった！」

その言葉が、自分には妙に空虚に響いたので、恭吾は、顔の表情を改めた。既に、牢内で日本の降伏を聞いていたのだ。しかし、まだその実感はなく、口をきけば言葉が浮き上がってしまいそうで危ない思いがしているのだ
「町にいた日本人は、どうしました？」

「一カ所に集まっています。静かです。何も起こりませんでした」

そう言ってから、下男の方へ、自国語で機敏な様子で何か聞きただすと、

「少しずつ、シンガポールに移動しているそうです。ここでは何もなかったのです。それから食糧なども、まだ日本人の方が持っているそうです」

マラッカ海峡の海の沖に陽が眩しく塊って水の上に流れていた。その他の海は、泥絵具の青い色をして重たい。相変わらず、この窓には裏の厨房の井戸端にある木が、屋根越しに枝を垂れ光を遮《さえぎ》って涼しくしてくれている。朝のうちは、スマトラ島の影が見えていたが、正午の光はそれを拭い去っている。

恭吾は、籐椅子に腰をおろしたまま、茫然と、海を見まもっていた。

朝のうちに葉氏が、シンガポールへ行くがと誘ってくれたが、辞退した。外出する気はなかった。とうてい、なかったのである。

「やはり、疲れている」

首を振って、むしろ不機嫌に見えたことであろう。日本人の遺物であろうが、どこをどう回って来たのか、サントリ・ウィスキーを瓶のまま、下男がとどけてくれた。それから恭吾から注文で、新聞をどんな古いものでもよく、集められるだけを。レイテ(※37)、硫黄島《いおうとう》、沖縄。――虫が食ったように、中途でそれが欠けていた。しかし相も変わらず誇張した必勝の予告と、その後の平気らしい幻滅の報道。その中に仮借《かしゃく》なく歩みを進めている真実の動きを、恭吾は、おおよそ、読み取ることが出来たのだ。どれも大して効果なかったと伝えられている内地の都市の空襲。

「疲れた」

ひとりでいて、彼は、口に出して、こう呼ばわった。

刺激の烈しい部分は、この新聞に読んだものでなく、あいまいな記事の外にあった。これは大したことになってしまった。その正体不明の漠然としたものに対して、恭吾はこう思った。実感はまだ伴って来ない。これは、自分の想像以上のことであった。予期していた結果と自分は言えるつもりなのだが、実に念入りに、それが深いところまで持って来られたもので、こうなっては軍人だった彼にも予測が立たぬのだ。この一年間、壁を見て暮らして来た空白さが、一度に彼を浦島太郎のように老いさせ呆けさせたようであった。

その癖《くせ》、恭吾は、悲しいとも残念だとも感じなかった。その総ての感情に、実感が湧いて来そうもない。原子爆弾とはその時はわからなかったが、特殊の攻撃を混じえた大きな事件が、一体どこにあったのかと惑うような心持ちである。

海の沖は、相変わらず、きらきらして光る潮を流している。木の枝は垂れて、逆光に、こまかく葉脈を透かして見せている。波が退いて、あらわれた浅瀬の泥に、蟹が動いている。

「やはり、俺は軍人じゃなくなったのだ」

一番深く、恭吾は、こう感じた。そして不意と大きな憤《いきどお》りをこめて、古い同僚のことを思った。

「そうだ、階級と椅子だけが、人間を強くもしたり卑屈にもさせる世界だったのだ。その椅子から放逐《ほうちく》された俺が……軍人らしくなくなったのは当然過ぎる話だ。何を言うか！」

急激に生活が変化したせいか、反《かえ》って疲労を覚えた。午後になると、きまって、かなりの熱が出た。恭吾は、それを幸いとして、部屋に籠り切りでいた。その間に、日本人の手から経営が離れた英字新聞や華字紙がこの部屋にも入って来た。ミゾリー号の上の降伏調印も、元帥マッカーサーの日本本土進駐も写真入りで報道せられていた。

熱のある間、恭吾は、寝台の上に、じっと横たわっている。

顔の上にある天井に、やもりが匐《は》っていた。白く塗ったところに居るので保護色で白い色をしている。小さい声で、それが啼《な》いた。親子でいて、子供が蚊帳の上に墜ちて来て狼狽することもあった。陽の陰にあたる方へ移って、昼間は身動きしないでいるが、電灯がつくと灯に寄る羽虫を狙って光の明るい方へ進み出て来た。日課のようにして、いるかな、と気がついて見ると、親子で白い軀を並べて貼りついたようにしている。

熱の間に、自分を取り調べた憲兵の顔を思い出して、苦痛を感じることがあった。夢魔のように、どうしても忘れられぬ。学校を出たばかりの二十二、三歳の、恭吾から見れば子供のような男だったが、自分の力に酔っていた。顔も肉が厚く鈍感らしい表情で、いつも赤い色をしている目に睫毛がなかった。非国民だのスパイだのと面罵を繰り返していたかと思うと、変に心得た様子で自分の煙草のケースを出して一本喫いたまえと言い、モールメン・ライターで火まで点けてくれてから、

「君も日本人だろう。憲兵隊で華僑の中の米英分子を一斉検挙する予定になっておるから、君の手で情報をくれないか」

と、持ち出す。

昼間から酒気を帯びていて拷問を加えたこともあった。その後で、すぐと何かの好意を見せ、海軍で誰を知っているかという質問をしたり、お極りの、君も日本人じゃないかが始まる。泣くような声を出して、日本が今、危急存亡の秋《とき》(※38)だと知っているだろうと問い詰めて来る。すぐ血色よく真赤になる顔であった。そして、子供のような年齢でいて、臆せずに人を睨んで動かぬ瞳を持っている。たじろがず他人を見た習慣が恭吾の過去にあって、それが蘇って来てから年齢が物を言い出すと、子供は逆上して悲鳴を上げ、日本人を口に連発して、どんな暴力に出るかと不安になるような狂人染みた剣幕となる。若い癖に、何とも陰惨な顔付きを見せることであった。

天井に静止しているやもりの小さい手足の形や白い背中が、今の恭吾の激昂を休めてくれる。

「そうだ、俺は日本人だ」

熱に浮かれて、こう呟き出そうとしている。明瞭に、その男の逆上の仕方を憎んでいる別の日本人であった。

微熱が取れるまでに、ひと月あまりかかった。散歩にも出られるようになると、ヘエレン・ストリートの四六時中静かな町筋が、恭吾を悦ばせた。白壁と塗戸ばかりの閑雅で清潔な場所に、筏かずらの花が垂れ、夾竹桃の白い花が咲いていた。マラッカ川を渡って、寺の廃墟のある丘へ登って見たいと思いながらも、昨日まで、そこに日本の政庁があったことを考えると、何となく訪れにくかった。

日本人は、もう、マラッカから影を消していた。代わりに極く小人数だが英国人が戻って来ていた。そして恭吾が自由に出歩くのは、チャイナ・タウンに限って置く方が、まだ無事であった。

ある晩、入場券を払ってパークへ入って見ると、戦争中には町に決して出なかった華僑の良家の者が、女子供連れで涼みながら悠々と立ち話したり、芝居の座席に列んでいるのが目立った。隠れていた贅沢な商品も、電灯の明るい売店の棚を賑わしていた。平和が来たのである。そして恭吾とすれ違って怪しむように振り向いて見る町の者があっても、咎める者は誰も出なかった。顔見知りの家の夫人が、回転木馬で子供たちを遊ばせていたのが、恭吾を見かけて扇子を動かすのを止めて、会釈を送って来た。腕のあらわな涼しそうな紗の服であった。

もっと深い孤独に、彼は欧羅巴で慣れて来ていた。マラッカは知らぬ土地ではない。

賭事の店先に立って見ていると、葉氏の屋敷に下働きに通って来る若い男が坐り込んで熱心に賭けていた。これは、荒い碁盤目にいろいろの数字を書いた木の板を各自が前に置いていて、真中で一人の男が神籤《みくじ》のように木箱を振って出た札の番号を読み上げると、客の前にいる少女が、当たった数字の場所に南京豆を置いてくれ、碁盤目の全部が豆で塞がった客が勝ったことになるので他の客の賭け金を集めたものを受け取るのである。

並んだ客は、盤の目を見まもって、おとなしく腰かけている。南京豆を置いてくれる少女達は、客に不正のないように見張る役を兼ねているのである。

盤の目の全部を埋めるので、手間のかかる悠長な勝負であった。それも自分の意志を加えようもない。まったく他人まかせの運だけのように見えた。

恭吾は、葉氏の下男が一度もあたらないのを見て微笑した。先方も恭吾を見つけて、落胆したように首を振って笑って見せた。いつの間にか恭吾は熱心になっていた。一時間後に、彼はこれから先は当たり出すという席を見つけ出していた。客が立って、その席が空いたのを見ると、葉氏の下男を呼んで、そこに移らせて自分の金を渡して試みさせた。

金を出してやったばかりでなく、付き添うようにしてその男の後に立って、恭吾は盤を見まもっていた。意力が、その瞳に現われた。

数読み役は、音を立てて木箱を振っては出た番号を、大声で読み上げて行った。やがて、他の席の客が、手を高く上げて叫んだ。その男が当たったのである。

恭吾は、自信をもって下男の耳に囁いた。

「大丈夫だ。続けて見ろ」

その次の回には、数字が読み上げる毎に、少女の手がいそがしく動いて、盤の目に、南京豆を置いて行った。

残ったのは、僅かに一つの目だけとなった。

「当たった」

と、恭吾は、確信のある声で低く言った。すると箱から振り出された札は、正しくその番号であった。

少女が手を差し上げて、完了を告げた。賭けた金の十数倍の紙幣が、葉氏の下男の前に積み上げられた。恭吾は肩を叩いて笑いながら、「もう一度は当たるから、それまでやって見ろ。今度、当たったら、やめるのだ」と、言い渡した。

下男は、躊躇を感じたらしかったが、命令どおりにした。三度まで失敗した。そして、四度目に再び、豆で盤の目を全部埋めて、賞金を受け取って、自分も驚いたように恭吾の顔を見上げた。

分前《わけまえ》をくれるというのを、受けなかった。大人《たいじん》はどうして当たると判ったかと尋ねられても笑うだけで答えなかった。下男から離れて歩き出すと、照明灯の上の空に、芝居の書き割のように大きな月が昇っているのが見えた。パークの光の中から外へ出ると、その月明りで、街はまだ夕方のように白く見えた。人家の間に馬鹿げて高く伸びている椰子の梢が、花火が破裂したような形を見せて、黒い影を空にひらいていた。

妙に恭吾は孤独を感じていた。欧羅巴にいる間も、時おり、急に何とも淋しくなることは免れ得なかった。ことに、自分も不思議と思うくらいに、どこかのカジノへ行って、ルーレットやバッカラの賭に大きく勝って帰る時に限って、冷静にして来たつもりだがやはり強く興奮していたものと見えて、隙間風のようにして、その感情が忍び寄って来るものだった。南京豆を使う子供染みた賭が、同じ作用をしたのであろうか？　明日の午《ひる》までには、恭吾が賭博の運の目を読む不思議な眼力を持った男だと、華僑の下男の階級の間に飛び火のように伝わるだろうことにも、決して笑おうとする気持ちにはなれなかった。

恭吾は帰る道を迂回してカンポン（郊外）に出る道路を歩き出した。欧羅巴でも、孤独を感じて来ると、ひとりで黙って知らぬ街をどこまでも歩いて、これが唯一で最良の療法と知っていたので、この明るい月夜の、ゴム園の中の道を歩いて見るのも悪くなかろうと思った。明るい地面にあるおのれの影が道連れであった。

風の無い静かな夜で、月光は、椰子の林や黒い森を背にした土人の部落を水のように浸している。道だけが白く浮いていた。ゴムの林は、人手を入れて下草をきれいに刈り取ってあって、植物園のように清潔で整然としたものである。これが地形の起伏に従って、方数粁《キロ》のひろがりを見せている。

月影は、枝を潜った大小の光の斑《まだら》を落として樹林の間を明るくしている。

どこか遠くで、土人が歌っている声がした。悠長でいて単調であった。聞いていると、その声が止み、木の葉の戦《そよ》ぐ音が、影でも差して来るように忍び寄って来た。道路の上に樹林に挟まれた細長い空が残り、月明りの中にも星を銀砂のようにこまかくきらめかせていた。

自転車があれば、遠くまで走って見るのだと恭吾は考えて見た。坂になっているところを頂きまで登ってから、なお先に一直線に走っている道路と別れ、脇にある道を町の方へ戻るつもりでいる。

坂を昇り始めた時、また、どこか、あまり遠くないところで、人の話し声がしたように思った。そして、坂を登り詰めようとしてふと行く手を見ると、道端に人間が五、六人塊って草の上に腰をおろしているのが見えた。樹の陰になっていて暗かったので、誰とも判別つかなかったが、戦争中に出来た土人の自警団ではないかと、思った。日本語で号令をかけ、六尺棒を持って、カンポンの入口に夜警に出たものであった。

その男たちは、妙に暗く、ひっそりした感じで、恭吾が近づくのを見まもっていた。

「ダレカ?」

と、間抜けた発音の誰何《すいか》もせず、立って咎めに来る気配も見えなかった。

月明りで見える距離まで行ってから、恭吾は、男たちが日本の兵隊なのを見た。それも、その横のゴム林の中にも、三、四十人が分散して、毛布を敷き、背嚢《はいのう》にもたれたまま、黒々と死んだように倒れて地面に寝ているのを見た。

恭吾は、自分を拷問にまでかけた若い憲兵の顔を思い浮かべた。他に連れもなく淋しい場所だし、暴力で襲われる場合も、一応警戒する心になっていたが、近づいても動こうとせず黙々と蹲ったまま、物も言わない彼らが変であった。それも、五人いて、一人だけが薄ら笑いを浮かべて茫然と恭吾を見ていたが、他の者は近づくと目を逸らして足もとの地面を見たり、脇を向いて、知らぬ顔をする。

林の中で、木の葉が暗く囁いていた。気がついて見ると銃も剣も彼らは持っていなかった。丸腰で、苦力《クーリー》(※39)のように荷物だけを側に置いていた。

恭吾は、その前を通り抜けた。もとだったら、そんなことは許されないことだと気がついたのは、兵士達の前に差しかかってからのことである。

彼らは、物の塊を置いたように月明りの中に無言でいた。どなりつけて来ることも、睨むこともしなかった。目が合うのを避けて、ひどく疲れて、不機嫌でいるように見えた。

道の岐《わか》れ目は、そこから五メートルと離れていなかった。ふいと、どこかで、光り物がしてダーン……と響く鈍く重い爆音が迫って来た。風が、ゴムの樹林の間を通り抜けて行った。何事が起こったのか恭吾には判らなかった。黙り込んでいた兵士達の中から、

「やったか？」

と、言うのが聞こえて、立ち上がって、林の奥を見返っていた。ほかの者は蹲った姿勢から身を起こさず、地面に寝ている者も別に起き上がって来なかった。

揃って唖《おし》のように沈黙していた者が、急に口をきき出した。しかし、それが不思議と、静かであった。

「あれだろう」

と、他の者が言った。

「うん。あいつだ」

と、その隣の者は、地面に手を伸ばして、草をむしるか、小石でも拾い上げたように身動きしたのが見えた。

「大分、行かれていたから」

話し声は途切れた。恭吾は自分が立ち止まって聞いているのを振り返って見られたように感じて、歩き出した。林の陰になっている暗い道であった。

兵隊の声で誰か呼んで、

「田村が死んだぞ。夜があけたら、小指を切って拾って行ってやれ。お前が一番、仲好くしていたんだ」

恭吾は、足音を消すようにして森の中の道を遠ざかろうとしていた。何ともいえず、暗いものが急に胸に溢れて来ていた。自分の顔付きが、きびしくなっているのが、自覚されて来た。森の中に、土に毛布を敷き、背嚢にもたれて寝ている兵隊たちは、実際によく眠っているのか、動く気力を失くしているものか、実に無関係に、黒々と横たわったままだった。木の根にもたれて、顔に月明りが差している者も見えた。大きな荷袋を抱いて背中を見せて寝ている者もあった。病人だったらしいが仲間の一人が手榴弾《てりゅうだん》で自決して行ったことなどにもはや誰も一々起きて行く気力を失っている。恭吾は、なま暖かい夜気の中に、屍臭を感じて来た。自殺者の裂けたばかりの肉体から臭うのではなく、生きて地面に寝ているものから一せいに臭い出していたような感じであった。

商取引が復活したので、葉氏が自動車でクァラ・ルンプール(※40)の華僑連合会に連絡に行くと聞くと、

「一緒に乗せて行ってくれませんか」

と、恭吾は申し出た。

「私は、ただ外を見たいのだ」

「イエス、オーライト」

と、葉氏は承諾してくれた。

「バッウの洞穴を見ていらっしゃい。私のビジネスは、一時間と少しで済むから、その間に運転手に案内させて行っていらっしゃい。治安も、あの辺なら、心配ない」

自動車は、葉氏が新しくシンガポールで手に入れたビックだった。町を出て、昨夜の道をゴム園の間を走り出すと、恭吾は自然と瞳を窓の外から離さなかった。もとより、兵士達は、もう樹林の中に、いなくなっていた。

「葉さん。ちょっと、そこで、停めてもらえませんか」

「何です?」

「いや、……」

ゴム樹の幹に往来から目につくように白いものが、吊してあった。恭吾だけドアをあけて降りて行って、近づいて見ると、汚れた雑嚢をさげて手帳をちぎったものらしい紙片を付けてあった。

恭吾は、紙片を裏返して、鉛筆で書いた文字を読んだ。

「塩」

大きくそう書いてから、脇の方に走り書きの文字で、

「きたなくない」

なるほど、袋は、塩を入れてあるらしく、重い垂れ下がりようをしていた。もとより昨夜いた連中の仕事である。それも恭吾は、この雑嚢も、塩も自決した兵隊の持ちもののような心持ちがした。

付近の木の根もとには、人糞が残っていて、蠅がたかっていた。

自動車が停まっているのを見て、木の間から、ゴム園で働いているらしい苦力が出て来た。

恭吾は、手を上げて呼び寄せて、雑嚢に手をつけないで、このままにして置け、と言いつけてから急に、

「林の中で日本の兵隊が死んでいなかったかね」

「ある」

と、マライ語で答えて、振り返ってその方角を指さした。

「土に埋めてあるか」

そうでないという無表情な返事があった。

葉氏が、待ちくたびれたように自動車から覗いているのを見て、恭吾は、急いで紙幣を出して苦力に渡しながら、

「埋めてやってくれないか。明日にも私が見に来る」

葉氏は、待っていて、恭吾に尋ねた。

「何です?」

「いや、失敬しました。どうぞ」

苦力は労働者らしい正直そうな顔付きをしていた。葉氏のように祖先から産を作《な》して代々いる、いわゆるババ・ナンキンではない。労力だけを持って移住して来て、まだ資金の出来ていない者で、頼まれた仕事は忠実に勤めてくれる。

葉氏は、マライ人の運転手を助手席に置いて、自分でハンドルを握り、速力をいろいろに変化させて新しい車の工合を試験していた。

「なかなか、好い調子だ」

と、バック・ミラーの中で、満足したような笑顔を見せて、

「セレターの日本海軍の乗用車だったんですよ。少しも傷んでいない」

恭吾は、無表情で頷いただけで、フラント・グラスで分けて行くようにして、凄まじい勢いで左右に流れ行くゴム林の姿を見詰めていた。坦々としていたドライヴに快適な舗道が殆ど一直線に細長く前方に伸びていた。小さい山のように見えた密林も近接して来た。

そして、ふと、その路面に、黒く氾濫したように散らばって来る人の群れが現われた。葉氏は、車の速力を落とした。同時に、その群衆も道をひらき、土色に汚れたカーキ色のシャツやズボンに、各自が大きな荷袋を背負って歩いている人間の列が、車の左右に分かれて流れるよ

うに続いた。どの顔も髯だらけだし埃と汗まみれになって茫漠と車内を覗き見て、後方に飛び去って行った。その真中を、車の前方に立ててある中国旗が刺激的な美しい色をして水のように揺れ動いて、進んで行った。

恭吾は、自分が目をつぶろうとしているのを意識してから、故意にその人たちの顔を強く見おろしていた。どの顔も、けわしい色や反抗するような気勢を見せなかった。驚いたように見上げるか、煩わしそうに目を逸らして、黙々と近づいて来て、そのまま車の後方に過ぎて行った。日本の軍隊が、こう変わり果てているのだった。無論、武装解除せられていて、日の丸の旗も銃も剣も失くしていた。こちらが逸らしたくなる目を、恭吾は強い調子で見据えていた。知らずに彼の目は、昔の経歴の硬い光り方をしていた。

武装解除された日本軍は、シンガポールに収容されることになって、マライ地域の各都市にいたものは、とっくに付近から姿を消していたが、ビルマあたりにいて鉄道もなくなり線路伝いに徒歩で来た部隊が、今もなお時たま、街道を南に送られて来るのであった。惨めな戦敗の飢餓と疲労に極度に人はやつれていた。病人は途中の山越えの難路で、続々と死んで行った。食物を保有出来た者だけが生き残り、雨でどろ沼となった道を泳ぐようにして戻って来たのである。ジャングルの中には、捨てられた日本の軍馬が彷徨《ほうこう》していた。日本の兵士と知ると人間以上にやつれた姿を現わして、なつかしそうに随いて来た。しかし、人間の僚友の病苦で歩けぬのさえ、構ってやる余力が人に失くなっていた。ひょろひょろになった軍馬は、随いて来て途中で仆《たお》れるか、木につながれていつまでも耳につく声で嘶《いなな》いていた。人間の病人も無言で連れと別れて、密林に姿を消し、出発の時に渡された手榴弾を用いて、苦痛の根を絶った。戦争当初に、日の丸を掲げ、自転車を揃えて進んで来た軍隊が、今はぼろぼろになって街道を喘いで来るのであった。

今日の恭吾は、自分から求めてそれを見に来たのである。目を逸らすことは自ら許さなかった。

(皆………)

故国に親もあり、妻もあり、子もある人々だという思いが、一度に、こみ上げて来ていた。昨夜自決した兵士もそれなのである。自分の知っている時代の軍が持っていた秩序や、清潔の精神や、その他の美しかったものが、窓から吹き込む風に乗って恭吾の頭に閃いた。目前の人間の姿は、そんな甘い見方を許さなかった。指の触れようのないぼろを見るようであった。

不幸なことだ。おそろしく、不幸なことだ。ただ、それだけであった。そして、内地は遠いのだ。葉氏の下男が話してくれたところでは、シンガポールの入口には検問所が出来ていて、白い天幕と、灰色のものと黒色のものとが分かれていて、戦争犯罪の明瞭なものは、黒い天幕、疑いあるものを灰色のものに分けて収容しているということであった。彼らはこれから、そこへ歩いて行くのであった。八百屋がいる。会社員がいる。平和な小さい生活を営んでいて、戦争に出るのを望まなかった者も、義務の観念に励まされたり、近所への体裁や外聞を思い患って、けなげらしく振る舞って家を出て来た者なのだ。誰だって戦争よりも平和を望んでいた。国が呼び出すまで、彼らは、自分の小さい巣の中に、親や妻子と、別れることなど夢にも考えずに静穏《せいおん》に暮らしていたはずなのである。

部隊にずっと遅れて、負傷者が一塊りになって歩いて来た。松葉杖を突いている者が幾人かいて、踊るような形で歩いて来た。危うく恭吾は、慟哭《どうこく》するところであった。

恭吾が目をつぶったのは、負傷兵の一人が、自動車を見上げて、何か叫んで口をあけて笑った時であった。まだ、若い男であった。

再び目をあけて見ると、漸く人影のなくなった路面に、白く、陽は照りつけていた。椰子林が、単調に両側から道路を挟んでいる。この街道に沿って、幾つもある小さい部落の家は、どれも華僑のものであった。印度牛がいたり、小さい子供たちが遊んでいた。パパイヤの木には、青い実が覗いていた。

「塩。……きたなくない」

恭吾は、樹間に垂れていた汚れた兵隊の雑嚢のことを思い出した。あれは、あとから炎天の道を疲れ切って来る者への贈物だったと、判った。僚友の死には、一切無感動になっていても、生きている苦しみには、同情が働いているのである。

自動車は、州庁のあるセレンバンの町へ入った。市場らしい建物の床に、バナナが山のように積んである。ホッケーの競技場で、競技が行なわれて、見物人が垣を作って立っていた。変わり色のシャツに短いパンツの選手達が、青々とした芝生の上に散開して馳せ回っているのが美しい絵を見るようであった。その手前に鳳凰樹《ほうおうじゅ》が葉の繁った太い枝をひらいていた。

行って見るように葉氏が勧めてくれたバツウの大洞窟は、なるほど、出かけて見るだけの値打ちがあった。大きな鐘乳洞だが、洞穴といった感じはなく、第一に明るいし、そして、大寺院のホールに入ったように、広々としているのである。

洞窟のある山腹まで、数百段の石段が殆ど一直線に昇っているのを、休み休み、昇って行って、入口に立つと、まるで予期したものとは違うものが、一度に目の前に全貌を展開する。雄大で、変わった風景であった。

谷底へ降りるようにして、入口から低くなっているのだが、数千畳の広さの大洞窟が、ひと目で見渡される。天井の数カ所に自然に間隙があいているので外の光が直接に差し込んでいるところもあれば、滲むように壁面が明るくなっているところもあって、光と影とが入り雑《まじ》っている。無数の鐘乳石が高い天井から垂れているのが、吊りランプを見るようだし、凸凹のある床にも太い竹の子が生えたように、鐘乳石が群がり立っている。壁も天井も灰白色をしているのだが、雨水の伝わるところには、苔《こけ》らしい青い色が流れていて、唐三彩《とうさんさい》（※41）の緑を見るようで美しい。

天井までの高さは二百呎《フイート》はあった。降りて立って仰いで見て、このお伽話《とぎばなし》のような岩の大殿堂の中に入って自分がどんなに小さいかが自覚された。

公園の散歩道のように、昇り降りして歩く道がついていた。最低部の薄暗い場所に、龕《がん》のように岩のえぐれたところがあって、何か祭ってあるらしく燭台《しよくだい》と香盤が置いてあった。人影は見えなかったが、住んでいる者があるのか、脇にあたる岩の壁に、平凡な柱時計がかけてあった。振子が動いて鳴っているのが、変であった。ずっと奥まで入って恭吾が見物していると、この時計が、ぼん、ぼん、ぼんと三時を知らせた。間延びのした音に、恭吾は思わず微笑した。大きな岩の天井は、大小の夥しい石の乳を垂れたまま、高く静まり返っていた。

壁に、手のとどく限りに落書きがしてあるのを見た。英字と漢字で、人名ばかりである。見物に来た者が残して行ったのである。

日本人の名が多かった。一々、故郷の地名を記してある。恭吾は、途中の道路で見た部隊のことを思った。そして、久しかったし苦しかった戦争の間には、この壁に名を書いた者で、もはや戦死してしまった者もいるのだな、と考えた。こういうところに名を書いて行ったとは、遺族の者は、知らずに終わるのである。

ふと、恭吾の視線は、一カ所に停止した。

「高野左衛子」

ゆるやかに微笑が湧いて来た。こんなところにまで来ている。こう思った。並んでいる他の署名は海軍の者であろう。そして、ふいと恭吾は、それまで決断の出来なかった日本へ帰ろうとする意志を、はっきりと決めた。帰ろうと。

待ち合わせる約束になっていたタジマハルという名の印度料理店の二階に階段を昇って行くと、印度人の下男が廊下の隅でカレーの木の実を、石の俎板《まないた》で丸石で潰して粉末に磨《す》っていた。辛そうな乾いた強い匂いがあたりに漂っていた。

小ぎれいに西洋風に卓を置いてある店内には、土地の新聞を読んで待っていた葉氏のほかに、客は見えなかった。

「待たせましたか」

「ほんの僅かばかり」

葉氏は、いつも穏やかで丁寧である。

「ビア（麦酒）？」

そして、指で給仕を呼び寄せた。

「どうでした、ケエヴ（洞窟）は？」

「ワンダフル」

純粋のキングス・イングリシュを話す葉氏を、恭吾は改めて国籍の無い人を見るような心持ちで眺めた。きれいに髪を刈って撫でつけた葉氏の頭の上の壁には、タジマハル宮殿[※42]の写真が反射するガラス板の中におさめて掲げてあった。通路さえ開けたら日本へ帰るつもりだと言い出すと、葉氏は驚いたように見て、首を振った。

「つらい……苦しいでしょうよ。日本は」

恭吾は、答えた。

「そう思うから、帰るのだ。葉さん、やはり欧羅巴に戻る気はなくなった」

「信じられないことだ。どうして？」

恭吾はカレエ料理で火のように口の中が熱くなったのを冷やす為に、麦酒《ビール》に口をつけていた。

それからは静かに言った。

「国の奴の、負けて惨めな姿を見たら、急にそうしたくなったんですよ」

「信じられないことだ」

葉氏は繰り返した。

「帰って何をします」

「それは、わからない。また、何も出来ないことも承知している。そう、これは、私が日本人だったということかも知れぬが、やはり、帰らずにはおられぬようだ」

「あなたが」

葉氏は、やはり否認し続けるように首を横に振って見せた。

恭吾は説明を変えた。

「長く別れている女房や子供も、日本にいるので」

「ああ！　それならば、オールライトだ」

と、葉氏は初めて納得した。そして、恭吾が帰りの自動車の中で自分が倫敦の銀行に持っている預金を、ドルに換えて日本にとどけて貰う方法はないかと、頼み込むと、それも引き受けてくれた。

自動車は、またもや、敗残の日本部隊の後尾に追い付こうとしていた。驟雨《しゅうう》がやがて来ようという黒い雲が出て、その下にある樹林が目もさめるように青く見える中である。

夜の鳥

日中は春めいて来たといっても、日が暮れて来ると、東京の屋外の寒さはまだきびしい。画家は、舗道からドアを煽って屋内に入ると、ほっと白く息を吐いた。

ネオン・ライトの毒々しい色の看板が壁にあって、階段を昇って行く画家の古外套《ふるがいとう》の背中を染め、帽子の庇の陰になっている白い髪にも映った。

エレヴェーターはあったが、停まっている。四階まで、階段を踏んで昇るのである。ビルマの戦線で、マラリヤとひどい栄養失調になり、死ぬ思いを重ねて来た肉体には、この階段だけは、こたえた。

ゆっくり、ゆっくりと昇るのである。

二階、三階は貸事務所になっていて、夜は暗くひっそりとしている。電灯の点いているのはこの階段だけで、四階のキャバレのジャズ・バンドが、頭上から降って来るように、接近して来る。

画家は、三階まで来てから立ち止まった。浮浪児が一人、膝を抱えて、階段に腰をおろして彼を見上げていた。

「おい」

と、見おろして、

「また叱られるぞ。早く帰んな」

子供は、聞こえない顔をして、脇を向いた。自分が腰をおろしていても、片側が空いているのだから、通るのに別段不都合はないのだと主張しているようだった。

画家は、平等に子供が好きであった。しかし、戦争で犠牲となって生まれたこの種類の子供が、どういう歪んだ性質のものか知っていた。

「ブラシと靴墨は、どうしたんだ」

「盗られちゃったんだよ」

「よし」

と、抱えていた楽器のケースを持ちかえて、ポケットから紙幣を出して、

「遊んでいると、乞食になりっ放しになるぞ。今度、小父さんと会った時、ブラシと靴墨を持って働いていなかったら承知しないぞ。いいか」

終戦後三年目の東京で、小野崎公平は、画はなかなか売れないが、道楽で習ったギターを弾けば、内職になることを知った。そういう苦労は、巴里にいる間貧乏生活で慣れていた。職場

は転々と動いたが、現在は、ここの四階に新しく店を開いたキャバレであった。店内をどう装飾するかという相談にも画家の経歴が物をいったし、それ以上に巴里の安カッフェで用もなく歳月を暮らしていたのが、急に役に立って、昼間は火鉢もなく貧乏して画を描いている男が、夜はすくなくとも顔だけは羽振りがいいのだった。

浮浪児はのろのろと立ち上がって階段を降りてビルの出口まで来た。その時、外から戸をあけて入って来た者があって、彼を立ち止まらせた。

純白の地の厚い外套を着て、唇をくっきりと紅《べに》で彩り、派手な顔立ちが、子供の目には外国人かと見えたが、女は振り向いて後から入って来た青年を見ると、

「階段を昇るんです。エレヴェーターが動きませんから」

「何階まで？」

と、高野左衛子は問い返した。

「四階」

外人のよくやる所作で、左衛子は、それは大変だというように肩を、ちょっと挙げて見せた。

「そんな、四階まで歩かせて、お客さまがあるの」

「ですから、それだけ工夫をしてあるんでしょう。小母《おば》さま」

小母さまという呼び方を、青年は甘えるような調子で発音した。そして、ハイヒールの左衛子を躓《つま》ずかせまいと心遣いしているような様子で、段を昇り始めながら、

「キャバレでは、一番成功しているんだって申しますね。それに、上手に、浅草あたりで当った芸人を連れて来て、時々、趣向を変えて見せるから、人気があるんでしょう」

「とにかく、どこへ行ってもダンス・ホールとキャバレだらけね」

「競争は激しいようです。けれど、結局、いいものだけ残って行くんでしょう。この店なんか、ずいぶん、お勘定が高いことは高いんですが、画家の村田さんに言わせると、一番巴里のモンマルトルあたりのキャバレに近いんですって」

階段の脇の窓からガラス越しに、外の夜が見えた。焼け跡に建てられたバラックから漏れる灯影が、冬空の星を冷たく鏤《ちりば》めてある下に、ひろがっていた。窓の戸は、風で鳴っていた。

「さっき、下にいたの、戦災児童でしょう」

と、左衛子は言った。

外の暗くて寒々とした景色を見おろしてから左衛子がそう言ったとは、青年は気がつかなかった。

「ええ、どこへでも入って来るんですね」

一つの階段を昇り詰めて、エレヴェーターの前を通り、別の階段にかかると、左衛子は、は

っきりと年上の者らしい調子で、笑いながら、言い出した。

「でも、俊さんも、実に、どこへでも出入りしているのね。一体、それで、学校へも出ていらっしゃるの？」

「だって……聞きたいお講義のある時は、出ますよ。でも、小母さまなんかがそんな古風なこと、仰有るんですか」

バンドの奏楽が、まともに二人を出迎えた。青年は敏感にそれを受け、顔の皮膚の色まで明るくなる種族に属した。

「帽子、預けて来ます。私」

白服を着た少年の給仕が、進み寄って、

「お馴染の女給さんは？」

青年は悪びれずに答えた。

「美津ちゃん」

帽子と外套を脱ぐと、大学の学生だが派手な紅色の縞のあるネクタイで、背広をきちんと着こなして、物慣れた態度で、左衛子の案内に立った。

暖房がないらしいので、左衛子は外套を着たままでいて、青年が勇ましく外套を脱いだのに驚いていたところだった。どこから集めたのか外国の観光地のポスターやキャバレの広告が壁に一面に貼りつけてあった。よく見ると、これは模写なのである。この壁に寄せて、テーブルを置き、中央は踊れるように床をあけてあるのだが、その床はコンクリートのままで二、三組タンゴを踊っていたが、左衛子は外套の襟を合わせて、ひそかに肩をひそめた。

指名された女給が来て、青年に微笑んで見せてから左衛子に会釈し、女らしい注意をこめてひそかに観察しながら、次第に驚嘆したような目の輝き方をした。

「小母さま」

と、大学生は言った。

「お踊りになります」

左衛子は、唇を曲げて笑って、きっぱりと断った。

「厭」

酒に酔った調子の話し声と煙草の煙がこもっている奥に、バンドの席が見えた。突如として場内の電灯が消えたかと思うと、ライム・ライトの光が三カ所から床の中央に集められた。乳房と腰だけを布でつつんだ踊り子が、その光の中へ飛び込んで来て、手足と腰をうねらせて踊り始めた。豊満な胸をした若い女であった。顔の表情も明るく濃かった。光を軀に集めながらすぐ客のテーブルの前にまで踊りながら近寄って来た。

「ヘレン・水町ですよ」

と、大学生が知らせてくれた。

「浅草のレヴュで、今、ヒットしているんです」

別に左衛子は悪意を抱いているのではなかった。ただ、コンクリートの床を踏んで踊っているヘレン・水町の素足が変に気になり、自分がざらざらした寒さを覚えて来るような心持ちだった。足の裏を除くと、その脚は確かに形がよく、同性の目にも肉感的に見えた。

「いい客筋には、ヘレンが出るって知らせてあるんですよ。だから、ふりで来た客（※43）は知らないのです」

左衛子は、煙草を出して、優美な手付きで口に持って行った。踊っているヘレン・水町を見詰めている大学生は、ライターを出して淑女に奉仕するのを忘れているのだった。それがおかしくひとりで微笑みながら、左衛子は膝のハンドバッグの蓋をひらき自分のライターを取り出していた。

舞踊のショウが終わると、また場内の電灯がともり、バンドの楽師たちが台から降りて、客のテーブルの前に来て、演奏を始めた。客は税金だと諦めて、この戸別訪問に何枚かの紙幣を出して渡すのである。

左衛子は、目を逍《さまよ》わせて客種に注意を向けていた。ギターを抱えて楽手が、ひとりだけで左衛子の前に立ち、

「歌わして下さい、マダム」

と、不意に言い出したので、顔を上げると、白いベレ帽をかぶったように白毛《しらが》を冠って笑っている童顔に、はっとした瞳を据えた。

「歌わして下さい、マダム」

と、画家は道化《どうけ》て、きれいな白毛頭でお辞儀して見せた。

「小野崎先生、あなた！」

小野崎公平は、人なつこげに笑った。

「そういえば、どこかでお目にかかった奥さんでしたな、これは！」

「どうなさって？」

「いや、敗けましたよ」

画家は、こう言って近くにいた女給にギターを渡して持って行って片付けさせた。

「暫くでした。しかし、……」

と、大学生の方へも会釈して、

「お邪魔になりませんか」

「とんでもない！」

と、左衛子は叫んだ。

「でも、ご無事で、よござんしたわ。ほんとうに、こんなところで、お目にかかるなんて。……いつ、お帰りでした？」

「非戦闘員でしたから、早かったのです。終戦後、最初の送還船で、……いや、奥さん、僕は、ビルマから昭南まで、てくてく歩いて帰って来たんです。そうだ、ビルマに立つ前の晩にお宅へ伺いましたなあ」

律義に、客と店の者との区別を付けて、画家は、まだ立って話していたので、

「おかけなさいまし、小野崎さん」

「やあ」

と、初めて、椅子に腰をおろしながら、また改めて、

「暫くでした、奥さん。しかし、どうも、さっきから、奥さんらしいと思って。しかし、すっかり変わりましたね。洋装で、見違えましたよ」

「ああ、何のことかと思いましたわ。変わったとおっしゃるから、お婆さんになったと」

「やあ、とんでもない。三つ四つ、お若くなった。僕を見て下さい。このとおり、真白だ。ビルマは、ひどかった！　そうだ、奥さんは、あの晩、よせと言って留めてくれた。勝っているというから行って見たら、負けていたんだから、ひどい」

「印度を見て来るって、出ていらしったのね。ほんとうに」

「印度どころじゃない。お話になりませんでしたね。食物なんかなしに、逃げ回っていたんで、でも、どうにか生きて帰って来ました。今になっても、まだ自分が生きているのが嘘のような気がして……」

気がついて左衛子は、黙って見ているばかりの大学生に、

「俊さん、ビールでも頼んで上げて下さい」

「そうだ」

と、画家は無邪気に磊落《らいらく》に、(※44)

「飲まして下さい。この頃のビールは、高くて、ひとの飲んでいるのを見ているだけだ。しかし、……」

と、突然に、

「奥さん、僕は、画を描いていますぞ」

「ほんとに」

左衛子は相手が画家だったことを漸く思いだしたのである。

ところで、画家は、そう言ってから自分で感動してしまっていた。子供のような性質が前面に押し出して来て、顔も赤くなっていた。それを、また、てれて、笑ったが、

「逃げて帰る途中の一番苦しいさなかにも、何が一番つらいって、せっかく、わしが画を描き

出したのに、これで死ぬんでは、ということでした。はっはっは……その、一念でした。ばたばた人が死んで行くんで」

「………」

「僕も自決用に手榴弾を一つもらっていたんですが、マラリヤの熱でうんうんいっている時、これは危ないと気がついて、捨てました。こんなもの、持っていては絶対にいかんと思ったので。生きて日本に帰ったら、画を描いてやるぞって！　熱でがたがた慄《ふる》えながら、いや病気が苦しくなると、それだけ思っていることにして。こっちに帰って見れば、なかなか好い画は描けんのですが、その時は、一心に、そのことばかり考えておりましてね。お陰で、どうやら死神とだけは握手しないで来ました」

「夢のようね。何もかも」

「そうですよ。えらい目に遭いましたよ」

話すことが有り余っていて、目を見合わせて微笑んだ。画家は、ビールが来ると、一息にグラスを空けた。シンガポールでも、酒量では海軍に敗けぬと自称していたのである。

「でも、戦争が済んで、小野崎さん達の時代が来たんじゃありませんか」

「僕らの……」

「ええ、芸術だの、文学の……」

「とんでもない」

と、画家は目玉を大きく剝《む》いて手を振って見せた。

「文化国ですか。僕は、口でそう言っている人間に出会うと、軽蔑することにしているのです。政治家だけが無責任に、そう言っているんですよ。とにかく、小野崎公平画伯は、画では絶対に食えません。認められもしません」

おっ、と叫んだのは、他の楽手達が台に戻ったのを見たからで、

「仕事。仕事。失敬します。まだ、いらっしゃるようでしたら、あとでお話しに来ます」

そして白頭の画家は、大きな背中を向けて、遠ざかって行くと、演奏台のバンドの仲間に加わり、白い服装に照明の光をあびながら、ギターを抱き上げていた。ふざけているのではなく、真面目であった。

「前からご存じの方？　小母さま」

と大学生が言った。

左衛子が振り向くと、ほっそりして、きれいにしている顔が笑っていて、

「けれど、自分がバンドなんかしているので、あんなことを言うんでしょう？」

「どう言うの？」

「ご自分が画を描いていることだの」

と、大学生は言った。

「それから、戦争のお話なんか、わざと、こういう席でなさるの、どうでしょう」

左衛子は抗議した。

「真面目な好い方なのよ。それに、もともと軍人さんではないんです」

「でも、小母さま、私、今になっても、まだ、戦争の話を持ち出すひと、嫌いなんです」

左衛子は、ふいと、この色の白い大学生が、歌舞伎の「助六」の舞台に出て来る通人[※45]にどこか似ているところがあるように思いながら、自分が思い立っていた計画を、すぐに実行に移そうとして、ハンドバッグをあけ、紙と、その上に文字を書こうとして口紅のステックを出したのを、

「紅では気障ね」

と呟いて、

「俊さん、万年筆を貸してちょうだい」

「何をなさるの」

「秘密」

わざと掌でかこって、見せないようにしてペンを走らせたのは、後で自動車を迎えに寄越す

から、来てくれ、慰労会をやるから、という意味の文面であった。そして、その後に左衛子は走り書を加えた。

――一緒にいる澄ました若いひとは、その前に、整理して置きます。

ひとりで笑って、大学生の目の前で、紙を折り畳んで持った。

「出かけましょうか。俊さん。お勘定をさせて下さい」

「もう！……まだ、ショウもあるんですよ」

「ええ、でも、もう、大体わかったの。外へ出てからお話しするわ」

はっきりとして、視線は、演奏中のバンドの方へ向けられた。大学生は、早く立つのが、つまらなそうだったが、言いつけられたとおりにして、計算させると、左衛子は無造作にハンドバッグの中の百円札を算えて支払った。

「まいりましょう」

そつなく、女給の方にも会釈してから、彼女のしたことは、踊っている人々を避けながら真っ直ぐに床を横切って、演奏中の画家のところへ歩くことだった。

華やかで傲《ほこ》りを込めた姿勢が、他のテーブルの客の注目を一度に浴びることになったが、左衛子は一向無関心に、事務的に画家に今の手紙を渡しおえてから、待っている学生のところへ戻って来た。

「さあ、行きましょう」

　舗道は暗くて、空の星屑のこまかい光が、急に鮮明になったようである。

　左衛子に先廻りして大学生は、言い出した。

「あのひとと、どこかでお会いになるんですか？　小母さま」

「そのつもり」

　と、はっきり言って、

「あの店の内情も、よく尋いて見ますわ」

「じゃァ、私も伺った方がいいかしら」

　軽く左衛子は拒絶した。

「そうでない方がいいでしょう」

「でも、小母さま」

　と、女のように優しいのが、かぶせるようにして食い下がって来た感じであった。

「私がお話を伺っていると、あのひとが、ほんとうの話をしているかどうか、すっかり判るだろうと思います」

「それほど、あたし、熱心でないのよ。もとから大体見当だけはつけていたんですけれど、あのいうキャバレの経営も、もうリミット（底）が見えているわね」

「そうでしょうか」

「入っているお客さまを見ていて、そう思ったわ。やけのように飲んだり踊ったりしているのね。変に健康でないものがあるの。空気の中に、素人のひとには、これは見えないもの、そう言ってもいいけれど、……あすこは、それがもっと、露骨に見えていてよ。新円(※46)の自由になる人たちでしょうけれど、常連というのが出来てないし、あのやり方では当然出来ないものなのね。お店のお客さまも、一度っきりの勝負なの」

「…………」

「だから、裸ダンスが要ります。それで、その費用の負担が、お客の足を遠のけているんですわ。ああいうお店は早く、はやらせて、早く売った方がいいのね。珍しいうちだけのいのちで、そう毎日お客を入れ替えて後が続くものじゃないの。私がキャバレをやるんだったら、もっと別のものをやります。そして、お金の続く限り、同じお客が来ずにはいられないようにしてしまいます」

「それァ小母さまがなさるのなら」

「考えているけれど、難かしいものね。まだ、出る幕じゃないわ。方々が草臥《くたび》れてしまってからでいいんです。でも、今夜は有難う」

大学生は帰ろうともしなかった。やはり、随いて歩いて来た。

「小母さま、コカイン(※47)の売物があるらしいんです」

「危険よ、他の物と違って、気をつけないと」

軽く、こう受けてから、

「そのお話だったら、この次伺うことにするわ、どっちへいらっしゃるの。銀座?」

「きめてないんです。小母さまとご一緒だと思ったから」

小野崎公平を乗せた自動車は、銀座通りを横切って築地に出てから、速力を落としてコンクリートの厚い塀に接近して停まった。

「こちらなんです。門の前につけると、うるさいもんですから」

「有難う」

降りて見ると真暗だったが、大きなお茶屋か料理屋と知った。門は閉まっていたが、脇にある木戸を押すと、簡単にあいた。石のたたきが、灯影《ほかげ》の映っている玄関に通じていた。歩いて入りながら画家は、梅の匂うのを感じた。石灯籠《いしどうろう》の上に、花の白い枝が出ていた。しんしんと冷たい夜になっていた。

広い玄関のたたきに立って、尋ねると、お待ちになっていらっしゃいますと、答えた。きれいに拭き込んだ檜《ひのき》の縁に上がって、画家は沓下《くつした》が破れているのを不面目に感じた。

「寒い晩ですねえ」

「ほんとうに、急に冷えてまいりました」

廊下を先に立って小腰を屈めていた女中は、階段を昇らせた。大きな、そして木口のいい立派な普請が、戦災にも焼けずに無事に残ったことである。

「こちらでございます」

襖をあけて見せて、

「あの、お見えでございます」

奥で左衛子の声がした。画家が次の間で外套を脱いでいると、日本髪に結った若い芸者が迎えに出て来た。そして左衛子が待っていた眩しいように明るい座敷にも、四人の老若の芸者が居住まいをなおして画家を迎えた。

「やあ！　これァ、きれいだ」

「小野崎さんに見せて上げるつもりで、召集したの」

老妓《ろうぎ》が手をついて、急にもったいらしく、

「あの、裏口から伺いました」

「好きなひとに、会いに来たようで、いいじゃないの」

と、左衛子は空けてある上座に画家が坐るように勧めながら、

「でも、裏木戸とでもいわなけれァ、裏口はちょっと、……」

「ご当節なんです。間夫《まぶ》も旦那も、すべて、裏口からでございます」

画家は、床柱《とこばしら》の前に火のよくおこった火鉢と脇息《きょうそく》との間に坐り、目をぱちぱちやって、女たちを見回して、

「違う」

と、大袈裟に呼ばわった。

「やはり、日本だ。日本に限る」

「印度がいいって仰有った癖に」

と、左衛子は外套を肩に羽織った姿勢で、明るく笑って、

「でも、あたしが帰って洋服を着るようになってしまったから、わざと、このひと達に髷《まげ》で来てもらったのよ。きれいでしょう」

「この東京の焼け跡にも、こういう人達が、まだ残っていたかと、思うんですよ」

「細々と……」

と、老妓が笑って、

「もうご臨終で、絶え入るばかりというところでございましょう。けれど、風向きが少々変わって、外から来るお客さま用に、文楽並みにお上《かみ》が保存して取らせるって。そのうち、博物館

の中へ引越すんでございましょう。私たちは、まあ、よござんすけれど、若いひとが続きませんわね。キャバレやホールの方が、ちょく(※48)でよろしいんです」

「世の中も、がらりと変わったから」

「どんでん返しです。奥さん」

「でもね、残ると思うわ」

「どうですか。そのうち、労働基準法でご規則が出るんですって」

「あら、学者だ」

ぽんと胸を叩いて、反って見せたが、

「日陰の方が息が楽でした。受けた教育が違いましてね。急に、お日さまの、かんかんあたるところへ引き出されて、何もかも極りが悪いよう。と申すのが、当節なんでございましょう。けれど、勇ましくなりました。アヴェック、キッス、ロマンス・シート……エロはその手前によくわかりますが、一々頭痛がして来ます。だんだん、日本も日本語ではいけなくなるんでしょうか」

「そんなこと、ないわよ。でも、まあお上がりなさい。小野崎さんも、遅れて来たんですから、どんどんお酌して上げてください。そちらの、きれいな方たち」

「おぐし、ほんとうに、きれいに白いんですこと」

「戦争のせいだよ。ほんとうは、まだ若いんだ」

「これからですよ、旦那なんか」

「そのつもりでいるんだよ。せっかく、拾って来たいのちだ」

「小野崎さん」

と、左衛子が急に、

「急に、あたし、思い出したんですけれど、伺いたいことがあるの」

「何でしょう」

「あなたの乗っていらしった船に、元って、ずっと昔、海軍にいたことのある守屋恭吾って方が……ひょっとして、乗っていらっしゃらなかったでしょうか」

「守屋……？」

「でも、あなたのお船、軍人でない人たちだけ乗って来たんでしょう。まだ、後にも残っていたのでしょうか？　実はね、そのひと、華僑の中に入っていたので、スパイの嫌疑で憲兵隊につかまっていたんです。それが終戦で釈放されたとすると、日本人なんですから、やはり送還されたのじゃないか、と思って」

ほっと息をして左衛子は言った。

「どなたか、調べて頂く方法ないでしょうか」

左衛子が言葉を区切った時、次の間の襖をあけて、女中が畳に手を突いているのが見えた。

これは、客が来たのを取次いで来たので、

「奥さまにお目にかかりたいと仰有って、甥御《おいご》様がおいでになりましたけれど、お通し申しましょうか」

「どんなひと？」

と、左衛子は、向きなおった。

「名前を言ってて？」

「俊樹だと仰有いました」

「まあ……」

と、ちょっと顔をしかめて、

「厭なひとね。小母さまって言ってたんでしょう、あたしが、いるって言ってしまったのね」

「お断わり申し上げましょうか」

「構わないわ。通してちょうだい」

左衛子は、画家の方に向くと、

「さっきの青年」

と、説明した。

「いい家の坊ちゃんで、大学生なの。女みたいにおとなしいんですけれど。おかしいわね、この頃の若いひと」

「…………」

「変に利口で……学生らしくなくて、何ていうのでしょう？　ほんものの商売人はだしなのね。頼むと、どんなにない品物でも探し出して来るわ。便利は便利なんですけれど……」

しかし、その当人が、もう次の間に入って来ていて、

「小母さま」

と、言った。

「私、お邪魔じゃないでしょうか」

「そうよ。学生の来るところじゃないのよ」

左衛子の笑顔に冷たいものが見えていたのにも、青年は平気で入って来た。細面の顔が落ち着きはらっていた。

「きっと、こちらにいらっしゃると思ったんです。途中で、急に気がついたことがあったものですから」

「まあ、きれいな方達でも見て、お帰りなさい」

左衛子は、改めて画家にも紹介した。

「今、お話しした岡村俊樹さん。どういうものか親戚でもないのに、私のことを小母さまと呼ぶんです」

「だって、小母さま」

とまた出て、平然としていて、

「お年上の方なんですもの」

左衛子は、肩のあたりで苛立《いらだ》ったように見えたのを笑顔で画家に話を向けた。

「今のお話お心あたりないとすると、こちらに家族の方がいらっしゃるのを何とかしてお所を探したいんです。でも、海軍省はもうないし、それにずっと前に海軍をやめた方なんですから、どうしたらわかるかと思って……」

部屋が暖かくなったので、左衛子は、肩にかけていた外套を落とした。滑らかに、形のいい上半身が現われたのが、するりと、バナナの皮を剝き取ったような感じで、画家の目にも新鮮であった。若い芸者のひとりが、手を伸ばして、外套を畳みにかかった。

「守屋恭吾っていうんです」

もうかなり酔って来ていた画家は、取り澄まして坐っている岡村俊樹に、最初からあまり好意を持っていなかった。

「守屋……しかし、なんで、そう熱心なんです?」

と、言ってから、急に野人らしい笑い方をして、

「それァ、奥さん、そういう探しものをなさるなら、その岡村君に頼んだらいいじゃないですか」

岡村俊樹は、一向に画家の皮肉を感じなかったばかりか、好い機会と思ったらしく、口をきき出した。

「何でしょう? 小母さま」

左衛子は、目で笑うだけで黙っていると、

「何をおさがしになっていらっしゃるんです?」

「人間」

と、左衛子は答えた。

「コティの白粉じゃないの」

「どんな方なんです」

「二十の扉（※49）ね」

「僕、さがし出しますよ。小母さまが、そうしろと仰有るなら」

早耳に、俊樹は、もう聞いただけのことは承知していた。

「守屋恭吾って、もと海軍にいた方なんですね。それなら、どこかで兵学校名簿を見るか、も

との水交社の会員名簿をさがせば出ているでしょう。簡単な推理の問題ですよ。原籍さえわかったら、その土地の役場に照会の手紙を出せばいいのです。方法は、いくらでもあります。同期の人で戦死しなかった方をさがして、お尋《き》きしてもいいわけでしょう」

「だが、組織のあった時代とは違う。皆、ちりぢりばらばらになって、どこに行っているか、お互い同士でもわからなくなっているんだと思うなあ」

と、画家は本気になって言い出した。

「実に見事に毀れてしまった。連合艦隊と同じことだ。皆、困って、転々としているんでしょう。家だって焼けてしまったひとが多いんだから」

「それだから僕は一層判り易いと思うんですよ。境遇が急に変わったのですから、誰々がどうしているって、もとの仲間では必ず話題になっているし、前よりも消息がわかっていると思うんです。僕の従兄も海軍でした」

左衛子は急に言い出した。

「牛木利貞少将が同期だったんです。あの方ご無事だったんですって」

「それ、ごらんなさい」

と、大学生は得意らしく白い顔で微笑して芸者たちの注意を一身に集めた。

「わからないこと、ありませんよ。世の中って複雑なようで単純なものなんですよ。僕の従兄から線を牛木って方に引けばいいんです」

画家は、それを望まなかったのだが、この大学生と帰る方角が一緒で、自動車で自宅へ帰る左衛子に別れると、二人だけになって駅に入った。

こんな遅い時間にプラットホームはまだ混んでいた。画家もかなり深く酔っていたが、人中へ出ると軀をちゃんとする習慣があったのは、昔巴里で習得したものである。ベンチに倒れ伏している者や、柱の根元に、立っていられないで軀を折って畳んだように蹲っている酔漢《すいかん》を見ると、古外套につつんだ胸の奥に同情とともに暗いものが、動いた。

(やけになっているんだ、皆)

酔っていない他の人間も、この遅い夜の時間に見ると、幸福そうには決して見えなかった。寒風の中に外套や帽子なしでいる者が多かった。楽しむことがあって家へ帰るのが遅れた人達には見えなかった。待合室では、浮浪児が、用もなく遊んでいた。

不意と、並んでいた大学生が、

「小父《おじ》さま」

と、彼を呼んだ。

「さっきの待合を、高野の小母さまが買ってしまったのをご存じですか」

「知らん」

と、画家は、急に、むやみに怒りっぽくなって、どなるように言った。

「そんなこと、僕は知らん」

岡村俊樹は、なぜ画家が機嫌を悪くしたのか理解しなかったし、また鈍感に見えたくらいに平気であった。

「あの小母さまのことですから、何かなさるご計画なのでしょう」

おとな気ないと気がつかなかったら、画家は、もう一度癇癪《かんしゃく》を爆発させてどなり出すところであった。彼自身は夜のキャバレの音楽師で、百円札を反古《ほご》のように費《つか》う柄《がら》はあまりよくない客に仕えているのだが、五十面さげて、いつか好い画を描いて見せようという夢があって、夜の稼ぎも是認しているのだった。画家の目には高野左衛子が、忽然と自分とは別世界の人間に見えて来た。シンガポールでは軍人ばかりいる中で、そうでない人間だから、なつかしんで来たのである。

「帝国海軍を食いちらして来た女だ」

と、突然に彼は言い出した。

「今度は何を食う気か知らんが、あれは、優しいきれいな顔をしていて、化物だ」

俊樹は、驚いた様子もない目の色で、画家を見まもっていたが、自然な調子で言った。

「小父さまも古風な方なんですね」

「古風?」

と、言いながら、画家はまるで別のことを、猛《たけ》り立った様子で言い出した。

「そう、なれなれしく俺を小父さまと言うのは、よしてくれ、それだけは絶対によしてくれ」

青年は呆れたようだったが、冷やかなくらいに平気でいる。酔っぱらいをいたわる気持ちではなく、冷静な打算から、この遥か年上の大男に逆らってもくだらないと感じたまでである。

「小母さまのお仕事を手伝ってお上げになったらいいじゃありませんか」

「厭だ」

と、画家は片意地に言った。

「わしは貧乏で、よろしい」

これで話すことはなくなっていた。

電車が来て、ふたりは並んで腰かけたが、俊樹は眠った振りをして目をつぶった。離れたところで、若い男女が一塊りになっていて、ホールの帰りらしく澄んだ女の声でジャズソングを歌って、合唱のところを他の者がはやし立て、その中の一人は、いないパートナーを抱える形をして、ダンスのステップを踏んでいた。画家はそれを睨むようにして見ていたが、やがて、視線を他の乗客に移動させて行った。歌っている若いものたちを見て咎めるように光っていた目は、栄養不足と過労でやつれて居眠ったり、漠然と疲れた目を見張っている人々の顔を見て、移っていった。その人々は顔の表情とともに、衣服もまた草臥れていた。

「君」

と、今度は、画家の方から、大学生に話しかけた。

「僕はね、これから人間の悲惨を画に描くのだ。疲れた人間や、生きる苦しみを描く気でいるのだ」

俊樹が見て、画家の顔は一変し柔和な影を深くしていた。

「無論、僕の画はきれいでないから金持ちの贅沢な客間には向かぬ。売れないと最初からきまっているんだ」

「………」

「だがね、僕は南へ行って土人たちの惨めな生活を見て来た。兵隊の嘗めた苦しみも残らず見て来た。これァ、当分、描く気になれぬほど思い出すのも苦痛なんだが、いつかは必ず一所けんめいに描いて見せる。それから戦災浮浪児だ。上野のルンペンだ。復員者だ。その前に僕は巴里の貧民の悲惨も見て来ている。ちゃんとしたインテリでいてセーヌの橋の下で寝ている宿無しもあるのだ。僕ほど、各国の人間の生きる苦しみを見て来た男はないといってもいい。だから描くんだよ。僕でなければ描けない苦しい画を、その内、きっと描いて見せるんだよ。こういう電車の中の人間も描いて見せるよ。まだ画が拙いけれど、うまくなったら必ず、きたないものを堂々と描いて押し出してやる。そ、そうなんだよ、君」

そして、ふいと彼の視線は、乗客の前に写生のモデルに坐っているように動かずに瞳は一方に釘づけにしている美しい顔を一つ見出した。これは外套もきちっと身についた紳士であった。そして画家は知っているはずはなかったが、これは守屋恭吾であった。

再会

一度、他の乗客に移した視線を、知らず識《し》らずまた恭吾の横顔に戻して来て、画を描く人間特有な深い見詰め方をした。どこかで見た顔だと思い、きびしさが現われていながら影に変に淋しいものがあるように感じた。

見た顔のようでいて、記憶は覚束《おぼつか》なかった。あるいは、この電車の中では際立ってあか抜けて整って見える服装から画家は巴里あたりで見た人間の誰かと思い違いしたのかも知れなかった。

そういえば、灰色がかった落ち着いた服も外套も、仏蘭西人の好みを感じさせた。仏蘭西人は決して、亜米利加《アメリカ》人のように印象の強過ぎる明るい服装をしない。色なども渋く落ち着いたのを選び、古びているのも平気で着ているものである。

恭吾の服装がそれであった。顔に影をつけているボルサリノ（※50）らしいソフト帽も、深い茶色が、リボンも色が褪せていた。その代わり品よく見えた。隣に腰かけている中年の男の海軍将校の外套が手入れも悪く、色がみすぼらしく見えるのと、格段の違いであった。

画家は、恭吾の顔立ちを見ていて、画になる顔だなと感じた。ことに、一種ひき緊《しま》った強い表情に心を惹かれた。鼻筋も通っていたが、その目は一点を強く凝視して動かない。その癖、顔を形作っている線は、柔和な性質のものであった。言わば、力は内部から出ている。画家は奈良の東大寺戒壇院《かいだんいん》の四天王（※51）の顔を連想していた。あの彫刻は、鎌倉期のものが憤怒《ふんぬ》を外部の強い線で表現しているのと違って、力を内側へ追い込んで、強く見えながら優美な姿である。運慶（※52）などの筋骨ばかり強く硬く彫りあげてあるのとは違うのである。柔和でいて強いのである。

その時、電車は、新宿に着いていた。画家は急に気がついて立ち上がり、出口の方へ歩き出してから、連れを思い出して振り向いて、

「失敬」

と、言って、プラットフォームへ降りて行った。自動式の扉は、すぐに音を立てて、その後姿は閉ざされた。

電車はまた走り出していた。

中野まで行って降りる岡村俊樹は、ひとりになって急に寛《くつろ》ぎながら、画家を年寄りの癖に見当違いの妙な奴だと思って軽蔑した。キャバレでギターを弾いて食っているだけの人間で、画は、口だけで描いているのに違いないのである。

その向こう側の席に、守屋恭吾は両腕を組んだ姿勢をまだ崩さずにいた。視線もまた、斜め前に腰かけている若い男の顔から離れない。その男は陸軍の将校の軍服を釦《ボタン》をかえて着て、鞄《カバン》も将校用のものを抱え、長靴をはいて、前身を物語っていた。まだ二十六七の青年だったが、顔の皮膚は厚ぼったい感じの、言わば自分のことだけは判って他人のことは一切無理解な傲然《ごうぜん》とした性質を、露骨に人中で顔に示している男であった。

実に、恭吾は、この若い男の鈍感らしい無表情な顔付きを夢の中でも見て来たのだ。飯田橋駅でこの男が乗って来て、向こう側の席に腰をおろし、ふと顔を見た時に夢かと思って見詰めたものである。

目が合って、相手にもこちらの視線がわかると、一旦は咎めるように強く見返して来たのが、急に卑屈に目を逸らして脇を向き、落ち着かなくなった様子を腕を置く動作に示した。

恭吾は、相手も記憶を失っていないのを見た。さぐるようにこちらを見てから、後は目だけ避けていた。マラッカで会った時は、もっと子供のような顔をしていたが、今は、世間ずれしたというのか、生活のやつれか、陰険な影が顔に出来ていた。しかし、この人間には違いなかった。黒子にまで記憶がある。憲兵隊で、恭吾を取り調べるのに二十四時間、交代で番人をつけて直立不動の姿勢を取らせ一睡も許さずに同じことを繰り返して尋問して故意に疲労させたり、普通のことのように棒で突いたり、打ったりした。恭吾が再三失神するまで拷問を加えた。自白する事実を持たないと言っても、売国奴呼ばわりして懲りることなく追及が続いた。

後で思い出して切歯したが、あまりの苦しさに、たまりかねて、

「私は、君には、親にあたる年配なのだ」

と、訴えまでして、逆に相手を怒らせた。恭吾は、それを急に思い出して、外套の中で全身が燃え立つような心持ちがした。

（こいつだった！）

忘れたいと思っていた人間が、忽然と、目の前に現われた。この内地の省線電車の中で、それも知らぬ顔をして、平気らしく脇を向いて、耳の下に黒子のあるのまで見せつけている。頑丈な軍靴を見てもカーキ色の制服を見ても際限なく憤怒が燃え立って来る。確かに、恭吾から見て、子供の年齢であった。それが、何ともいえぬふてぶてしい顔付きで、一切を忘れてしまっているらしく、そっぽを向いている。傲然と、無表情に。——過去にその強い調子で、不幸な人々と問題の間を通り抜けて来たことを、改めて恭吾に思い出させようとしているらしく見

える。人間の顔ではなく、痛覚のない肉の塊りを見るようであった。

画家が見た恭吾の動かない姿勢と強い物の見詰めようは、この男を対象にして、目を離すまいと堅く決意したものであった。男は、ジャズソングを歌ってはしゃいでいる学生たちの方を見まもっていたが、暫くして恭吾がなお見詰めているのを知ると、瞼を閉じて眠ったように見せかけていた。

目をつぶると、彼は、不思議にも子供っぽい顔立ちになって来るのだった。

東中野に着いて、ドアの開いた音で男が急に気がついたように目を見ひらき、重々しく降りて行くのを見ると、恭吾は、やはり立ち上がって、後に続いた。

男ははっきりと振り返って恭吾を見た。改札口から出て小屋掛けの一部落を過ぎると、道路は焼け跡の間を通っている。一塊りになって駅から吐き出された人々は、道を分かれて次第に離れ離れになって来た。恭吾が男に追いついた時、焼け野原の向こうの黒い丘の上に、遅い月が上がっているのが見えた。

「君」

と、並んで歩きながら顔を見て、

「僕を忘れていなかったな」

男は急に鞄を持ち直して振り向いたが、歩くのをやめない。

「どなたでしたろう」

「忘れた？」

にこりとして、

「それなら、それでよい。思い出すようにしてやろう」

「何ですか！」

と、強い声で言った。

「失敬じゃないですか。不意に」

「そうだ。礼儀は抜いておる。二つの方法がある」

と、恭吾は、語気を確かに、言い切った。

「君が、両親と一緒におるなら、君の家まで行って親の前で話す。それを君が好まぬならばどこかその辺の焼け跡の、邪魔の入らぬような場所をさがして、話すことにしよう。どっちを取る？」

迫る強い気力に、相手は急に動揺を感じたものらしかった。その癖、恭吾は、闇の中でも冷静な表情でいるのがわかった。

若い男は、急に威嚇的にほえ立った。それは兵隊のものであった。

「やるって言うのか？」

「そうだ」

「自分は、あんたのような年上の人間を相手にして喧嘩する気はないですよ」

「有難う。だが、そんな遠慮は一切要らぬ。私は君には年寄り臭く見えるだろうが、国家の保護を抜きに外国を歩いていた男だ」

「…………」

「そういう人間が、危害に対して身を護るのは、自分一個の力によるより他はないのだからね。そのつもりで準備もし、生きても来た。君が心配してくれるような相手ではないのだ。それとも君の両親のいるところへ行くかね？」

「母親ひとりなんですよ」

と、若い男は、気力の崩れる一歩前にいて、訴えるように叫んだ。

「父親はいないんです」

恭吾は静かに言った。

「なるほどね。では君一個で解決したまえ」

「人違いしているんじゃないですか」

と、もとの憲兵士官は言った。

恭吾は、立ち止まった。

「卑劣な言い分だ。取り消したまえ」

「………」

「実際、私も故国へ戻って来て、最初に出会った人間が君なのには自分も驚いたのだ。君は、一番私が見たいと思わぬ人間だったからね。私の性質は、しつこい！　長く外国暮らしをしていて肉食ばかりしていたせいかも知れぬが、やはり、孤独で外国人の中にいたせいだろう。しかし、君のように陰険で残忍な真似はせぬ。ことに、力を他に借りない。権力のある椅子にいなければ卑怯で弱いという人間ではないのだ。自分が、こうせねばならぬと思ったことは自分の力でやる。憲兵だったために、君が私に尋問したことも承知だ。そうかといって君を許せない。君は抵抗の出来ぬ人間を、無用に、残忍に迫害した」

「戦争だったからです。何も自分が好んで……国家の命令で、僕は、何もかも……」

「違う。命令を逸脱しておったのじゃないか？　その分の清算は君の責任だ。そうじゃないか」

「間違っていました」

「そうだ、確かに間違っていた。そう認めたら男らしく責任を取りたまえ。断わっておくが、私は無抵抗でおれとは言ってないよ。人もいないし、この辺ではどうだろう？」

「………」

「私も、もとは軍人だったんでね、軍人が急に帯剣《たいけん》も椅子も失くしてから、変にうらぶれて精神までが弱くなっているのを見るのが厭なんだ。男らしく、やりたまえ」

棒のように相手は軀を硬直させていた。

「来ないのか！」

「自分は抵抗しません」

「勝てない、と思うのかい？　君の厚ぼったく鈍感な顔付きに、少し焼きを入れて、他人の苦痛もわかるようにしてやる必要があるのだ」

と、恭吾は、一語一語、ゆっくりと言った。

「人間が心にもなく悲鳴を揚げ獣物《けだもの》のように呻《うめ》いたり泣いたりする肉体の苦痛というのが、どんなものか、自分で知って置いてよいことなのだね。これはいかん、と気がつくだろうよ。再び他人にそういう目を見せまいと考え直すだろう。私は老人だ。しかし、対等の条件で、君の軀《からだ》にそれを教えてやる。この空地でよかろう」

スパナーのような強い力で、腕をつかんで曳きずって行った。

「おい、私がもと将校で、士官だと思って萎縮しているならば、貴様は、いよいよ精神が卑怯なのだぞ。対等の人間一匹だ。男らしくしろ」

「警察に行って話しましょう」

恭吾は、釦を外して外套を脱ごうとしていた。

「若い癖に」

と、彼は言った。

「そんな、突っかい棒がないと、ひとりでは何も出来ぬのか。その根性が、権力のある椅子に坐ると、平気で他人を人間扱いしないことになるのだ」

寒風の中に彼は上衣を脱ぎ捨て、ネクタイを解きにかかっていた。悠々とした動作を、月明りが浮き上がらせていた。

突然に相手は地面に坐って、手を突いた。

「あやまります。許して下さい」

こう言って地面に額をつけた。

恭吾は、それを見おろしていた。

「厭なことをするな」

と、彼は言った。

「まるで、田舎芝居みたいじゃないか。私は浪花節は嫌いだね」

「………」

「こう、なまぬるく好い加減のところで折り合うのが日本人の流儀なのかも知れぬが、私はそうしない。こうと思い立ったことは終点まで追い詰めないと、後味が悪くて眠れなくなる質《たち》だ。君は悪いものを相手にした。そんな卑しい真似はしないで立ち上がりたまえ」

風を截《き》って焼煉瓦《れんが》か石が、恭吾の耳をかすめて飛んだ。

「ほう」

と、身をすくめて避けたのと叫んだのが殆ど同時で、逃げようと立ち上がって身をひるがえした相手に敏捷に躍りかかっていた。最初の一撃が顎に入って、見事に地面に長々と横たわらせていた。

「念入りに立派だな」

と、恭吾は言った。

「待ってやるから、気分がなおったら、立って来るといい。繰り返して言うが、私は仮借しない男だ。ゆっくりでいいから、とことんまで、やろうじゃないか」

煙草を出して口に咥えると、寒い風に消えようとするのを掌でかこいながらライターの火を移した。突立ったまま、彼は待っていた。立ち上がれるはずだが、相手は起きて来なかった。静かに彼は煙草の味を楽しんでいた。月明りは、吐く息と、煙の色が見えるほどであった。

「君」

と、呼びかけた声に地上の敵から目を放さずにいながら休戦中の寛ぎが感じられた。

「私のことが判ったのは、投書があったからなんだろう。え？　それから、その手紙は、日本文だったし、女の書いた文字だったろう」

相手は暫く答えなかった。

「知っているのだ」

と、恭吾は冷静な声で言った。

花

電車が、大船駅を出たので、俊樹は、開いて見ていた雑誌「世界」の新しい号を閉じて巻いて手に持った。決して彼は論文を読む興味があったのではなく、また読んでも理解出来なかった。漠然と、彼は学問的な難かしいものにあこがれて保存していた。そのために本はいつも俊樹の装身具になる。実用の意味を抜き去った女のハンドバッグと同じことになるのだった。

もっと彼は、抜け目なく実際的に自分の世界観を作り上げていて、学問は背景にひきさがって書き割の役をしているだけであった。戦後の世界は、実用的な尺度で理解すべきものだと思い込んでいた。インフレーションから学費や食費の一切が騰《あが》って、真面目な学生でも街頭のアルバイトに出る必要に迫られていた。同じことを、俊樹は数等上手《すうとう》に、頭をよくやっている自信は失わないし、得意であった。そして、卒業試験さえ通れば、このまま世の中へステータス（地位）を作って、それも学課の勉強を熱心にやったよりも有利にはいり込むことが出来ると信じているのだった。学校には籍を置いているというだけの半ば出来上がった世間人なのである。同じ年齢の若いものが見ているように、この世界は悩みの多いものでもなく、また混沌としている中に神や理想や憧憬《どうけい》を感じさせるものでもなくなっていた。自分はうまくやれる、と信じているから俊樹は不幸を感じないで済むのである。

窓ガラスの外には、もはや春らしく、どんよりと大気に曇りのかかった柔かい風景があった。丘が迫って来ていた。農家の庭に紅梅や白梅がさかりを過ぎて咲いているのも眺められた。別荘風の静かな住宅が、生垣をめぐらして続くと見ていると、不意と明るく花の咲いている桜の並木が窓をかすめるようにして次々に流れて行った。

「やはり、暖かいんだね。もう花が咲いているんだから」

と、俊樹の前に立って吊り革にぶらさがっていた男たちが、低い窓を腰を屈めて覗き込みながら話し合っている。

「八分ってところかな」

「昨晩の雨で急にぱっと咲いたんだろう」

電車は速度を落とし、北鎌倉駅のプラットフォームが現われて来た。

俊樹は立ち上がって、出口に近づき、さらに桜の木が花の梢《こずえ》をひろげているのを見ながら、外に降りた。

小人数の者が降りただけであった。それも発車した電車を通してから、線路を渡って出口から吐き出されると、すぐに、どこへ行ったのか見えなくなった。円覚寺門前の大きな杉の林が、頭の上にかぶさって、日を遮って深い影を抱いている。

駅で派出所を尋ねると、真ん前であった。

「牛木さん、あの、海軍の……」

中年の巡査は、すぐに外まで出て来て、方角を指さして教えてくれた。

付近の農家の女房らしいのが手拭をかぶってリアカーを押して通りかかって巡査に挨拶して行った。

「花がきれいに咲きましたね」

「ああ……いい日和《ひより》になった。ねむくなるよ。陽気がいいからね」

鳶《とんび》がどこかで啼いていた。派出所の内部では、時計のセコンドを刻む音がしていた。

「牛木少将は、まだ、こちらにいられるんですね。つまり田舎へも引き籠られずに」

巡査は変な顔をして俊樹を見たが、

鎌倉の山の内に家があったと聞いたが、現在もそこにいるものかどうか、訪ねて見ないと判らなかったからである。

「おられることは確かだ」

と、言った。

歩き出しながら、俊樹は、苦労もなく牛木利貞の家が判ったのに何よりも満足していた。鎌倉の山の内に家があったと聞いたが、現在もそこにいるものかどうか、訪ねて見ないと判らなかったからである。

再び線路を横切って、円覚寺の前を鎌倉の方に歩いた。遠くの踏切を牛車と人間が渡っているのが見えた。樹木が多い中を一直線に線路が通っている。山も、すぐ側に来ていて、線路に沿った狭い平地に住宅風の家が重なり合っている。どれも生垣や簡単な竹垣をめぐらして、小さい庭や畑を持っている家で、後は山の崖が現われている。れんぎょうの花が咲き椿が咲き、梅が咲いているのが覗かれた。雨後のことで土が匂っているのも、東京から来た者には珍しい。

だが、俊樹はそんなものには興味はなく、頭に高野左衛子のことを考えていた。やはり彼は「小母さま」に気に入られるようにと望んでいる。小母さまの大の男のかないそうもない金力が自分の将来に踏み台になりそうに思われるだけでなく、彼は「小母さま」が好きなのであった。小母さまには、俊樹の無数に知っている若い娘たちとは、まったく別の、すっきりと均斉《きんせい》の取れた美しいものがあった。戦後の若い女たちが急に持ち始めた露骨で無駄なもやもやしたものが一切なくて、不用のものを全部落として、極限まで磨きがかかっているような感じが、離れて考えていても胸が躍るのだった。年頃としても左衛子は女の美の頂点に来ているように思われた。それでいて俊樹は、自分の方から年上の彼女を望もうとしているのではなく、左衛子の方が彼を愛してくれるのを受身の姿勢で待っているようなところがあった。時々左衛子に冷淡にされるのだが、逆に、俊樹はだんだんと引き付けられて来ていた。

「牛木」とだけ記した新しい表札を見つけて立ち止まったのは、教えられたとおりに生垣に沿って、複雑な曲がり方をする路地を入ってからであった。古びた木の門で、生垣越しに見て、家も小さく、屋根も粗末なトタン板であった。門を入ると畑に耕してあって、格子戸が玄関になっている。

近づいて見ると、頭の禿《は》げた大男が、廊下に立って、こちらを見まもっていた。羽織も着ず銘仙《めいせん》の袷《あわせ》を着た格好で縁側にあぐらをかいていたのが、門があいたのを聞いて、立ち上がって見たのであった。

俊樹は、牛木利貞が見た覚えのない若い者である。

「牛木……閣下のお宅は、こちらでしょうか？」

「牛木は私です」

と、真っ直ぐな感じで答えてから、利貞は微笑した。

「しかし、閣下というものは、もう、日本には存在せぬ。気をつけた方がいいな」

竹垣越しの話であった。牛木利貞は、玄関の方へ回って来ようとしないで、ぬっと立ったままである。老けているが、温和な顔付きが、もと軍人だったのを感じさせないのだが、俊樹は、やはり世代の相違を感じ、話しにくい相手を見た。

「実は、少々お伺いしたいことがあって来たのですが、……海軍のご同期の方で、守屋恭吾という方をご存じでしょうか」

「知っています」

と、利貞は答えた。

「その守屋なら、ここへ訪ねて来ると電報を寄越《よこ》したので、先刻《さっき》から待っておるのだ」

俊樹には、この返事は非常に思いがけないものであった。

「内地に帰っておられるのですか」

「そうなんだろう。ここへ訪ねて来るという電報だ。君が守屋に何か用があるなら、待っておればよい。もう来る時分だろう」

「いや」

と、俊樹は急に狼狽した。

「私はただ、ひとに頼まれて伺ったので、お会いしても仕様がないのです。ただ、帰国なさったものかどうか、それから、どこにお住まいか、こちらで伺えば判るだろうといって頼まれて来ただけのものです」

「私は、まだ会っていない。戻っておったのも、昨日電報を見るまでは知らなかったのだから」

と、利貞は、庭の畑を眺めながら、静かな語気で言い、ふいと、突然の調子で黙り込んだが、

「実を言えば、私は誰にも会いたくないのだがね。一方的に電報で通告して押しかけて来るのだから、外出も出来んで待っておるのだ。用があるなら、名刺にでも書いて置いて行きたまえ。渡して置こう」

話が急に変化したのを俊樹は感じた。が何の理由かわからなかった。来るから会って行けと言ったのが、名刺を置いて行けというのに変化したのである。

牛木利貞は、そのまま黙り込んで、突っ立っていた。俊樹は障子の陰に空か中身が入っているのか一升壜が風呂敷にくるんで、すぐ提げて持ち出せるようになっているのに気がついた。そのほかに、何も見えず、部屋の中はがらんとしていて、春の午後の日射しが、遺憾なく家の中に差し入っていた。

「僕は、こういうものなのですが」

と、名刺を出して、

「守屋さんが、どちらにお住まいになっていられるのか、知らせて頂けると有難いのです。あ

るいは、もう一度こちらへ伺いに出てもいいのですが」

「そんな必要はない」

と、牛木利貞は言った。

「守屋が、知らせるでしょう」

俊樹は、左衛子から頼まれた時、牛木利貞と話す機会があっても自分の名を出してくれては困ると言われていたので、守屋恭吾がここへ来ると聞くと、長居は出来ないと気がついていた。門を出てから、改めて赤錆びしたトタン屋根を振り返って見て、やはり没落した元海軍軍人の生活だなと、小ざかしい考えがこの青年の頭に閃き、未熟な若さというのは仮借ないもので、当人は優越を覚えているようだった。

そして、ふいと思いついて、俊樹は道を戻って、再び牛木家の門をあけて、入って行った。大入道は、もう立っていないで、縁の日だまりに坐って、相変らず庭を見ていたが、不審そうに見返った。

「あの……」

と、俊樹は、特徴のある平気な調子で、尋ねた。

「お宅では、部屋を学生にお貸しになるような、おつもりはないでしょうか」

牛木利貞は、何のことかととまどったのを卒業すると、笑って青年の顔を見て答えた。

「ありませんな」

「もし、そんなお心持ちにおなりでしたら、お知らせ願いたいのです。実際、皆、勉強する部屋がないので困っているんです」

牛木利貞は、真っ直ぐに、その話を受けたと見えて、

「なるほど。そうですか」

と、言って、ちょっと俯《うつ》むくような姿勢をして、

「そうでしょうな、家があれだけ焼けたのだから……お気の毒です。そういう折が来たら、知らせましょう。私も田舎へ引き込むことを考えていないのでもない」

「そういう時は、是非、お願いしたいんです。もう一枚、名刺を差し上げておきましょう」

「いや、いいですよ。無駄だ。守屋にもらったのを写しておくから」

こう言ってから老人らしく柔和に深々と俊樹を見まもって、

「君は、失敬だが幾つだ？」

「二十三歳です」

「私の倅《せがれ》が死んだ時の年齢だ。そんな気がしたのだ。いや、承知した」

牛木利貞は、青年が門を閉めて出て行ってからも、縁から動かず、同じ態度で、庭の畑に視線を投げて端坐していた。冬の間作って食ったほうれん草の名残りが、花を咲かせ葉が化物の

ように大きくとうが立って繁っているだけの荒れた畑であった。

「何年振りだろう。君と、こうやって外を歩くのは？」

一升壜の包みをさげて牛木利貞は、微笑んで見せただけである。恭吾は自分の声の反響を、しんとした境内の、どこかに聞いたような感じさえ受けた。静かなのである。自分達の他に歩いている人間を見ない。

恭吾は友人にも別に返事を求めていない。彼の言葉は、独白か、胸から湧いて出る歌のようなものであった。あたりの自然が、優しく彼を抱き込んでくれた。まったく日本の自然というより他はない。優しいものであった。

この円覚寺の境内は、年とった杉の大木が多い。これと松とが、黒いというほど青く屏風を立てたように列なっている中に、桜が咲いているので、仄《ほの》白い花の色が光って鮮明に見えるのだった。桜が咲いているとは、恭吾は期待して来なかった。彼には、十数年振りで見る花であった。故国を離れて以来、うつつに見たのが、今が最初なのである。そして、やはり、これは夢のように仄かな色をして、美しいのである。

「花見って奴は、君、夜桜でない限り、埃ぽくって、人間でごみごみしていて、どう思い出して見ても、決していいものじゃなかったが……こんな埃のない静かなところで見ると、違うなあ、この寺は、いいよ。円覚寺だったね」

「そう、円覚寺……瑞鹿山《ずいろくさん》だ」(※53)

にこりとして、

「用がなくなったせいで、急に鎌倉関係の本など読んで、大分、くわしくなった。案内人でもやろうか知らん。ここと、建長寺の昭堂(※54)がいい。どうせ、後で連れて行くがな」

恭吾は屋根の藁《わら》の厚い山門を見上げていた。これも杉と松の中に高々と聳《そび》えている。境内の掃除はよく行きとどき、二人が歩いている地面は砂に箒《ほうき》の跡を描いていた。

「坊さんはいるのかい？」

「いる」

「出ていないじゃないか」

「坐禅を組むか、托鉢《たくはつ》に行っているんだろう。それとも酒でも飲んでいるのか」

「田舎へ行ったら、どうか知らん。坊主も食えれば、悪くないだろう」

「似合うようだ。君の頭の格好は！」

「そう考えたこともあった。よく知らぬが、昔はいろいろの人間が、世の中を見限って、よく出家しているなあ。簡単に寺に入れたものと見える。今はなかなかそう行かぬものと見える」

日陰から見ると、日なたの地面に薄く陽炎が立っていた。幾つかある僧庵に通ずる道が、崖を削って段を作ってあるのに、梅の花びらが昨日の雨で貼りつけたように残っている。池があって、岸辺の桜が映っている中を、緋鯉《ひごい》がゆっくりと泳いでいるのを、ふたりとも立ち止まって眺めた。

「いや、気がつかなかったが、桜の花っていうのは、やはり、美しい」

「いや、それの、もっと、花のきれいな場所があるのだ」

と、牛木利貞が主張する。

「多分、もう咲いているだろう」

竹藪の竹の根もとに紅い椿の花が落ちてひろがっているのを見ながら、だらだら坂を昇り、僅かばかりの石段を踏んだ。

「開山の無学祖元(※55)の墓が、この奥にある。単純に、岩の塊を一つ置いただけのものだ」

「なるほど、いろんなことを、よく知っているな。いい案内人だよ。その一升壜を瓢簞《ひょうたん》にすれば、もっと似合った」

と、恭吾が言った。

「しかし、俺は由緒や因縁のと、贅沢なことは望まぬ。ただ、ぼんやりと、この春の日和を楽しむだけで一杯なのだ。つくづくと日本の春だなあと思う。とろりとして、この柔かさは。……欧羅巴の春も、よかったが、やはり違うのだ」

さやさやと、竹の葉が鳴っていた。土塀に沿って昇って行って、ふいと、門が現われたと思うと逆光で、その内部の小さい庭の、ぱっと目に明るいのが見えた。時宗《ときむね》(※56)廟《びょう》のある仏日庵がこれである。

「ここなんだがね」

と、無骨な案内人は言った。

境内に一歩入ると、夕日をあびて満開の白色の木蓮の花と、これに向かい合って咲く吉野桜の、空の藍色の中に泛《うか》んだ華やかな姿が思わず恭吾を立ち止まらせた。

「これは明るい！」

何ともいえず、明るいのである。この花あかりは左右に開いた時宗廟の扉にも映っていた。花びらの厚く豊かな木蓮の花と、明るい海の貝殻を無数に集めたように軽く爽やかな桜花の群がりようと、夕日を含んで、底光りするようにしっとりと輝いているのだ。恭吾は、立ち止まって凝視したままであった。

「忘れていたよ」

と、ほっとしたように、

「いや、昔も実は見ていなかったといってよいのかも知れぬ。桜色というのが、こんな美しいものだったとは気がつかなかった」

こうして藍を溶いたように明るい空に花をかざして見ているせいかも知れぬ、と思いながら、その理由を求めようとする心持ちにはならぬ。ただ、恍惚と見入るのである。

白いとも、桃色がさしているともいえぬ。幽《かす》かといいたい柔かい中間色の微妙な美しさである。いかにも軽らかに、光りようが仄かのまま、ずっと深いところから出ているように見える。舶来種の草花の、濃く鮮やかで示威的な色彩をしているのとは違っていた。つつましく微かに、ことさらのように色を内部に沈めたものであった。

「年をとったのだ、俺たち」

と、恭吾は呟いた。

「桜が、きれいに見えるようになったのだ。桜、桜、と言うが、俗悪で、つまらぬ花だと思っていたがなあ」

「花と、人間の年齢とは、あまり関係ないだろう」

と、言うのに抗議して、

「いや、そうじゃない。若い内は、花を見ることを多分知らずにいるのだ。……やはり、老人のものだ。人間に愛想をつかして、植物の方が可愛く見えて来るのかも知れぬ。万年青《おもと》も小鳥も、昔から老人のものだからね」

牛木利貞は、仏日庵の桜を美しいと知っていながら、恭吾ほど、倦《あ》かずに花を眺《なが》めるわけで

もなかった。時宗廟の階の下に立って、内陣に向かって拝礼すると、

「北条時宗の遺骸が、この縁の下にほうむってあるというのだ」

恭吾は、そうかと思って頷く。しかし、彼はそれ以上に、昔の英雄に興味を抱くようなことはない。やはり、彼は吉野桜の花の梢を、振り返って仰いだ、そのひまに、花にさす夕日影が変化して来たようにさえ思われた。

「静かだなあ!」

そして、昇って来た坂を降りて来ると、恭吾は言った。

「俺は、近く、奈良や京都には行って見るつもりだったよ。不思議なものだ。冷淡でいたが、帰って見ると、一度に日本の古いものに心を惹かれる」

「あっちは焼け残っておる」

「幸運だった」

と、深い声に聞こえた。

「俺は、外にいて、この戦争では日本の全部が焼かれても仕方がないと思い、また、その方が新しく日本が出発するのにもいいようにも考えていた。しかし、帰って来て、戦災のむごい姿を見ると、そうは言えなかった。ことに京都奈良の寺や仏像が残ってくれたのは確かによかった。そのほかに日本に何が残ったろうと思う。現代ともつながりのない過去の遺物かも知れぬ。

ないと観念してよいようなものかも知れぬ。しかし、だね、二十年捨て児のようになって外国で暮らして来た男が、日本に帰国して見て、自分をこの国土につないでいるものを求めるとしたら……まったく、俺に思いがけないことだった。古い寺や社《やしろ》が、神仏に信仰もない俺を、なんで、こう惹き付ける力があるのかと思う。どこも焼野とバラックばかりだからなあ、牛木君。……あるいは町なかの小さい路地でもいい、古びた農家でもいいのかも知れぬ。国籍を失った俺に、不思議な心の動きといってよい。魂を寄りかけて休息したい、と求めているようだ」

牛木利貞は急に顔を上げて尋ねた。

「細君たちとは会ったのか？」

恭吾の笑顔は、杉木立ちを漏れる夕明りの中にあった。静かな声が答えた。

「俺は景色には甘えるが、人間に甘えようとは思わぬ」

「何と言うのだ？」

と、牛木利貞は、立ち止まりかけていた。

「貴様、細君や娘に、まだ会っていないと言うのか？」

恭吾は微妙に笑った。

「会おうとも思わぬ、会ったところで仕方がない」

問い詰めるように相手は言い出した。

「君は、細君の前へ、面が出しにくいと思っておるのか」

「違った。このことについて君にも、何も言わんで欲しいのだが、女房は、伴子を連れて再婚しているのだ」

と、恭吾は言った。

「当然のことだね。これは、君も俺が出る幕でないのを承認してくれよう。一度、死んだ人間が地面の下から出て来て、人を騒がしてどうしようね」

横須賀《よこすか》線の電車が、ふたりの歩いている道に沿い風を巻いて疾走して行った。外はまだ明るいのに電灯をともした車台毎に、退勤時の乗客が黒くぎっしりと詰まって運ばれている。

薄い埃が線路に立って、逆側の民家の方に流れて行った。

「君は俺を気の毒と思ってくれるかも知れぬが、そうでもないのだ。家という観念は、長い放浪の間に、俺の頭から失くなっている。薄情なことだというだろうが、そのとおりであって見れば、これは仕方がない。それに耐えて行くことが、一時俺の仕事だったが、孤独に慣れて見ると、俺の目から地図の上の国境線が消えて行ったのと同じことで、まったく他人と、自分の女房や娘との差別が薄れて来てしまっている。ことに、再婚したとなれァ他人の女房じゃないか」

「気の毒な男だ。貴様も」

「飛んでもない」

と、恭吾は受けた。

「俺は、人情に甘ったれようとは、思わぬ。こちらから人間に愛情を持つことはある。しかし、他人に何かを期待しようとは思わぬ。ひとりで外国をうろついていると、そういう気持ちになるものだよ。ならざるを得ないというのかね。外国の、どこかの田舎宿に泊っていて、冬の雨が、びしょびしょ降る晩など、窓から外を見ると、どこの家の窓も灯がともっていて、家中の者が集まっているのが見えたりする。夫婦だの、親子が、……なるほど、そんな時には、路地の石だたみに雨の音を聴いていて、自分の孤独を憐れみ、日本にいる妻子のことをしきりと思ったこともある。しかし、一方に俺は、そういう感傷的な気持ちを、憎んで来た。なるほど、俺もけつの穴の小さいジャップだと、軽蔑する用意があったのだ。なぜ、人間が孤独でいて悪いのだ。日本人もペルシャ人も区別なく同じに見えて、なぜ悪い？」

ふたりは建長寺の惣門《そうもん》を入ろうとしていた。恭吾は、言った。

「肉親だからといって余計に甘えたり憎んだりする日本人の感情だな。あれが俺は厭だ。それだけは卒業したつもりだ。隣の他人と、どう違うのだ」

またしても、花が、この境内で二人を迎えるのだ。ここでは広い境内に二列の木々が枝をひろげて、花の雲を作り、ぬきんでて高い楼門《ろうもん》を、その上に乗せた形である。折から、鐘楼《しょうろう》で撞《つ》き始めた鐘の音が花を潜ってうちふるえながら、余音をひろげて行った。風がなく、空気がじっと淀んだように静かな春の夕方である。

「鐘の音か？」

と、恭吾は、振り向いた。

「いまだに撞いているのだね」

やはり彼は異国の経験を思い出した。基督《キリスト》教寺院のカリオン(※57)の、数個の鐘が、こもごもに鳴る明るい歌を。それと日本の鐘の音との相違を。

本堂の横を入って、半僧坊(※58)へ参詣する者の休み場となっている茶店へ行き、初めて、牛木利貞が提げて来た一升壜が物をいうのであった。他の客は全くない空っぽな座敷に、粗末なチャブ台を囲んだのだが、恭吾は珍しそうに、あたりを見回した。人の通らない道端に孤立した茶店で、欄間《らんま》の壁には講中の名を彫り出した木札がずらりと並べてかけてある。

「現代のものではないよ」

と、牛木利貞が弁解とも弁護ともつかず、得意であった。

「半僧坊の講中の休み場所でね。命日でないと客はない」

「浮世離れしているな。芝居の舞台にでも出そうだ」

敗残の上に世間から追放を受けた自分のような者にはふさわしかろうと牛木利貞は、言いかけていた。愚痴を言うことになるような話題は避けようと、暗黙にふたりは決めているような工合であった。ことに自分は敗軍の将なのである。無言で、彼は猪口《ちょく》を空けた。

「そうか」

と、嘆息して、

「細君や娘さんにまだ会っていないのか？　可愛いとも思わぬか」

「それァ……考える」

「………」

「しかし、俺の流儀でだよ。こちらから出かけて行く気はない」

「淋しい奴だ！」

「いや、淋しい奴は君だ。君は、まったく日本流の子煩悩で、この、……戦争で殺したんじゃ淋しかろう」

抗議しようとする強い瞳を持ち上げたが、牛木利貞は黙って、ぐいと飲んで、

「その話は、せんでくれい」

強く遮ったのが、自分の方からとけて出た工合で、

「ここだから言う。出かしてくれた、と思う。また、死に損じた親爺が……残って今日を見て

おって、日本をこう成らしめた大罪を、僅かなりとも慰めてくれるのは、彼が死んでくれた、ということだけだと思う。碌々《ろくろく》と生き残っておって、わしの最後の仕事は、外へ出られるようになったら、ミッドウェイへ行って、伜の沈んだ海を見てやることだ」

どちらも急に深く沈黙した。牛木利貞の顔には、もはや消し去ることの出来ない強い感動の色が描き出され、顔面の筋肉がこまかく顫えてさえいた。

「詫びも、礼も言いたい。また父親として、よくやってくれたと伜に言ってやりたい。それだけを……朝起きると、すぐに思い、夜なかに、ふと目が醒めると、また考えて見る。……その他は何もせぬようなものじゃ。嬶《かか》あも、それだよ」

「無理もないが、そんなことをしておって」

と、恭吾は咎めるように見た。

「どうして、食っておるのだ」

「飯か？」

鼻で笑った感じがあった。

「たけのこじゃ、でも、一軒の家の中には、焼けぬと何かしらあるもんだてなあ」

「何か、仕事をする気はないか」

「考えぬ。いざとなって、あがけば何とかなろうと思っておる。当分は坐っている」

「…………」

「友達が、多勢、いろいろに死んで行ったことを考えると、自分だけ残って、醜く、あがく気にはなれぬ」

「牛木」

と、鋭く恭吾は言った。

「貴様は、間違っておる」

「間違っておるか？」

「大間違いだ。まだ、君は死神を背負っておるじゃないか！　第一、なんだ、君がめそめそしたような」

「めそめそだと？」

「そうよ、大きな男が、死んだ倅に、甘ったれているのだぜ。女房ならいいよ。軍人だった貴さまが、だ。そのセンチメンタルなところが俺は厭だ。死者をして安らかに眠らしめよ、だ」

「…………」

「せっかく、生き残ったのに、命を大切とも思わんで、ふてくされている感じだ。いいか。言うぜ。倅まで、この気違い仕事の戦争で、殺しておいて、残った貴さまがよ。せっかく、拾った命を大切とは思わぬのか？　生きて倅の代わりに何かしようとは思わぬのか。日本を貴さまたちで毀しっ放しにして、人間をこんなに散々に苦しめて置いて……」

「守屋！」

と、坐りなおして、顔に朱をさした。

恭吾は、頬が蒼ざめていたが、

「失敬」

と詫びて、

「だが俺の言うとおりだ。清かろうとする志はわかるのだ。しかし、それも日本流のセンチメンタリズムだと言ったら、どうする？　そんなものは、もう捨て去ってよい。世の中が、そんなことでは済まなくなったのだ。死神と手を切って、生きる工夫をして、なぜ悪かろう。何かやる資金が要るなら、俺が出す。また、そんなつもりで訪ねて来たのだ」

牛木利貞は、強い目で恭吾を見た。

「貴様が、金を出してくれるというのか」

「うん、何かの役に立てばだ」

「断わろう」

と、はっきりと言って、また沈黙した。その無表情でいる顔を恭吾は見詰めていて、急にあの若い元憲兵の厚ぼったい顔付きに連想が働いた。どことなく、この古い友人の表情には、共通した鈍く不透明なものがあった。恭吾が最も嫌悪を感じているものである。仮借のない性質で他人の呼吸を重苦しくするものである。

「もっと、素直に出来ないか」

と、彼は穏やかに言って出た。

そして、突然に、恭吾は、牛木利貞が怒号するように、言うのを聞いた。

「君の金だぞ」

はっとしたが、冷静にしている心の中に、寒流の渦のように、ひやりとして暗く動いたものがあった。

「うむ」

と、言って、手にしていた猪口を置いて、

「そうか。そんなことを考えていたのか」

「牛木の意地は通させてくれい。君も気がついたろうが……私は敗北した人間だが、今日君が訪ねて来るとなって……自分の家へ君を上げては、死んだ奴らに済まぬと感じた男だ」

「ああ、それで……玄関から一升壜を提げて飛び出して来て、すぐ花見に行こうと誘ったのか、気がつかなかった。俺には、そんなことは想像もつかぬ」

「悪いと思う。が、堪忍してくれ。牛木利貞は、そういう頑固者だ」

「来るんではなかったな」

と、恭吾は言った。

「俺は、今さら、自分のことを言訳したくない」

「君ひとりだけが、罪を被《き》たものだという噂も聞いておった。しかし、それだからといって……」

「そうだよ。俺は、役所の金に穴をあけ、始末がつかなくなって、逃亡した破廉恥《はれんち》な人間だ。それが……敗戦で、日本の海軍がなくなったから、帰国出来た男なのだ」

「よせ、飲もう」

恭吾は、次第にこの友人に対して憤りを感じて来ていた。それが不思議と、苦しめられている自分のためではないように見えた。そして突如として、この牛木利貞とあの若い憲兵に共通して見えるものが、自分以外の他人の不幸を感じ得ない、性質なのだと、鋭く思いあたった。無論、これは、立派な男なのである。だが、もはや、これは死んだ過去、滅び去った過去の日本の人間なのである。それが傲然と、今日に向かって、過去のまま、決して屈しようとも頷こうともしていないのである。軍人、つまり超然として一階級を作って、別個の世界にいた人間なのだ。

細い杉の木が、真っ直ぐな幹を不揃いに道路に並べている急坂を上って、腰板を黒く白壁に曰く窓のある僧房を、夜の月が照らしていた。建長寺の開山堂、昭堂は、ここの門を入って、庫裏《くり》と坐禅の道とが向かい合った奥に、幾抱えかある柏槇《びゃくしん》の老樹が枝をひろげている後に、暗く、入口をひらいている。

昼夜を通じて、ここには一点の灯明が点じられて、がらんとして無一物の感じの堂内を強くひき緊めていた。朧ろ夜の花を眺めて来て、ふいと禅寺らしいこの古びた堂の前に立つ。庫裏の障子に微かに灯の色が映っているだけで、人の気配を感じさせない夜は、静かであった。

「ここだけは見せたいと思った」

と、牛木利貞は言った。

柱が立っているだけで、漆喰のようにかたい土間がひろがっている。灯明は、奥の龕《がん》の前に置いたものだ。黄ばんで暗く、朦朧と、壁に映っている。月光は窓の外の竹の葉に置かれている。

「奥に開山の木像か位牌が祭ってあるのだそうだが……そんなことは考えないで、この堂はいい。何もなくて、がらんとしているところが、俺は好きで、よく覗きに来る」

その漠然とした言い方にも恭吾は不満であった。なるほど、ここに、春の宵に静かな堂がある。しかし、都会の焼け跡のどこかには強盗が出ているし、上野の地下道には戦災で家を失くした浮浪人が群がっている。牛木、貴さまはそれを脳裏に置いていない。ただ、貴さまだけで住み、我が事が終わったと信じ切っている。

「帰ろうか」

「うむ、帰ろう」

杉の立っている元の暗い坂を、楼門に向かって降りて来た。花の咲いている中に、人の話し声がしていた。近づくと月明りに、影が黒く見え子供の声もしていた。

「やはり、北鎌倉から乗るな？」

と、確かめられた時、恭吾は、急に言い出した。

「いや、俺は決して、俺の問題で腹を立てているわけじゃないが、もう少し話さないか」

牛木利貞は、老獪らしい感じを与えて笑って答えた。

「もう、いいだろう」

「いや」

と、かぶせるように強い声で言って、

「そう言ったら、また怒るだろうが、貴さまの憑《つ》きものを落としたいのだ。また出なおして来るのも厄介だ」

「堪忍せい」

「逃げるか」

「逃げるわけじゃない。ほっといてくれ、俺は俺だ」

「なるほど、それでは、死神とも親類づきあいすることになろう」

と、恭吾は強く言った。

「のびのびと生きられるものを、道を窮屈にしている。自分では強いつもりでいるかも知れぬが、弱虫だ。実は小心で卑屈なのだ。おっかなくて何も手がつかんのさ」

「何を言う！」

「戦列を離れた軍人ぐらい、無力で弱いものはないのだ。軍人の生活そのものがこわいものだらけなのを考えたことがあるか。早く、やめたから、俺には、それがわかった。やめたのが、そもそも卑屈で、弱虫で怖れなければならぬものが経歴の中にあったからだ。敬礼ばかりしている世界じゃないか？　それから離れて、まったく自分だけにすがって生きることになって見たら、誰をも怖れる必要がないのに俺はまったく、びっくりした。人間の自由とは、こういうものかと、初めて知った。軍人をしていては、これは判らぬ。もともと不自由な世界に、身を屈め込んでいて、人間が卑屈になるのは当然だ。君は強いつもりでいるか知らぬが、大弱虫なんだぞ」

「いや、もう、いい」

「いや、言うだけは言って置く。もともと軍人に限らず、日本人の生活が、常に何かを怖れたり何かに遠慮して来たものだったのだ。新しい世の中になったといっても、その習性は革《あらた》まっていない。卑屈な事大主義だけだ。常に自分を何かの前にジャスティファイ（正当化）することだけに身をやつしている。弱い者のすることさ。自由というものは、弱い者には決してありはせぬ。君が自分が頑固者だと主張する。そう考えて武装しているのが、弱者の証拠さ。貝殻の中に、小さく、しゃがんでいるのだ。外を見るのが怖ろしいのだ。死んだ方がいいと、ふているのが、生きる能力を自分から認めていない証拠だ」

「………」

「俺を見たらいい。裸でいるが、怖れるものは何一つ持っていない。俺が、貴さまの地位にいたら、踏切り番でも靴みがきでも外聞も考えず堂々とやって、生きて見せるのだ。貴さまには、世間が、こわくって、それが出来ぬ」

牛木利貞は立ち止まって睨むと、大喝《だいかつ》した。

「帰れ！」

恭吾は無言で背中を見せて立ち去った。月明りの道に、すぐ姿は見えなくなった。しかし、牛木利貞がゆっくりと道を歩いて我が家に帰って見ると、家の中に恭吾は上がって、妻と話していた。笑って見上げると、

「不健康な幽霊を一つ落としてやった」

と、言った。

「この家は、俺が入って来たので穢《けが》れたかね」

仏壇には新しく立てた線香が煙っていた。

遅日

「小野崎さん、お客さんよ」

小野崎公平は、画板に向かって、やや疲れて来たように感じているところだった。

「誰？」

「誰だか知らないわ。若いきれいな女のひとよ」

洗濯物を抱えていたこのアパートの管理人の女房は、そのまま鼻歌を唄いながら廊下の奥の露台に出て行った。

六畳一間の部屋の中は、画の道具だけでなく、ギターや鍋や薬罐《やかん》で散らかっていた。新聞包みからは馬鈴薯が転がり出していた。

「女？」

と、答える者がないのに問い返しながら、画家は、描きかけの画を未練らしく眺めた。これは郊外のマーケットのカストリ横丁(※59)をスケッチして来たのを、仕上げにかかっていたのである。この頃画の中にあるカストリ屋へ通うので急にこの画が出来上がった。

画家は、手さぐりで卓の上の煙草の函《はこ》を拾い、抜き取って口に咥《くわ》えて階段を降りて行った。狭い玄関の土間に外を向いて立って、洋装の若い女が待っていた。入口にある桜の木が花の枝を一部分見せている。

女は足音を聞いて振り返った。まったく画家の知らない娘であった。逆光になって光に縁取られ、パーマネントをかけた髪が目立ってゆたかなのが見えた。

「小野崎ですが」

女はお辞儀して、

「雑誌のエトワールから伺いましたが、小説の挿画をお描き願えないでしょうか。猪熊《いのくま》先生のところでお聞きしてまいったのですが、マラッカはこちらの先生がいらしったし、おくわしいと伺いましたので」

画家は名刺を受け取ったが、それを見る前に、

「マラッカ！」

と、突然に目をむいて笑顔になって、

「知ってるって！　マラッカはよかった。ふうむ、誰かの小説」

少女は、知名の作家の名を告げて、

「マラッカのお寺が出たり、スペインの城砦が出ますので」

「聖ジョォンズ・ヒルだ」

と、城砦のある丘の名を叫んで、

「なつかしいものだ。あの辺のスケッチ・ブックは先に内地へ送ったお陰で、失くさなかった。しかしどんな小説かね？　僕に描けるようなものかね」

少女は、土間に立ったまま俯むいて、ハンドバッグの蓋をひらき原稿を出そうとしていた。その間に画家は、この目立って髪のふさふさと豊かな少女の名を、もらった名刺で読んだ。

「エトワール社の守屋……ばん子さん」

「伴と書いてとも子と読みます」

「なるほど」

と、画家は機嫌がよく、こっくりして見せた。

画家は近頃深く酔うと、前夜のことまで忘れることが多い。守屋伴子という名には、何の感興も湧かさず、

「原稿を読ましてもらおう。長いのか」

「三十枚ばかりのものです」

「読んでから、描くかどうか、返事しますよ。どうもね、挿画も度々描いたことがあるが、今だって、どうせ画料は廉《やす》いんだろう」

「さあ」

と、困ったような顔が、小麦色をして、若々しくて清潔な感じであった。

「伺って、社へ戻って……」

「いや」

と、画家は、大きく手を振って、

「金のことを言ってるんじゃない。ただ、僕は、挿画は商売になるまいと言おうとしたんだ。こう見えても僕は金満家で新興財閥でね。だから無理な画は描こうと思わない。しかしねえ、マラッカとはねえ。描けるかどうか読んで見るから、君、ちょっと、待ってくれたまえ。それとも外を歩いて来る？」

「いいえ、よろしければお待ちしております」

「ところが、画室へお通り願って待って頂くというわけに行かんのだ」

と、画家は、自分の方がその事実を面白がっているような顔色であった。

「景色が好過《よ》ぎてね。待っていたまえ、椅子を借りて来る」

事務室に入って行ったと思うと、曲木《まげぎ》の粗末な椅子を持ち出して来て、

「この土間では靴でも磨きに来たようで変だ。その桜の木の下へ持って行きたまえ」

伴子は、言われたとおりにしながら、もう髪も白い画家を、若い不思議なひとだと見た。見れば画家は、伴子を桜の木の下に追いやってから、自分は二階へ昇る階段に無造作に腰かけて、膝の上に原稿を開いて読み出していた。それも、独り語のように、声を出して節をつけて読んで行くのであった。伴子は頭の上の花の枝を見上げていたのが、ふいと、くっと笑いが込み上げて来て、我慢するのに骨が折れた。

「ええとう……マラッカは……」

椅子に掛けていて、画家の方を見ないように脇を向いていて、ひとりでに笑いかけ、唇を噛んで、一所けんめいに堪えているが、ハンドバッグを膝に抑えている腕が、こまかく慄え出した。若い笑いというのは、とまらないのである。

「ええとう……」

画家は平気で、調子をつけて読んでいる。そして、ふいと、急に声を落として黙読し始めたような感じだったが、拳固《げんこ》で、ぽんと原稿を叩いて叫び出している。

「違う！　違う！　こんなマラッカはない！　嘘っぱちだ。このひとはマラッカへ行ったのか

も知れぬが、見てやしない！　嘘だ。嘘だ！」

そして白い長髪の中へ、手を突っ込んでいた。

画家の言動の半分は、善意による芝居であった。小さいことを誇張し、身振りまで入れて大袈裟に見せ、平凡な事務を面白くして楽しんでいるのだ。無論、これは相手によることだ。芝居を見せて効果のある者とそうでない者とある。

画家が、頭を抱えて考え込むような形になったので、これは画家に依頼を断わられると思い、伴子は、心配であった。雑誌社で働くようになって、まだ日が浅く、まったく駆引きのない素人だったから、心細いのである。あれだけの笑いは消えた。花の下から、画家を見まもって、ほんとうの真顔でいる。口もきけない程度でいる。

桜が咲いてから寒い日が続き、日は照っていて外気は冷えていた。画家が見てその風のない冷たい空気と生真面目な表情でいる若い娘とは、不思議に美しい調和を見せた。花の咲いている下に椅子に腰かけているのもよく、半身に画家の方を向いてハンドバッグを抑えている胸から肩の線も、女らしくしなやかでいて清純であった。

「お願い出来ないでしょうか」

そう言ってしまってはいけなかったのだ。しかし、画家は、このいかにも若々しい婦人記者のために、最初から画を書く気でいた。重病人のように大きく溜息をすると、また遥かに自分

の知っているマラッカのために猛り立つように、

「マラッカは、こんなものじゃありませんぞ。実に、実に。……色が重たくて軽快なのです。強烈でいて、さびているんだ」

「…………」

「それからね、お嬢さん、僕の確信するところによれば、マラッカの街に郵便函は突っ立っていなかったようです。それから、当時、煙草屋にぶらりと入って煙草を手に入れるなんて、ちょろまかなことは絶対に出来なかったのです」

「自由にお描き願えないでしょうか」

「そうだ、自由に、……僕は僕の知っているマラッカをね」

伴子は、ほっとして、

「そう願えますと……」

画家は、難かしそうな顔をしている芝居を漸くやめて、人違いするくらいに、にこにこした童顔を見せた。

「描きますかな」

「どうぞ」

と、叫んで、

「それで、いつ頃頂きに伺いましたら？　実は締め切りがもう迫っております。来週の木曜日に伺っていかがでございましょうか」

「いいでしょう」

と、鷹揚で、

「いや、社が銀座近所なら、わざわざこんなところまで来てもらわなくても、こちらから、届けますよ。お嬢さん。……おまけにね。画には一枚、色をつけて行きましょう。いや、それは色刷にして出して欲しいというのでなく、あなたに、マラッカの街の美しくさびた色を見せて上げるためだ。お嬢さん、その画はあなたに差し上げましょう」

外に出ると守屋伴子は日頃の暢《のび》やかな性質を取り戻した。歩く動作から姿勢まで、水流を泳ぐ小魚のように、いきいきとしたものに溢れて、自分の心持ちも、儀礼や怠りから脱け出ていた。

空気は冷たいが、春が来ていた。電車の窓から焼け跡の荒野を見ると、柳の緑が目に暖かく烟《けむ》っている。目に触れるもののどこにも、新しいものが起ころうとする気配を伴子は感じていられた。生活がこれから始められるのだと信じていられるのは幸福であった。終戦後の東京に幾らでも目につく切ないものや悲しいものも別に伴子の心を翳らさなかった。洋裁の仕事のほかに、雑誌の編集を手伝うことになったので、収入に安定を得たのである。エトワールというのは、前から時々洋裁の記事を書いていた雑誌なのである。女でも自活出来るようにというのは、古くから母に訓《おし》えられたものだったが、自分も出来るとは信じなかったものを、終戦後のいろいろの事情が、無理やりのように彼女を押し出して不意に形がついたものだった。それと同時に、伴子は「家」から事実上解き放されたのだ。女が外に出て働いても人が怪しまない新しい時代が来ていた。母親に不思議に先見の明があったのだとも言えようが、義理ある仲としても伴子にはここは他人の家だと、母はこまかく心を働かしていたのではなかったろうか。家につなぎとめられているように、誰が見ても、つつましく静かな、あの母親が。

伴子がまた、いつ、どんな場所にいても、母親のことを考え始めると、ぬくめたミルクのように柔かいものが、胸にひろがって来るのを覚える。自分も我が強いと知っている気性が内部から溶けて行くような目のうるみ方をする。混んだ電車の吊り革につかまって考えていて、それであった。もっと小さい時分に、母親がいなくなることを想像して、長い間怯えたことがあった。夜、寝ていて急にこれが気になり始めると、どうしても起きて電灯をつけて見るか、手さぐりで、布団をさぐって母親が寝ていることを確かめてからでないと、不安で眠れなかった。伴子は自分がこわい顔付きになっているのを知っていた。母親が目を醒まして、

「どうしたの?」

と咎めながら、伴子の手を優しくとらえた。暗い中で、黙って返事が出来ないでいると、母親も暫く何も言わずにいたが、さりげなく起きて来て、

「眠れないなら、寝かして上げましょう」

と、静かに寄り添って、赤ん坊の時のように伴子を胸に抱いて、涙を流しているのを頬ずりして言うのだった。

「よく寝て、早く大きくおなりなさい。伴ちゃん」

伴子が、お父さまと呼んでいる隠岐《おき》達三に出会ったのは、有楽町で電車を降りて西銀座にあるエトワール社に戻ろうとする途中であった。姿勢を整えて歩く癖があるのだが、少し猫背で灰色の外套を着て舗道を歩いている後姿に、まぎれもなかった父親は、大学教授だった社会的な重みを、足の運びで証明しようとしているように、一歩ずつ考えて歩いているような歩調である。

軽快に追いついて肩を並べて歩き出して、伴子は、達三が気がつくのを待った。若い時からの近眼で、痩せた顔立ちには負担のように見える大きな黒縁のロイド眼鏡が、すぐ振り向いて、

「なんだ！」

達三は立ち止まりかけていた。

「どこのお嬢さんかと思ったよ」

伴子は、外套の襟の中で微笑しただけで、

「どちらへ？」

「うむ」

と、髯のない口の脇に皺が深くなって、

「新聞にいた友人が追放にかかって、美術品と古本屋の店をこの辺で始めたと知らせて来たのでね。どんなものが置いてあるか見に来たのだ。この先らしい」

そう言ってから急に、

「実に古本の値段が高くなったねえ。まるで、無茶だ。つまらない小説本で百円も二百円もする。専門書は大変だね。洋書で少し知られたものになると値段を見て、これはと驚く。一カ月二カ月の間に、どんどん騰って来るのだ。まるで気違い値段だね」

並んで歩きながら、伴子は、この父親の心におもねるような言葉が、ふいと口から出た。

「じゃァ、お父さまのご本なんか大変なものですわ」

「そうだよ、そうなんだよ。僕の知らぬ間に一財産になっていたんだね」

と、達三は、満足している心持ちを、露骨に示した。

「戦災で焼けなかったというのは、実に大したことだった。学者には蔵書がいのちなのは無論だが、ことに僕は、専門の哲学だけに限らないで間口がひろい方だったから……その道の人間に見せると、驚くような珍しいものを、いろいろと持っているので、今のようになって見ると、幸福だったと思うな」

別の点でも隠岐達三は充分に満足する理由を持っていた。それは終始自由主義者だったと称しているのだが、戦争の大浪に煽られて動揺して時々華やかな日本主義のジェスチュアを示し、軍の依託で大陸にも出かけながら、神経質なのと小心なのが幸いして、目立つほど誇張した神がかりな言動には出なかったのと、活動が自然と文化や美術の方面に限られていたので、戦時中に書いた二、三の著書も追放の理由とならなかったことである。どんな時代が来ても独得の適度で公正らしい態度が、自然と、本人に怪我をさせないばかりか、微温な読書人の固定した信用を失わしめない。また、いつの時代の日本政府も、こういう隠健中正の紳士には、学識経験といい、飛びついて何かの委員に迎えて危険を感じないのは当然だし、終戦後の世に澎湃《ほうはい》たる文化主義が、何でも適度に判る隠岐氏を老人にさせてしまうはずがないのであった。

「まだ、ちょっと寒いが、町の景色は、すっかり春めいて来たなあ」

痩せているせいか、達三が寒がりなのを、伴子は知っている。夏服の時も下に、毛のシャツを着るのだった。

「でも、もう、すぐですわ。来週は外套なんか要らなくなるでしょう」

「君の方は、どうだね、仕事は?」

文化人の父親は、妻の連れ子を、君と呼んで、友人のように待遇する。

「面白いのかね?」

「ええ、いろいろの方にお目にかかれるから、面白いわ」

伴子は、訪ねたばかりの小野崎公平画伯のことを思い出した。

「今日は、画家の小野崎さんに挿画をお願いに伺って来たところなんです」

「小野崎?……小野崎公平だね。美術雑誌なんかやっていた。あれがまた画いているのかね。古い男だ。仏蘭西から帰った時分は、派手にフォーブ(※60)の評論なんかやっていたが、その後あまりぱっとした風にも聞かないから、死んだのかと思っていた。年だけは、もう大分のものだろう」

「それは元気な、面白い方!」

「小野崎なんかでなく、もっと大物の画家に頼むのなら、パパから口をきいてやるよ。みんな、友人だ」

伴子は、ただ頷いて見せて微笑する。

「その内、僕も、何か書いてやる」

「ほんとう?」

「一度ぐらいはね。君のところの雑誌なんかには、少し、もったいないからね」

「ひどいわ。そう低いものじゃないのよ。良くして行こうとしているの」

芽柳の枝が垂れているのが、ショウウィンドウのガラスに映っていた。もと何の店だったのか、達三の話していた店開きしたばかりの古本屋であった。

「ここだ」

と、覗いて見て、

「君も寄って行くかね」

店は開いてあるが、まだ片付いていないで、若い男たちが踏み台を置いて棚の本を整理していた。

「藤原君、来ていますか」

父親がこう尋ねる間に、伴子は、こちらを振り向いた青年の中に、知っている顔を見出して微笑した。

「藤原さんは、ちょっとお出かけになっているんですが、どなたでしょう」

と、他の青年が兵隊上がりとわかる生真面目な口調で尋ね返すと、

「隠岐達三先生だよ」

と、伴子の知人が脇から注意した。

伴子が、心持ち、顔をあからめたのは、その青年が、別の場合に、失敬ですけれどと断わって達三の著書が面白くないと言ったのを思い出したのと、達三が自分とすぐに認められて、くすぐったい表情を作りながら、内心、悦んでいるのを感じたからであった。

「あ、隠岐先生ですか」

と、他の者は、色めいて見えた。

多年、学生を教壇から見下ろしている間に、達三は、若い者をどう遇すればよいかを覚え込んでいた。厳格に距離を隔てて見くだして置くのと同時に、時おり、自分の方から進み出て行って、学生と友達づきあいの捌《さば》け方をして見せることである。

「やあ、ご苦労さん」

と、気さくに言って、本棚の前に立って眼鏡を額に押し上げながら、老眼の混じって来た強い近眼の目を特徴のある細め方をして見回して、

「何か、珍しいものがあるかね？」

青年達は、この天下に有名な学者と話す機会を得たのに、面《おもて》を輝かしていて、口々に答えた。

「まだ整理がつかないのです」

「財産税や何かの関係で、ある公卿華族から、まとまって出たものですから」

「お公卿さんじゃァ、国文や歴史関係の本だろうな。画集でもあるかね」

と、達三は言い、急に笑って、

「やあ、僕の本もあるね」

伴子は、達三が、自分の著書を抜き取って開くのを見た。伴子が気にしていた大学生の岡部雄吉は、土間から奥を覗き込んでいたが、茶道具を受け取って茶をついで、

「どうぞ」

と、ガラスの飾り棚の上に盆ごと出して、すすめた。茶は薄い色をしていた。

伴子が見て、達三は自分の著書を、あまり長い間見過ぎているようであった。

彼女は、雄吉に話しかけた。

「こちらへお勤めになるのですか」

「いや、例のアルバイトという奴ですよ」

と、雄吉は、笑って、

「臨時に手伝いに駆り出されて来たのです。僕には、わからない部門の本が多いんですがね」

雄吉は帰還して、三十近くなっているが、また大学に戻り、言語学を専攻しながら、学費かせぎにある出版社の仕事をしているはずである。

「これァ高い値段をつけたものだねえ」

と、達三は、自分の本の裏扉に記してある売値を見て、急に叫んだ。

「五百円とは、君、今の読書人には、かわいそうだよ。一番、金のない階級じゃないか」

「ですが、先生、先生のご本の欲しい者は、それで平気で買って行きます」

「売り出した時は三円の定価だった。本がもっと廉く手に入るような時代が来なけれァ、文化のために不幸だなあ。僕は、自分の著書の定価は、なるべく廉くさせるように、いつも本屋に談判するんだがね。新刊の場合はいつもそうしている」

本の棚について、いそがしく達三は見て歩いた。

「この本は珍しい。何冊と来ていないはずだ。学問的に見ても、決して古くなっていないし、反って一部では段々高く認められて来ている。特殊のものだが、誰が持っていたものかね」

と、首を傾けて、

「やはり、たけのこで身を剝ぐ思いで手放したのだろうな。学者は金がなくて困っている。君、大学教授の俸給だって、子供のように年の若い工員より下だ。そうして一国の文化や学術を、その人たちが背負っている。まったく食うことが出来ないんだからな」

これは現代の日本に不思議ともされずに実際にある事実で、誰も不合理不当と知っているが、また、どうにも出来ないでいることなのである。ただ、戦後の文化主義の潮に乗った隠岐氏は、実はその例外の存在なのである。しかし、衆知通俗のことだから、隠岐氏が一般的に文化のために学者の不幸を嘆いて見せるのは、思想家として美徳にたぐいするものであろう。ただ問題は、嘆いているだけでは解決の足しにならぬ。教授達の生活のために口で嘆くことは、学校の小使いにも出来るのだから、大学に通っている岡部雄吉は、こう思って隠岐氏の興奮を眺めたところであった。

雄吉は、隠岐氏から目を放して、美術書を並べてある見世窓のガラス越しに、外の道路を眺めた。何といっても、春日の光が街の空気を一変させていた。目に見えて伸びた芽柳の柔かい緑の色に、木の芽というよりも花を見るような感じがあった。新しい店といっても、古本を並べた棚の間から、ちょうど穴倉から外を見るような位置にいるせいもあろうが、冬と違って通行人の動きも自由を回復し暢びやかに見えるような心持ちがする。復員者らしいカーキ色の外套の男が、舗道に屈んで煙草の吸殻を拾って、通って行った。

「先生、何か、新しいものをご出版になりますか」

「うん、いろいろ言って来るので、うるさくていかんよ、勉強の邪魔になるのでね」

この会話の外に、雄吉は伴子と目が合い、いたわるような微笑を送った。外の光に見て取った春が、伴子の若々しい姿に匂っていた。彼女は、古本の山に圧迫せられて、たいくつしているのだ。そして雄吉は、戦争に行って帰って来た人間の常として、現在でもふとした瞬間に、自分は生きて帰って来たという湧くような思いに急に襲われて、思わず、あたりを見回す。言わば、まだ自分が戦地にいて、内地に戻っていると信じているのが急に夢となりそうな、不安なものが根となって残っているのである。そして、そのために街に春が来たのが一層嬉しく、また伴子のような若い女が、強く目新しく見えることがあるのだった。

小さいことが、彼を悦ばせる。人が見のがすほどにつまらないものでも、不意に彼を驚かしたり、満足を味わわせる。電車を待っている間に、線路を雀が歩いているのを見るのでもよかった。都会の雀は、痩せて煤煙で羽色がよごれている。しかし、これが、線路の赤錆びした砂利の上に降り、小首を傾げ、仔細らしくあたりを眺め、思い出したようにひらりと飛んで位置を変えては同じ所作をしているのを見ると、雄吉は何となく楽しくなり、電車を待つ苦労も忘れていられる。

雀の中に、彼は自分を認めた。

「生きていやがる!」

戦地の経験がこれを教えた。自分の意志を奪い去られて、鎖につながれたように一つの場所に身動き出来ずにいるというのが、そして、自分は死にたくもないのに、いつかは曳き出されて死ぬようなこともあるのだというのが、限られたいのちを、いとおしまずにはいられなくしたのだ。

死刑囚が、獄庭の敷石の隙間にもえ出た一本の雑草を、夢中で大切にし、米粒のように小さい花の咲くのを見まもっていたという話が何かにあったが、雄吉は自分の経験から、それを嘘偽りのないことと素直に信じることが出来た。

死ぬのは誰にでも出来ることだと彼は知っていた。はずみをつけて弾《たま》の中へ自分から飛び出すか、弾の方が向こうから来て片付けてくれるので怖ろしいことではなく勇気というものではなかった。ただそうならないように生きていることの方が怖ろしくもあり、切ないものであった。存外、戦友達が自分の生死について無関心で鈍感でいるらしく見えたのも、健康でいる間には病気のことを考えずにいられるのと同じことであった。死ぬかも知れぬ戦闘に出る時は、変にはしゃぐか、厭な顔をして黙り込んだ。不定の期限をつけ堅く封印せられていたいのちだ。それは、厭なことだった。首根っこに、おもしをのせられている日々だったのだ。一度に思い切りよく死の淵へ飛び込んで、きりがつくのではない。来るか来ないか判りようのない死の影を感じながら毎日を暮らしていることで、近いともきめられず、また遠いとも確信出来なかった。ずぶの兵隊は、皆、子供や草花や小鳥が好きであった。血に酔って発狂状態に置かれない限り、また自分の勇気を誇示しようとする妄想に囚われない限り、弱虫で、小さいいのちを、いとおしんでいた。

封印は解かれた。自由となった我が手、我が足があった。復員して浦賀に上陸したのは雨の日だったが、電車に乗ってからガラスの破れた窓の外の新緑を眺めていて、ふいと仲間の一人が叫んだ言葉を、雄吉は今も忘れていない。
「内地はきれいだなあ。おい！　内地はきれいだなあ。こんなに草や木があって」
鎖でつながれていた者でないと、こういう声は普通、人間が出さないものであった。

仕事を終わって新橋の駅に出ようとして雄吉が歩いて来ると、守屋伴子が逆側の舗道を同じ年頃の連れと歩いているのが見えた。遠くから合図して挨拶するほどの交際ではない。がらんとした車道を挟んで、並行して歩きながら何となく様子を眺めていた。

女たちは、熱心に何か話しながら歩いていた。若い娘でないと示さない熱心な調子である。日が長くなって、まだ、町のその側に夕あかりが残り、ところどころに、高い建築の隙間を潜った夕日の影が見世窓のガラスを光らせ、街路樹や通行人の影を倒していた。そのプラタナスはまだ芽を出していず、黒く裸の枝を、踊っているように宙に曲げている。果物屋の店が、明るい色を拡げている。娘たちは、その前を通り過ぎてから、花屋の前に立ち止まった。ガラスは曇っているが、春の草花の色が、内部に感じられる。

かなり長く覗いていてから、伴子たちは買いに入るのでもなく、そのまま歩き出した。また熱心な話し振りであった。この何でもない様子に、雄吉は微笑を感じる。敗れても平和が来ている。伴子たちの動作は、意識せずに、それを証明している。そして、これは何とも都会的な風景であった。幾千、百の他の若い娘たちが東京のどこか他所《よそ》で、同じことをしていても別に不思議はないのだと思われる。

「岡部さん」

と、声をかけられて、雄吉は、同じ文学部の国文科にいる若い学生の顔を見た。雄吉は戦争に行って来て、年を食っているので、大学の者から敬称を付けて呼ばれるのである。

「やあ……」

その男は外套もなく、古い制服を着て下駄ばきで、如何にも苦学生然として顔色も悪かったが、連れは同じ二十三、四歳でいて、背広に、気の早い春の外套を着て色が白く、紳士然とした青年であった。

「そうだ、岡部さん、出版の方をやっていたんですね」

こう叫んでから、春の外套の青年を振り返って、

「紹介しましょう。P大学の岡村俊樹君なんです。今度、僕も手伝って、新しく社を起こして雑誌や単行本の出版を始めることになったんです。そうだ。岡部さんの意見を聞いてもいいんだなあ。俊樹君」

俊樹は、名刺を出して手渡してから、落ち着いた様子で、

「経験のある方？」

雄吉は、自分よりも五つは年下の、まるで子供のように見える小柄の男が、おとなびた態度で口をきいているのが、どういう家の者かと惑《とまど》った。

「そうですね。もし、ご都合がよろしかったら、お食事でも差し上げながら、ご意見を伺わせて頂きましょうか」

と、俊樹は、いよいよ大学生らしくなかった。

この銀座界隈を歩いて、俊樹の顔がひろいのに人は驚くだろう。ずっと年長の成人もいれば、正体不明の若い者もいた。女もいる。

立ち話を始めると、雄吉はもう一人の学生と立ち止まって待つことになった。そして最後に、洋装の若い女が一緒に付いて来ることになった。

「東宝のひと」

と、紹介して、

「ビールが好きなんです」

女は、彩った唇を反らせて、笑顔を向けた。肉付きのゆたかな、体格のいいモダンな女であった。

「このひと、この間、ひとりで歩いていたら、パンパン狩りにつかまって、トラックで警察に連れて行かれたんですよ。危なく吉原病院(※61)へ送られるところを、私が知っているお医者さまに診断書を書いて頂いて、助け出して来たんです」

女は、てれた様子もなく、また唇をとがらせて、笑っただけであった。まるで自分のことでないように、また今さら、現代の東京で怪しむほどの出来事とは見ていないらしかった。

「洋装で、うっかり、ひとりで歩いているといけないんですね」

と、俊樹は言った。

「素人もくろうとも見さかいなく、さらって行くんですから」

「災難だなあ」

と、国文科の学生が言った。

「抗議も出来ないんだね」

「運命みたいなものですよ。女のひとはお気の毒なんですね」

雄吉は、その俊樹の、女のような柔和な口のきき方が気になっていた。上品だと信じているのかどうか知らないが、変に気になるのだった。そしてこれは、戦争に駆り出されて苦しんで来た人間には見られないことだと気がついた。こういう言葉遣いをする余裕は彼等にはなかったのだ。俊樹は、まだ一つか二つか年齢が足りなかったせいで、召集にもならず、終戦によって救われもし、浮かび上がった年若い世代に違いないのである。

俊樹の柔和過ぎる話振りを聞いていると、雄吉は変に気が苛立ち、僅かの年齢の違いで、淵のように、間に出来ているものを考えずにはいられなかった。

「出版をやるって、紙は手に入るのですか」

と、雄吉は、言い出した。個人的に反撥《はんぱつ》する感情は、年長のことで、制御していた。

「お金があるんですから」

と、俊樹は答えた。

「無論、闇の紙を使うつもりです。売れる本を出して、ペイ(※62)して行けば、いいんでしょう。私、いいパトロンを持っているんです。女の方なんですけれど、男がかなわないようなひと。……お金の点は少しも心配ないのです。いつか、あなたにも小母さまに会って頂きましょう」

雄吉が、自分の家のある横浜に着いて、桜木町駅を出たのは、夜の八時を過ぎていた。広場の大きな暗闇の中を進駐軍のトラックや自動車が、ヘッドライトの眼玉を光らして、立て続けに通っていて、車道を横切るのに暫く立ち止まって待った。

晩になってから急に風が落ちて暖かくなった。しかし、中区区役所の玄関から、錦橋の付近に夕方から集まっている家のない労働者の群れには、外套を持っている人たちよりも、ずっと冬が長いわけで、舗道や空地に集まって焚火をして暖を取っているのが、赤く燃える火の周囲に立ったり、しゃがんだりして寒々と黒い絵となっている。

大陸でみる苦力と同じく茫漠とした顔付きがこの人々には出来上がっている。かなり、知識的な顔付きも見あたるし、前には相当な家の主人だったろうと思われるような品のよい老人や、学生服を着せれば大学生で通りそうな若い年齢の者も加わっていた。しかし、これが、現在のような春の晩でなく、蒸し暑い夏の夕方、西日が赤く残っている時間に、一日の労働から戻って来て、空腹のまま立ち上がる気力もないように道端に、目白押しに並んで腰をおろしているのを見ると、日本にも遂に苦力の群れが生まれたと、いやでも認めることになるのだった。裸でいる者もいた。シャツを脱いでしらみを潰している者もいた。

復員者の雄吉には、特に、この人々のよごれて真黒になったカーキ色のシャツや、ズボンが暗く印象的であった。自分が久しく着せられて生活したせいもあるが、現在ではカーキ色には本能のように嫌悪と憎しみを感じて来ている。およそ色の中で、一番日本人の心を暗くする色だろうと信じている。それが、戦争の一番不幸な犠牲者だろうと思われるこの人たちが、他に着るものがなく、まだ、この色のぼろぼろになった衣類を軀にぶら下げて、茫漠とした瞳を据え、口をきく者もなく、道路に腰をおろしているのだった。人間というよりも無感動な物の塊を置いた感じである。軍隊の経験で雄吉は、ぎりぎりのところまで堕ちると、何事が起ころうと、人の心が動かなくなるのを知っていた。虚無感や絶望すらも入り得ない。硬直したゴムと同じ状態で、折れるのを待っているのだが、それでいて、不幸なことに寒気と飢渇《きかつ》だけを極度にけわしく知るように、生きているのである。そして、それから、苦力《クーリー》に特徴となっているど、ろんとした不透明な顔付きが、刻み上げられるのである。

橋を渡ると、舗道に小屋掛けのマーケットの露店が並び、町の小さい人家の列と、両側から迫ってトンネルのように暗い狭い道を作っている。店は閉っているし、気味が悪くて、その中は歩けず、車道の真中を自分の靴の音だけ聞きながら通って来ると、空っぽのはずの掛小屋の中から咳をする音や、軀を掻く音、人が寝苦しそうに呻く声が聞こえて来るのだった。

「ああ……寒い、寒い……」

進駐軍の兵営の長い板塀に沿って伊勢佐木町の方へ歩きながら、雄吉は、今日紹介されたばかりの年下の大学生のことを考え始めた。岡村俊樹が出版をやるのは、本がよく売れるようだからという理由だけであった。本を作ることに社会的な意味も責任も認めていない。

それを指摘すると、俊樹は怪訝に感じたらしく反問して来た。

「でも、お金を儲けるつもりで、始める気になったんです。他の仕事でも同じだと思うんですが、余計なことを考えに入れてはいけない、と思うんです。私、間違っているでしょうか」

この若い大学生は、優しく丁寧な口のきき方をしていて、変に自信のある不敵な性質を示して、年上の雄吉の方が、不意と壁にでもぶつかったような感情に打たれた。

「左翼の本が売れるっていうから、私、そっちの方をさかんにやろうと思って、大学の先生方にお手伝いをお願いして歩いたら、皆さん悦んで応援して下さると仰有るんです。今では、一冊、本が出されると、先生方としてはかなり大きくまとまった収入になるのです。印税の一部分は、先に差し上げて、契約して行くといいのだと思います」

今日では、教授が講義に入って来てから後に、平気で、教場を出て行く学生もあると伝えられていた。丁寧でいて、俊樹の話は、その不遜《ふそん》さを感じさせた。先生を忌避《きひ》も出来れば、利用も出来る自由を獲得したのである。

雄吉は、別の星に住む人間と出会ったように感じ、だんだんと面倒臭くなって来て言い出した。

「隠岐達三の本を何か取るといいね。印税は普通一割か一割二分のところ、先生は一割五分を請求するそうだけれど、売れることは確実に売り切れるんだそうだ。東京のインテリには、とやこう批評されていても、地方ではまるで神様のように信仰している固定した読者が、特に女性にあるんだそうだから」

俊樹は、すぐに話に飛びついて来て、手帳を出してメモを書き入れた。

「隠岐先生も左翼の方ですか？」

「どちらにもなる人ですよ。シーズンで染色が違うんだが、公正で道徳的な立場でいようとしているから、踏み外して雲から墜ちることがない。つまりどんな時代が来ても、絶対安全な人だから、君の方にもいいでしょう。怪我のないひとだから、君の商業的目的に一致すると思うのだ」

無用なことを言ってしまった。と雄吉は、ひそかに後悔していた。必ず、あの変生男子は、押しを強く隠岐氏を訪ねる。雄吉が自分も気が咎めたのは、俊樹が隠岐氏に会うのはいいが、伴子には会わせたくないような気持ちが、心のどこかに動いていることであった。前の大戦の後に、戦時中の生活の影響が欧羅巴の若い女たちが急に男性化したのを、ギャルソンヌ（男おんな）という題名で、小説に扱った作家がいた。今度の戦争も、若い女の間に男おんなの傾向を強めたのと同時に、若い男の中に「女おとこ」を生んだのかも知れぬ。俊樹を見て、雄吉は上野公園に出るとかいう評判の女装の変生男子まで連想したのであった。あれは極端なものとしても、これもその臭いがなくもない。戦争は日本人の中に、悲惨な苦力の階級を作っただけではなかった。狂い咲きの別の品種の人間も作り出したのである。

ダイヤモンド

「小野崎さん」

画家は初めて気がついて左衛子の笑顔を認めると、

「ああ、これァ……」

「何を考え込んでいらしったの。あたしの方では遠くから小野崎さんとわかっていたのに」

「それァ、とんでもない失策だ」

と、いつもの童顔をほころびさせて、

「奥さんのような美人が真正面からいらっしゃるのを看過ごしては失礼極まりない。実はこうなんですよ。僕は奥さんだとは思わず、どこかの素晴しい令嬢が……」

「その意地悪にお礼申しましょう。そうでしたことね、口には税金はかかりませんでした。それよりも一度眼科へいらしって視力の検査をお受けなさったら。お勧めしますわ。大分、老眼がお進みになったようですよ」

「違います。違います」

と、画家は、例の大きな身振りまで入れた。

「春だからですよ。奥さん」

「お目が、かすんで」

「悪いひとですね。こう見えても、奥さん、僕ァ、これで、その、なんですよ。素晴しい女性とランデ・ヴウに行くところなんだ。その場合、紳士たる者は、途中でどんな美人が向こうから来ようが、なァにお前さんなんか眼中にないぞという顔付きをして歩くのが恋びとに対する礼儀なんですよ。や、いつかはご馳走さま。そうだ、あの時の小型紳士は健在でしょうな」

「小型紳士」

と、不審そうに問い返して、

「ああ、俊ちゃんのこと。なるほど、小型紳士はいいわね」

「一分の隙もないって感じだ。洋服屋のショウウインドウの中に突っ立っているのが、そっくり歩いて出て来たと見てもいい」

「言いつけますよ」

「いや、決して怒りませんね。反って悦ぶのじゃないかと思う」

と、画家は冗談とも真面目ともつかぬ言い回しを用いた。

「新興階級の紳士を見てごらんなさい。悉く、標準型で、ショウウインドウ趣味なんですよ。崩すことも作ることも知らないのだ。アメリカの雑誌の広告を見ると、帽子、服、靴から靴下の色まで親切に組み合わせて、三色版で、きれいに並べてありますがね。一揃い、何十ドルで出来るって、テキサスあたりの田舎に住んでいても、郵便為替一つで注文出来る。実に痒《かゆ》いところに手がとどく便利なものだが、日本もやがて、そうなるのだ。僕はその意味で、長生きして、あの小型紳士の成長を見るのが楽しみなんです。必ず僕の言ったとおりになりますね」

銀座の舗道の雑踏する人の流れを、片脇に避けての会話であった。

「小野崎さん」

と、左衛子は、急に、

「あなたがランデ・ヴウにいらっしゃるという、おきれいな恋びとの名をあてて見ましょうか」

「どうぞ」

「守屋伴子さん……違いまして？」

画家は目をまるくして、

「おかしいね」

と口走ったが、急に気がついて、自分が小脇に抱えていた雑誌の挿画の原稿の包みを取り直して、

「名探偵、シャーロック・ホルムズ夫人。(※63)この上書きを読んだのですな」

「きれいな方？」

「絶対に」

「おいくつぐらい？」

「左様……二十一か二。いや、もっと下かも知れない」

「歩きましょう」

と、静かに左衛子は申し出て、たった今、自分の来た道を平気で戻って、画家と並んで歩いた。

「はてな」

と、画家は首をひねって、

「このお嬢さんをご存じなんですか」

左衛子は、首を傾げて、陰影のある微笑を示した。

「少しばかり」

と、答えてから、

「私のお友達のお嬢さんなんです……まだ、お目にかかったことはないの、小野崎さん、私、お供してもいいでしょうね」

「どうぞ」

画家は、まだ気がつかないでいる。忘れてしまっているのだから一向に平気なのである。

「画を、おとどけになるの」

「小説の挿画。ああ、そうですよ、奥さん、例のマラッカを描いたものなんですな。それ、奥さんとご一緒に行った……」

「まあ！」

「夢だ、夢だ、ですよ。しかし、僕は、南では、あの町が好きだった」

「あなたが、毀れたお寺のところで写生をなさっていらっしゃる間に、私、町をドライヴしてまいりましたのね」

「そうですよ。あの町ですよ、昼寝しているように、いつも静かな……」

左衛子は、華僑の大邸宅ばかり並んでいるヘエレン・ストリートの真昼の、陽ばかり照っている空白な道路を思い起こした。漆塗りの厚い門の扉を閉ざして、外からは人が住んでいないように静かに見える家の内部の影の涼しい部屋で、初めて長衫《ちょうさん》を着た守屋恭吾を見て言葉を交わしたのであった。その時、話したことも不思議と記憶している。この戦争が終わる時分は、日本の女が日本の着物を捨てるだろうと恭吾が予言のように言い、左衛子はそれに反対したのであった。

「もう、外を歩いていると、暖かいくらいね」

「そうですよ」

と、画家は真顔を向けて言った。

「よく、そんな、厚いウールの外套を着ていらっしゃる」

エトワール社は、新橋の土橋寄りの河岸《かし》通りに小さいビルディングの三階にあった。焼け残った古い建物としても、階段に沿った壁など塗料がよごれているし、採光の悪い廊下が薄暗く、トンネルを覗くようだった。

「暗いな」

左衛子は答えなかった。

鎮まり方が、何か不機嫌に感じている理由でもあるようだったので、画家が何気なく振り向くと、

「あ、小野崎さん」

と、急に、

「あたし、ただご一緒に来たというだけで、紹介なんか、なさらないで下さいね」

「どうして?」

「いいえ、何でもなく、そうなの。どんなひとか、私、おとなしく見ていることにしましょう」

「どういうのです? わざわざ来たのに」

「余計な、トラブル(煩しいこと)を起こしたくないから」

と、左衛子は、答えた。

「ここ、もう、三階でしょう」

廊下の左右にある扉の曇りガラスに、社名を読んで行って、画家はエトワール社を見つけた。扉をあけると、狭い室内に卓を並べて、十人あまりの男女が立ったり腰かけたりして、執務しているのが見えた。

「守屋さん、いますか」

入口に近い卓に向かって、郵便物を整理していた丸顔の少女が振り向いて立ち上がって来た。

「まだ、来ていらっしゃらないのです」

少女の癖に、見真似で塗っているらしい口紅の色が、変に印象的であった。言葉の不備を、別の机にいた若い男が補った。

「守屋君は午後にならないと出て来ないのです。朝の内は四丁目にある『たんぽぽ』って洋裁店にいるはずですが」

「いや、僕は守屋君に頼まれて雑誌の挿画を持って来たんで、守屋君でなくてもいい。誰か別のひとで……」

「あ」

と、窓際にいた別の眼鏡をかけた青年が立ち上がって来て、

「小野崎先生ですか」

「そうなんだ。今日渡す約束だったから、持って来たんだ」

「それは、どうも、わざわざ恐縮でした」

と、椅子をすすめようとして、

「狭くって、どうも」

狭い部屋の一隅に山のように本が積み上げてあり、壁には広告のビラが貼りつけてあった。その間にも卓上電話で、大声で話している者もあって、活気はあるが左衛子などが見ると、散らかっていて、人間も本もごみごみしていて不思議な世界であった。それも期待して来た守屋伴子がいなかったせいで、よけい、中心のない乱雑なものに見えたようである。

洋裁店「たんぽぽ」では、板壁で店と区別されている裏の仕事場を、楽屋と言っている。これがミシンを置いてある畳敷きの部屋と、仮縫いのおりなど客を通す三面鏡を置いた洋間の二つに分かれていた。

伴子の仕事場は、三面鏡の姿見の脇に置いてある白木の大きいテーブルであった。朝の時間には東側の窓からよく光が差し入って、テーブルの上に鋏《はさみ》で截《き》ったばかりの布地が描くうねっている姿を美しい色の塊として鏡の中にも置いていた。伴子自身も色の塊となったように、デザインの画を前に置いて、長い間身動きもしないで見て考えている。午前中はミシンの音もなく静かな部屋であった。春が来たので窓をあけ、強過ぎる光を遮った窓掛けのレースが、微風に軽く押されて、ふくれては、また、ゆるやかに戻って行く。上着を脱いでブラウスでいる伴子の左の袖に、その明るい影の網目が、映ったり退いて行ったりしていた。

鉛筆を取って、急に伴子は、デザインの胸の切り込み方を変えてみる。もう、初夏の服の図案であった。買い手の経済上の理由もあろうが、夏は洋裁店には一番注文の多いシーズンであった。

この「たんぽぽ」の経営者は、昔、伴子の母親と学校が一緒だった。官吏《かんり》だった夫が追放となった上に、終戦後の変動で多少あった財産も税金に取られたり封鎖されてしまったのを、女手で収入の道を作ろうと企てた仕事で、同様に窮迫の運命を見た友人や親戚の若い夫人や娘さんを動員した中に、伴子も加わることになったのである。

伴子が早晩、隠岐氏の家から離れて、独り立ち出来るようにと、ひそかに心を遣って母親が設計して来たことが、こうなって見ると、「たんぽぽ」では有力な働き手とした。ただの奥さんやお嬢さんの仕方なく始めた仕事ではなく、基礎もあり仕事の熱情もあった。小さい時から母親がそう仕向けてくれたので、「たんぽぽ」の店が開かれなくとも、いつか、自分で始めたいと夢みていたものである。名前を出さずに下請けのようにして雑誌に洋裁の記事を書くようになっていたのが、

「伴子さんに来てもらえばいいわ」

と、士族の商法で迷っていた年上の女たちに、急に頼みにされ、自分も急に成人《おとな》扱いされたのが嬉しかった。

「たんぽぽ」の店の営業は、同じ仲間で女子大出の軍人未亡人が芯になっていたが、伴子は、デザインや陰の実地の仕事を楽しんで働いていた。交代でただ店番に来るだけのような女たちが集まっている中で、一番年が若くて、仕事はよくしている。机に向かって黙って働いている時の顔に、一途の真面目な気質が、女学生が勉強をしているのを見るように清純な影をつけていた。

店の方から誰か予告なしに扉をあけた時、伴子は不意を衝かれて子供が怒ったような顔付きで、向きなおっていた。

店の方の主任が、

「ちょっと……お客さま」

と、伴子に注意してから、

「どうぞ、散らかっておりますけれど」

戸口から入って来た客を伴子は椅子から立って迎え、驚いたように黒目を瞠《みは》った。

その方の仕事をしているせいで一目見てわかるのだが、仕立てもよいし、ぴたっと身についた服の着こなし方に注意を惹きつけられたばかりでなく、客の美貌に打たれたのだといってもよい。冴えた感じが凄艶という言葉を思わせる。目が大きく、鼻と口が細く緊っているのが鮮明な印象を人に与えた。軀も見た目はほっそりしているが、肉付きが豊かなのを、着ている服の生地のウールが繊毛で柔かく描き出した厚味のある曲線に示されていた。

その大きな目が、伴子を見て微笑み、落ち着いた様子で室内を見回して、

「好いお部屋ね」

「いいえ、お羞《はず》かしいくらいにいつもとりちらしてございます」

三面鏡の中に、左衛子は各々向きの違う自分の影を見た。斜めの朝日の光が明るく踊っている板の床の上に。

視線は伴子に戻って来て優しい笑顔になった。

「こちらのお嬢さん。画家の小野崎先生を、ご存じでしょう」

と、伴子は気圧《けお》されたように顔を赧《あか》らめて答えた。

「ちょっと……」

「小野崎さんと、もう少し前エトワール社へ伺ったんです。画をとどけにいらっしゃると仰有るから。……今、お別れしたところ。あなたのお名前も、もう私、覚えているんですわ。守屋伴子さん。可愛らしい、いいお名前ね。それよりも小野崎先生が、あなたのことを、ほんとう

にきれいな方だって賞めていらしって……」

「画が出来まして？」

「ええ、ご一緒に、おとどけに伺ったのです。でも、雑誌だけでなく、こちらでも、働いていらっしゃるですってねえ？」

主任は、戸棚をあけて、布地を取り出していたが、

「ごらんのとおり、まったくのお嬢さんなんですけれど、デザインの方の仕事では、熱心で、お客さまにも大分ご贔屓に願っております。若いと申しますのが、不思議な力で、見ておりますと、私どもでは到底頭に出て来ないようなことを、何ですか平気で考えて、どうかと思いますようなものを仕立てさせて見ると、趣味のあるものになるのが、不思議でございます」

「羨しいお仕事ね」

と、左衛子は、机の上にある伴子の画を覗き込んだ。

「拝見」

「いいえ、まだ、これは出来上がっておりません」

「でも見せてちょうだい」

「まだ、輪郭を描いただけなんです」

伴子は、上気して顔に血色を見せていた。それにしても客の白い横顔に、視線は強く吸い寄

せられていた。白い皮膚にある緑色といってもよいしっとりとして明るい影が、また、髪の生え際の、毛筋のつやつやと黒く揃っているのが、同性として見ても暫く何とはなく目を放せなくなるような、強い魅力を持っていた。

「もう、夏のもの？」

「ええ、どうしても」

と、伴子も笑って、

「この夏の水着も考えてみたいと思っております。エトワールで映画の人を使って口絵に出してくれると申しますから」

真顔で、熱心なのが、左衛子が見ても感じがよかった。

「ほんとうに、好いお仕事をしていらっしゃいますのね。羨しいくらい。やはり新しい若い方は違いますのね」

服地を出して卓に積み重ねていた主任は、左衛子が見るのを待っていた。

「布地の方はごらんのとおり、あまり良いものがございませんので」

「それァ、今は仕方がないのよ」

と、逸らさない笑顔で、

「芝居でも、衣裳の戦災で残ったのを見て、狂言を立てるっていうのでしょう。これだけあれば、どの芝居が出せるって工合なんですって。役者や作者でなく衣裳方が上演する芝居を決めるんです。主役の着るものだけ疎開して、助かったのはいいが、今日となって見ると、下回りの着る綿ものを焼いてしまったのが、痛ごとだというのです。伴子さんのお仕事でも、その意味では、欲しいものが手に入らなくて、思うようなものがお出来にならないで、お困りでしょうね」

順に服地を見て行った。どういう身分のひとか知らない。白い指にはめている指環の石もダイヤモンドのような、けばけばしいものではなく目立たなくて渋い猫目石であった。

「これを取って置いてちょうだい。冬のものですけれど」

「さすがにお目が高いと存じます。これだけの品物は、もう、どこにもございませぬし、当分はまいりますまい」

「私には派手かも知れないけれど」

「いいえ、どう致しまして、左様なことはございませぬ。これは、さる方が英国へいらしった時お持ち帰りになって、やはり近頃のお手もとのご都合で、私どもにお回しになったものでございますから、お品は、ほんとうのスコッチで、確かなものでございます」

「そうでした」

と、左衛子は急に言い出した。

「あした、ご都合で、伴子さんに私の宅にいらしって頂けません？　多少、持っている服地がありますから、見て、どれを作るか決めて頂きたいのです。あなた、私の洋服の相談役になって下さるわね」

次の日は、春によくある曇り日で、降りそうに思われて雨衣まで支度して出たのが、低い雲のまま、風もなく持ちこたえて午後となっていた。

伴子が道を教えられたとおりに入って来たのは高輪《たかなわ》南町の焼け残った屋敷町で、木の色も古びた家ばかりが、閑静な一郭をなしていた。焼け落ちて灰にはならなかったものの、どことなく荒廃の色が漂っている。曇り日の、光の加減もあろうが塀や庭木にも手を入れにくい戦後の経済的な事情によるものであろう。緩んで隙間を見せた古い板塀の上に、満開の桜が枝をひろげている家があった。灰色の空にひろがって、花は重みのある感じである。

眠たくなるような空気の路地づたいに、どこからか、三味線の音色が漏れて聞こえているのも、人でいそがしく雑然としている現代から、不意と別の世界に入って来たような心持ちがする。戦災を受けたのと受けないのでは、実に大きな相違が生まれているのである。

洋装が不自然でなくいたに付きスタイルブックや外国人の模倣の域を出て落ち着いたものに消化してしまったように見える高野左衛子のような女性が、どんな家に住んでいるかは、伴子も興味を抱いて出て来たところである。高野と姓だけ表札に書いてある門は、大きいだけで簡単に柱に木の扉をつけただけのもので、左右に開いて、玄関までの、かなり広い前庭に、無造作に繁った古い樹々が枝をひらいているのを、外からも見えるようにしていた。建物はかなり大きいが、やはり日本館で、玄関も古びた格子戸をはめてある。伴子が見ると、そこには、別の男名前の表札が三枚も並べて掲げてあるのは、この頃どこの大きな家にもあることで、戦災者を同居させているのかも知れない。

その格子先に立った時、三味線の音色が袖垣《そでがき》の奥にある芝生の庭の方に聞こえた。女の声で唄っているのが、しっかりした節回しで、左衛子のように思われたのが意外のことだった。曲も清元《きよもと》の何かであった。

伴子が呼鈴を押すと、若い女中が出て来て行儀よく応接した。障子があいた時、三味線と唄声がはっきりとこの家の二階のものと知れ、左衛子なのは、もう、まぎれもないのだった。

女中は伴子を招じ入れて、廊下の片側のドアをあけて、洋風の客間に通してから、奥へ入って行った。古い洋間だったが、藤棚のある庭に窓を展いて明るく、壁に掲げてある画も好みの現代的な新制作派(※64)の知名の画家のもので、椅子も調度も新しいものだった。

三味線は停まった。木がこみすぎた感じの庭の宙に、雨の糸が白く光ったかと思うと、すぐに消えた。

間もなく、女らしい客を送り出して、左衛子の声が玄関で聞こえていた。

「あら、降って来たんじゃありません?」

伴子の前に立った左衛子は、黒いくらいに紺の深い結城がすりの袷《あわせ》に帯を結んでいて、昨日とは別人のようだった。帯は、伴子も知っている、琉球の紅型の、白地にこまかい花模様を染めたものである。

「ごめんなさい、お待たせして」

と、笑顔を向けて、

「お師匠さんが遊びに来ていたものですから……でも、よく、いらしって下さったわね。家が古いものですから、こんな日は、鬱陶しいのです」

「和服もお召しになりますの」

と伴子は、驚嘆から漸く醒めて来たような顔色であった。

「洋装ばかりと思っておりました」

「気まぐれなのね。そうね、布を見て頂くのでしたわね。今日でなければいけないでしょうか?」

「いいえ、また伺ってもよろしゅうございますけれど」

「ゆっくりしていらっしゃいましね。お話ししたいこともありますの」

しげしげと、左衛子は伴子を見まもった。ただの洋裁店の店の者を迎えたものでなく、うちとけて深い眼差であった。

「おきれいね」

と、言って、

「やはり、お父さまに、よくお似になっていらっしゃるわ」

伴子は目を上げた。驚くのは遅かったたし、また、左衛子の言葉を、言葉どおりに受け取る理由を認めなかった。

音をさせない雨が藤棚の下になっているヴェランダのたたきを静かに濡らしていた。

「伴子さん」

と、左衛子が言った。

「あなたにお願いがあるのよ」

「………」

「あなた、私の秘書のようなものになって下さらない？……別に特別なことをして下さらなくともいいの。ただ、私に付いていて下さるの。ご自分のお仕事をなさるのは自由なんです。それから私の着る洋服を考えて下さるでしょう。仕立ては、もとから入れている中国人の洋服屋がいい仕事をしてくれるので、あなたは、ただ、どういうものを着るか、考えて下さるの。それから、雑誌社の方へお勤めになっていらっしゃるのを私がお金を出して、ほかの若い人達が出版を始めようとしているのに、あなたも入って頂けないかと思うんですが、どうでしょう？お礼の方は今いらっしゃるお勤めの倍は差し上げるつもりです。私の着るものの相談役になり、秘書としてのお礼は別なのよ。私、どうしてもあなたが欲しいのね。我儘《わがまま》申しますけれど、私というの、そういう女なんですから、……ご無理でも、味方に付いて下さいません？」

そう話してから、明るく悪戯そうに瞳を笑ませて、不思議な言葉を付け加えた。

「でも、お父さまには、当分、内証」

若い娘というものは、外に溢れるほど生命に充実しながらも、どことなく不確かな感じがある。驚いたように伴子は、左衛子を見まもっていた。その目が、経験も過去もなく、透明に澄んだ色をして、無邪気で明るい調子であった。しかし伴子は、まだ、左衛子の言う父親というのが隠岐達三のことばかりと思っていた。

「お父さまには、私、叱られることがあるんです。私の方では、そんなつもりでなかったのが、あの戦争中のことでしたから、いけない人がいて、思いがけないご迷惑をかけてしまって、私、困ってしまったんです。きっと、お怒りになっていらっしゃるわ。ですから……」

と、左衛子は、微笑でくるむような表情を見せて、

「私のこと、その内、時期の来るまでお父さまのお耳に入れないで置いて頂きたいの。わかる時期はまいりますわ。その時はその時、けれどその前に、私、伴子さんとお友達になって置きたいんです。約束して下さるわね」

「父を、どこでご存じなのでしょう？」

「シンガポール」

伴子は驚いたように、目を瞠った。

「最初お目にかかったのは、マラッカというところでした。景色のいい海岸にある小さい静かな町、良い方でしたわ。ご親切で、……やはり欧羅巴でお暮らしになっていらしったただけに、日本人ばなれしたスマートな……お話など実に気が利いていて。とうとう内地にお帰りになっていらしったんですってね」

伴子は、顔中、黒目になってしまったようにじっと左衛子を見詰め、皮膚にも蒼みをさしていた。出て来る言葉が失くなっていた。そして刻一刻と、真剣なものに落ち込んで行って、どう聞き、どう考えてよいか、判断を下す余裕はまだなかった。

衝動的に押し出されたように彼女は口走っていた。

「その人……伴子のことを、奥さまにお話ししたのでしょうか？」

「何を仰有るの。伴子さん、お父さまにまだお会いになっていらっしゃらないの」

伴子は無言で首を振って見せた。光沢のよい豊かな黒髪が烈しく揺れた他に、慄《ふる》え出した腕を隠そうとしていた。目ばかり動かず硬く光っていて、形のいい唇も鼻翼も、急に不随意の歪みを見せ、まるで物に憑かれたような表情となっていた。

左衛子は伴子が決して偽っていないのだと気がつきながら、思わず、言った。

「ほんとうに」

雨の音が上がって来た中に、彫像のように白く伴子は動かなかった。ただ、手の指を膝に組み合わせて、それが別の生きもののように興奮にとらえられ戦《おのの》いているのを抑えようとしていた。

「信じられませんわ。お父さまが、こちらへお帰りになって、どこにいらっしゃるのかもご存じない?」

「その方……」

と、呼んで、伴子は、うろたえて顔色を動かした。

「お羞かしいのですけれど、わたくし……父と呼んだ記憶がありません。私、三つか四つの時のことでしたから……父と申しますと今の父親のことです。その他のことは、写真で見ただけで……それも、もう消えて薄れています。それで、不意に、そういう人が、私の前にお立ちになっても、私、まごつくだけだと思います」

「ご記憶がない」

「ええ」

と、強く言いながら、急に泣くような顔付きになって、

「母も再婚しております」

「…………」

「そのひと、来てはいけないのです。ほんとうに、いらしってはいけないのです。かわいそうなお母さんを、これ以上、苦しめてはいけないのだと思います。私、何も存じません。けれど、いけないのです。奥さまが、父を……ご存じでお会いになることがございましたら、そう仰有って下さいまし。お母さんがかわいそうでございます」

伴子は突然に顔を覆って首を垂れ、泣きじゃくった。深い息が肩を浮き沈みさせた。左衛子は、瞳を外らせて庭に降る雨を見まもった。この季節の煙るように細い雨が、色の鮮やかになった庭木の上にこまかく散っていた。自分も、思いに深く沈んだような姿勢のままでいて、不意と左衛子の心を割って新しいものがうずきながら芽生えたような感じが、血管をつたわって軀にひろがり始めた。瞬間的に、左衛子は雨に向かって笑顔を作ったように見えた。女としての強い自負と誇りに満ちた感動であった。

「伴子さん」

と、整えた声が優しく反響を呼んだ。

「お母さまはお母さまとして、あなたは別じゃございませんか。お父さまの方もせっかくお帰りになっても、お母さまにご遠慮なさっていらっしゃるのです。それでなければ、どうしてお訪ねにならないことがありましょう。私、こんな好いお嬢さんにお育ちになったのを、守屋さんにお目にかけたいのです。それとも、お厭？」

立って、答えない伴子に近寄って来ていた。

「シンガポールで、お父さまは、あなたのことばかり私にお話しになって、お淋しそうでした。ほんとうに、軍人とは思えないお優しいお心持ちの方で、伺っていて、私も泣きましたわ。お髪にも白いものが混じって、お国へも帰れず余儀なく外国を歩いていらっしゃるお苦しみを、ふとした時に、急に、私のようなものにお打ち明けになって……別れた時に小さかったものが、今はどんなになっているかと仰有って……」

左衛子は唇を噛んだ。事実、涙が頬をつたわって静かに流れて来ていた。

伴子は、左衛子が寄り添って来て柔かに肩に手をかけたのを感じた。品のいい香水のときめき（※65）が近くに揺れていた、着物を隔てて感じられた肉体の動きに、伴子を不安にさせる異様な感動があった。もっと若かった時から母より他の人間に、こんなに身近く、他人のからだを覚えたことがないのである。肩を抱いた左衛子の腕には、情愛というよりも、もっと、官能的なものがこもっているようで、伴子は身をすくめた。

「他人でないような気がします。伴子さん」

と、語気に熱を帯びて、左衛子は言った。

伴子は身をふるわせて、顔を上げた。強い表情の左衛子の顔が目の前にあった。静かな顔立ちが、別人のように強く烈しい表情を取っていた。

「お父さまは、ほんとうに好い方」

伴子が瞬《また》きもせずに自分の顔を見まもっているのを感じると、左衛子は自然な調子で瞳を逸らしながら、肩に巻いていた腕を抜いて、伴子の手を取った。

「お会いになるわね。伴子さんだけでいいのです。どちらにいらっしゃるか、私には、すぐ判るのですから、あなただけが、そっとお会い出来るようにしましょう。いいでしょう。それで」

「わたくし、考えて見ます」

と、伴子は答えた。

「それからご返事致しますわ」

「どうして？」

返事は出来なかった。

「おわかりにならないの。お父さまが、帰っていらしっても、どんなにお淋《さび》しく思っていらっしゃるか」

素直な感じで伴子は頷いて見せた。

「それなら、私の言うとおりになさいまし。私は、表に出ません。ただ、伴子さんがお会い出来るようにして上げます。わけないことなのです」

「でも、私……」

と、急にまた、はらはらしたような顔色を見せて、

「どうしてよいのか、まだ、考えがつきません。それに、……母に秘密は持ちたくないと思いますから。それくらいならば」

宙に見張っている伴子の二つの目に、また涙が溢れかけていた。

「お母さま思いね」

「母が、一番、苦労をしたのです」

と、危うい調子で、伴子は呟いた。

「父に別れてから、伴子を大きくすることだけ思い詰めて……生きていらしったのでしょう？ 再婚なさったのだって、伴子のせいだったと、後で私にもわかりました」

「それで、ほかのご兄弟は」

「弟がおります。まだ、小さいんですけれど……」

母の立場が、その運命的なものが、今さら、伴子に、はっきりと見えた。これまでは、さほど深くは考えなかったものが。――自分が不意と胸に切なく感じたくらいに、深々と、見ることが出来た。

「奥さま、私その父に会おうとは思いませぬ。堪忍して下さいまし。私には出来ないことです」

「わかりました」

と左衛子は、瞳の色もはっきり言った。

「黙っていればよかったのを、かわいそうなことを……お話ししてしまいましたのね。そんなつもりではなかったんですけれど」

「いいえ、そんな……」

「悪く思わないで下さいね。ただ、私、お父さまのお心持ちを、あちらで伺ったもので……考えなく、あなたにお話ししたくなって……女は駄目ね」

「いいえ」

伴子の顔にまだ残っている動揺の色を、左衛子は看過ごしていなかった。強く立派に口をきいても、まだ若い娘なのだ。現前の事実として父親が前に立てば、話はまた別なのだ。それならばそれで、左衛子は別の機会に、また別の、話の向けようもあるだろう。透明な感じの笑顔だった。

「そのお話は、もう、おやめ。忘れてしまいましょうね。お願いしたとおりに服地を選んで頂きましょう。でも、その前に、さっきのお話はどうでしょう? 秘書の役、して下さる?」

「出来そうもございません。ほんとうに何にも存じませんから」

「そんなことはないのよ。私、こんな我儘者でしょう。なんでも、あなたを私のものにしたいの。ですから、私の方からお願いしているわけね。楽な気持ちでいて下さっていいの」

「…………」

「毎日、来て、側に付いていて下さいとは申しませんわ。私だって、自分ひとりでいたい時が多いし、こんな女でも、夫もございますから、そちらで暮らすこともあります。やはり、その本屋さんの方の仕事をして頂くのが一番いいのじゃないでしょうか。若い学生の方ばかりなのです」

「有難うございます。けれど、今いる社の方にも急には離れられない義理もございますから」

「欲のない方ね。嬉しいわ。では、私の洋装の顧問ていうの、相談役。それならばいいでしょう。当分、そうして置いて頂いて、私という女が悪者でも嘘つきでもないとお判りになってから、他のこともして頂けるわね。とにかく、こんな我儘者ですけれど、仲好しになって頂くの。

というよりも、私の方から勝手に伴子さんを放すまいと決めているんです」

その過分の親切が、父親のためだと朧ろげに理解して来ていた。伴子は自分がいつの間にか左衛子に強く心を惹き付けられているのを感じていた。こういういろいろの意味で自由な生活をしている同性を見たことがないように思うだけでも強い誘惑なのである。しかし、やはり、母親のことを思うと躓いた。

「ほんとうに、何んとご返事していいのかわからないのです」

「気楽になさい。ごらんなさい。雨だってもう歇《や》んで陽が射しているのに。そんなにお若くて、伴子さんのお天気だけは、まだ決まらないんですね」

そう言えば、濡れた庭木の枝に、日光が輝いていた。冬もつやつやとした青木の葉陰に、花のように実が朱《あか》く、点々としていた。

雑誌社の方へ戻って人と話している間に、伴子は今日は自分が誰にも妨げられずひとりでいたい希望を感じているのを知った。物ごころつく以前に、生死不明となっていた父が急に帰国して来たと聞いても、今はもう最初ほど驚かないでいるし、自分の判断で処置の出来るように信じていられた。だが、何といっても胸の中にこれまでなかったものがはいって来ていた。視覚の行きわたるのを妨げている盲点のようなものである。影があるようで、どうしても気になって、瞳が自然と、それに向かう。そうした心の状態にいて、伴子は雑誌のことで長い間同僚とお喋りをしていた。

父親の帰国が、敗戦で障害がなくなったせいだと気がついたのは、帰りの電車の中である。まだ取りとめない感じでいたものが、急に加わった現実の重みで、伴子を驚かした。

これは架空のことではなく、本当のことで、しかも、いつか、どこかで、父親は自分の前に出て来るのだ。疾走する電車の動揺に身をまかせ、俯むいている伴子は、驚いたように目を上げた。夕方で電車は、ぎっしりと混んでいた。この満員の人ごみの中に、父親の恭吾が入っていることもないとはいえないのだと自分が考え始めているのに気がつくと、伴子は自分の心が平常なものでないと知り、気をひき緊《し》めた。

驚くことはなかった。また、何で泣くことがあったろう。平気で伴子は、父親を迎えてよいのだ。母親を不幸にしないように防ぐだけで、伴子は、もっと自由な心持ちでいてよい。全部の責任は、父親にあって、伴子にはない。伴子を縛るものは何もない。自由に一人前の人間として、父親の前に立つだけのことだ。

目をつぶると、伴子はひとりで微笑した。期待していなかった新しい感動が、身内に湧き、ゆるやかに拡がって来た。顔も姿も見当がつかぬまま、父親が、伴子の心の中に入って来て、もう動かないある地位を占めていた。それが不思議だったし、決して、不幸なことではなく、何かしら胸が躍った。お髪にも白いものが入ってと左衛子が言った言葉が、鋭く鮮明に胸に浮かび上がって来た。

伴子は、若い母親が胎内に育って動いている子供を感じながら、生まれ出てからの姿や形をいろいろに想像しているのと同じ心の働きをしていた。影だけでいて、心の中にはいって来た父親に、顔をつけ、洋服を着せ、年齢を考えてやるのだった。見えない形を段々と生んで行くのが、仕事で洋服のデザインを考案しているのに似ているようで、急に心が明るく、陽気な感情に充ち溢れ、ひとりでに微笑して来ていた。

星のうるんだ道を歩いて、我が家の門を入ると、客がある様子で、隠岐氏の書斎に続いている客間の洋窓から灯影が外に漏れていた。

隠岐達三は学者らしく孤立した生活を洋館の方でしていて、食事の時以外は家族たちのいる日本間へ出て来ない人であった。伴子は、格子戸をはめた内玄関から上がって、母親が台所で働いているのに挨拶に行った。

「お帰り」

膳棚の前に紅茶セットを支度してあった。

「ちょうどよかったわ。伴子さん、これ、お客間に出して下さいね」

母親の節子は、頼まれても雑誌社の写真に入ったことがなく、客の前にも出て行くのを悦ばない性質であった。伴子が待っていると、母親は、紅茶に砂糖を入れた。隠岐氏は、戦争以来自分の飲む紅茶、珈琲《コーヒー》にだけ砂糖を使い、客の分にはサッカリンを使うように言いつけてあった。母親が、そのとおりしているのを、伴子は哀しい心持ちで眺めていた。従って、隠岐氏の前に置く茶碗には目印の別の匙が添えてあった。

「どなた？」

「新聞の方」

客間のドアの前に立って軽く叩くと、

「おう」

と、隠岐氏は答えて、伴子の方をちょっと見てから、紙の束を出して鉛筆でノートを取っている客の方に、特徴のある高飛車な疾《は》や口で、談話を続けて行った。

「それァ、君、もっと芸術院に権力を持たせ、発言権を強めなければ、改革は出来ないよ。現在のように老人たちの隠居所にして置かないで、官僚の上に置いて積極的に働くようにさせなければ」

「しかし、実際上は、封建的な会員の師弟関係や情実が……改革の障害になっていて……」

「いや、待ちたまえ。待ちたまえ」

と、議論でもしているように強く頭から抑えて、相手の口を封じると、
「結局、日本に健康なアカデミズム[※66]を確立するのが最初の仕事だ。民主化はそれからのことだ。民間でどんな決議をしたって官僚を左右できなければ、仕事は動きはしない。文化だって政治だ。その技術が要るのだ。文学者や画家は、由来、東洋の文人趣味で政治嫌いだけれどね。この民主主義の時代には、それではいけないのだ。芸術上の天才なんてものは孤独で不幸なものであっていい。大切なのは一般さ。文化芸術の一般化ということだ。そうなると、政治じゃないか、君。緊急なことを言えば、芸術院会員が、進んで国会に議席を持つようにならないといけないのだ」

伴子は戻って来て、日本館の二階にある自分の部屋へ着替えに行った。隠岐氏の言葉が激しかったのに拘らず、空疎なものに聞こえたし、今夜の伴子は、秘密を持っていた。それは伴子のものとして将来独立するか嫁に行く時持って行くように、母から堅く封をして渡されていた古い写真や、手紙の類いを、自分だけでひそかに開けて父親の写真を出して見ることであった。

電灯をつけ、箪笥の鍵を出そうとしてハンドバッグをあけると、高野左衛子が帰り際に手渡してくれた小さい紙包みが出て来た。何気なく開けて見ると、大豆ぐらいの大きなダイヤモンドが一粒、きらきらと光り輝いていた。

牡丹《ぼたん》の家

次の日曜日は、外套など着て歩けない好い日和であった。

不相応な贈物を、伴子は丁寧に礼を言って返すつもりであった。左衛子の家の前に行くと、桜の花の散っている道路に自動車が支度してあり、左衛子は、若い青年の客を庭に待たせて、自分も出かけようとするところだった。

「いらっしゃい」

と、洋装で、この間よりずっと顔も若く見えて、

「ちょうどよかったわ。お閑《ひま》でしたら、途中まで、一緒に行って下さらない。ああ、このひと、いつかお話しした出版をやる岡村俊樹さん」

と、俊樹を紹介して、

「この方が、守屋伴子さん」

「お出かけでございますか」

「少し、義務を果たしに」

と、謎のように言って笑顔を向けた。

「横浜あたりまで一緒にいらしって下さいな。お帰りは、この俊ちゃんが、シュヴァリエ（紳士）でお行儀よくお送りするでしょうから」

「どちらまで、おいでなんでしょう？」

「主人のところです」

はっきりと、そう答えて、

「新憲法の下でも、妻の義務はございましょう」

伴子はまだ迷っていたが、ダイヤモンドのことをここでは切り出しにくくて、誘引に応じることにした。用もなかったし、自動車に乗って、遠くまでドライヴするなどは、滅多にないことだった。

「横浜は、きれいになっているそうですね。アメリカ村が出来て」

と、俊樹が言った。

「散歩するのもいいな。ホールやキャバレもいいのが出来ているんでしょう。小母さまも降りになればいいのに」

「今日は遊びに行くのじゃ、ないんです。でも、牡丹の花が見られるかも知れません」

と、左衛子は、左隣に腰掛けた伴子の方を見て言った。

「私の夫は、不思議なひとで、学校を出てから、何一つ職業を持ったことがないのに、牡丹を咲かせることだけは、名人なのです」

伴子は、ダイヤモンドの話をどういう風に持ち出せばよいものかと考えていた。牡丹の話は不意であった。しかし、豪華な大輪の花のことを描き出すと、左衛子に牡丹が似合うような心持ちがした。

すると、俊樹が急に言い出した。

「守屋さんて……僕がいつか探しに行った方のお嬢さんなんですね」

「ああ」

と、左衛子が車の前方を見まもったまま、冷静に、

「そのお話……もう、いいのよ。伴子さんにお目にかかれたから」

俊樹は、独特の平気な調子で、伴子の方へ話しかけて来た。

「守屋さんは、ずっと上方《かみがた》に行っていらっしゃるんですね」

「………」

「牛木閣下のところへ催促したら、葉書で京都の宿屋の名を知らせて来ましたよ。牛木さんて字はうまいですね。うま過ぎて、僕なんかには大体しか読めやしない」

左衛子は、窓の外を眺めて静かだった。

「京浜国道から、海が見えるようになってしまったのね」

と、急に、別の話題を向けて、

「こんなに、きれいに焼けてしまって」

一帯の荒涼たる焼野がひろがっていた。小さいバラックが建ててあるが、工場らしい跡に、焼けて赤錆びした機械が片付けもせずに、怪物のような姿に春の光を浴びていた。花はない。立木は、枯れて黒い幹だけになっている。コンクリートの塀だけが、堅固に残っているところもある。

「俊ちゃん」

と、鋭く、

「本屋さんの方、進行しているの。あいまいでは駄目よ。遊んでいるのじゃないんですから」

「やってますよ。小母さま」

「……そう」

と、顎《あご》で頷いて見せて、

「学生だけでやるなんて、私の言ったとおり、やはり無理よ」

「でも、それは、小母さまが今の若い人達をご存じないからです。戦争ぼけした一代前の人達と違うんです。みんなどう生活するかってことを、否応なく考えさせられているんですから、仕事にも真剣ですもの。学校に籍を置いても、それぞれ社会人の性質をこしらえてしまっています」

「それが、早過ぎるようで、私なんかには、不安なんですけれど」

「小母さま、お考えが、お古いからですよ」

「失礼ね。こんな若いひとに向かって、古いなんて！」

と、左衛子は伴子の方に笑顔をひらいて見せた。

「でも、いくら新しくてもスフ(※67)は嫌い、手織木綿《ておりもめん》の、ごつごつした方がいいわ。伴子さん、私、日本の夏の浴衣地の柄を選んで、ワンピースにしたら、きっとシックできれいに仕立てられると思うわ。久留米《くるめ》がすりだって、ブラウスにして、模様を印刷した布より、ずっと日本人に似合いそうに思いますけれど、どうでしょう？　あの紺の深い色は、近頃のものにないわ。フランスの女のひとなら、とっくに大胆に使っていると思うのよ。日本の女のひとは、浴衣地なんか着たら、お古の仕立てなおしのように見られるのをこわがっているんでしょう」

「着る方によりますね。小母さま」

「あたしは伴子さんを考えていたんです」

と、左衛子は言った。

「あなたの白い肌の色に、浴衣の藍《あい》がどんなによく、うつって引き立つかと思って、ひらひらして光る薄い布を、ただ軀にひっかけて、洋装だと澄ましていられるような人達でなく」

伴子は顔を染めながら、思わず言った。

「奥さまこそ！」

自由に話の舵を取っているのは、いつも左衛子で、ダイヤモンドのことを思い出す隙間が見つからない間に、自動車は、横浜の市中に入っていた。

「どこで、落として差し上げましょう」

と、左衛子は楽しい計画でもあるように微笑んで、

「あたしはつらいのね。これから、牡丹は咲いていても、たいくつな時間を過ごしに行くんですわ。そう、おふたりは、港がよく見える景色のいい丘の上に捨てて行きましょう」

そのとおりに彼女はした。港に来ている巨大な汽船は、前景になっている海岸のビルディングの壁の間に半身を突き入れていた。海は、春らしく光の淀んだ大気の裡《うち》に、眠っているように、もの静かに明るい色をひろげている。

「では、伴子さん。また」

そのまま、自動車は、閑静な丘の上の道路を遠ざかって行った。思いがけない場所に、伴子は初めて会った俊樹と取り残され、黙って自動車を見送った瞳を、海の沖に向けた。

「小母さま、ああいう勝手な方ですよ」

と、俊樹が言った。

「クイン（女王）なんです。ハートの女王か、スペードか、ダイヤか知らないが」

伴子は口もとに微笑を浮かべただけであった。ダイヤモンドを返すのは、次の機会のことである。俊樹にそう言われて見ると、左衛子はダイヤの女王らしく思われる。

「歩きましょうか。私は、どんな景色にもあまり興味はないんです。自然の景色なんかよりも人間と会っている方がずっと楽しいんですもの」

「駅は近いのでしょうか」

「迷児《まいご》になりましたのね。小母さまは、それを面白がっているんですよ。なァに、私たちが負けていることはない。困る代わりに、ふたりで楽しんで、小母さまに仕返しをしてやりましょう。それがいいんです」

ここも戦災を受けたらしく空地から直ちに下の低地にある市中を眺められたが、残っている洋館もあり、また新しく建てられたものもあり、薔薇《ばら》の蔓《つる》など絡んだ鉄柵や、ペンキを塗った低い木の垣根で囲まれて、門の表札はどれも横文字であった。舗道を歩いているのも外国人ばかりということが出来る。流線形の新しい型の自動車があまり音を立てないで絶えず静かに往来していた。

「踊りに行きましょうか」

伴子は、父親の京都の宿を俊樹が知っているらしいのを教えてもらいたいと思っていたところである。

驚いたように顔を上げて、首を振って見せた。

「外を歩く方がいいんです」

すると、俊樹は柔和に笑って言い出した。

「では、手を組んで行きましょう。あすこに来るアメリカ人がしているように」

驚いて、

「厭！」

と、思わず首を振って言い切った。ゆたかな髪が、強く揺れた。

「極りが悪いんですか。古いなあ」

と、俊樹は子供のような顔で笑った。

「若いものの特権じゃないですか。みんなが、そうしている」

黙り込んで、伴子は、歩いていた。やはり、父親のことを尋ねたかった。胸がいたむような気になっていた。

「菫《すみれ》が咲いていますよ」

と、俊樹は、舗道の脇の草むらを見て言った。そこは、戦災を受けた家の跡らしく、谷を隔てた向こうの丘と向かい合った平地に芝生が荒れていて竜舌蘭《りゅうぜつらん》が残っていたり、大きな陶器の花瓶のような鉢が据えてあった。港とは別の方角の海が、丘の肩のところに明るく覗いている。

俊樹は、菫をさがしながら、そこに入って行った。

「いろんな草の芽が出ている。外人の家の庭の跡なんですね。花が咲くのがきっとあるでしょう」

伴子も暑過ぎる日射しを避けて、アメリカ杉が枝をひらいて低く垂れた陰に入って立った。

「煙草をのみます」

と、俊樹は芝の厚いところを選んで腰をおろした。

前の丘は、樹木が多かった。そして新築らしい赤瓦の屋根に、板壁をペンキで塗った洋館が、幾棟となく段々になった地形に重なり合って建っていた。色彩の豊富な、内地では目新しい風景である。山を割って、幅の広い道路が走っているのも新しく開通したものらしかった。続けて通るジープが、昆虫の動作を見るようである。

伴子は、俊樹の傍まで行って立ち止まって、この明るい景色に向かい合っていた。綱を引いて干した洗濯物の白布が、庭先に旗のように光っている家もあった。

「父は、京都のどこにいるのでしょうか」

と、伴子は思い切って言い出した。

俊樹は向きなおって、

「あら、ご存じないんですか」

「宿がどこか知らないのです。手紙をくれませんから」

「必要なら、いつでもお知らせしますよ」

伴子は、我が家にその知らせをもらうことを思って顔色を変えそうになった。

「私の方から、伺いにまいりますわ」

「いらっしゃい。この名刺に……僕の事務所が書いてある。まあ、お坐りなさい。立っていないで。いい天気だなあ。雲雀《ひばり》が鳴いているでしょう」

光り輝いているだけで、しんとしている天地であった。時たま丘の新道を登って行くジープだけが動いているような感じだった。

「伴子さん」

「…………」

「恋愛をしたこと、ある?」

「いいえ」

「じゃァ、恋愛ごっこは?」

伴子は、顔を赫《あか》らめて首を振って見せた。すると、俊樹は腕を伸ばして、伴子の手をつかんで、言い出した。

「キッスの真似しましょう。……小母さまに内証で」

向きなおると、伴子のすぐ目の前に、俊樹が目をつぶって色の白い顔を突き出していた。待ち設けている唇の形が、目に入った。まったく覚えのない動作で、自由だった右手が、その顔を女の力一杯に平手で叩いていた。

俊樹は、驚いたように手を放したが、怒りもしないで、笑った。打たれた頬の皮膚は赤くなっていた。

「野蛮だなあ」

しかし、彼はいかにも平気でいた。ふてたように笑って、一向に動揺した様子はないのだった。

「まあ、いいですよ。なかったことにして置きましょう。ねえ、伴子さん、ただのウォーミング・アップだったんです」

「失礼しますわ」

と、立ち上がると、

「およしなさい。そんな子供染みたこと。僕は平気ですよ」

「………」

「一体何があったんでしょう? ふたりの間に。下らないし無意味ですよ。そうなんです。今日の好いお天気が……いかにも春らしい気分が、少しばかり作用しただけでしょう。醒めてしまうと、それだけのもので、あなたも私もいつもと違っていませんもの。意味ないですよ。そんなに本気になるなんて、お互いに、若いんじゃないでしょうか?」

「あたし、やはり、失礼します」

「一緒に行きましょう。道がわからないでしょう。この辺は、進駐軍の占領地帯なんですから、道徳だって新しいんです」

あまり平然としているので、伴子の方で拍子抜けしたくらいであった。

ただ俊樹は、左衛子に知れるのを怖れているらしく、念を押した。

「小母さまに、黙っていて下さいますね」

「ええ、そんなこと、私、言いませんわ」

「およそ意味のないことですよ。笑われるだけのことですからね」

伴子は、気を取り直して、自分よりも年下にさえ感じられるこの若者を見た。興奮は冷めていた。あれだけのことをして、羞かしくもなくしている無神経さが、図々しいというのか、不思議に思われて来た。それもこちらから唇を近寄せて行くと思い込んだのか、目をつぶって待っていたような顔付きを思い出すと、胸がまったくむかついて来るのだった。

「海岸通りへ出ましょう。きれいな通りですから」

「やはり……失礼ですけれど、私、ひとりで歩きたいのです。買物もありますから」

「お邪魔？」

と、俊樹は言った。

「もう、怒っていらっしゃるのでなければ、いいのですけれど、知らない街を、女の方おひとりで、大丈夫ですか」

ひとりで伴子が歩いている後で、大きな声を出した者があったので、振り返って見ると、笑いながら伴子に手で合図しているのが、髪の毛が白いので、すぐそれと判ったが画家の小野崎公平で、上着なしでいた。

「やはり、君だったね」

と、童顔で笑って、

「妙なところで会った。僕は、腹が空いたから、ワンタンメンを食っている最中だ。いらっしゃい」

山下通りは、華僑の料理屋が軒並《のきなみ》である。画家は窓から外を見ていて、伴子が通るのを見つけると、箸を置いて呼び止めに外に出たもので、若い男の連れがテーブルに残っていたのが、

これも親しげに笑って伴子を迎えた、

「知っているんだってね。このひとに案内してもらって、今日は横浜を、方々スケッチして歩いているんだ」

岡部雄吉が横浜に住んでいるのは、伴子も前から知っていた。

「君も、ワンタン、どう？ うまいぜ。やはり、横浜は本場だ。汁がうまいよ」

伴子は辞退して、二人の男が、健康な食慾を見せて、ワンタンの丼《どんぶり》に戻るのを見まもっていた。

「僕の方の雑誌の色ペェジの画を描いて頂いているんですよ」

と、雄吉が知らせた。

「ところが、先生は、きたないところばかり探して描こうとするんでね」

「きれいなところは、意味ないさ」

と、画家は放言した。

「描かないとはいわないが亜米利加色の風景だって、本国の出店だけのものだからね。日本中、戦災を受けたどこの都市へ行っても、同じことだろうが、この街には個性なんて、まだ出来ていないのだ」

「いや、これから、山手の丘の上へ行って、市を見おろすと、やはり違いますよ。焼けなかった部分もあるんです」

「自分の生まれた土地だと思って贔屓しているんでね。だが、僕は、あの苦力のような連中を見て感心した。君のいうとおりだ。日本にも苦力が出来、小盗児市場《ショウトルいちば》（※68）が生まれたのだ。日本人だけは別だ、そんなことにはならぬという迷信が、見事に破られて、人間が窮迫すれば、どの民族だって、同一形相を見せることが現実に証明されているわけさ」

画家は、苦味を帯びた顔色で嘆くようにして首を振って見せた。

「神の国じゃなかった。同一条件に置いたら人間は同じものだ。しかし……僕なんか、こうも頽《すた》れたかと事毎に慨《なげ》く方だから、まだ人が好いのだ。日本人だから何とか、という考え方が、まだ頭のどこかに、こびりついているところが、そうじゃなかったね。日本人は、外部から生活の条件を変えない限り、自力では救い難い民族だと外へ出ると一々証明されているようで、つらい。僕の見た巴里の乞食は、君、剃刀《かみそり》を使うんだぜ。他人に、しらみを移すようなことは、絶対にしないよ。乞食として歴史もあるし大成しているのだ。しかし、ここでは乞食まで行かない紳士たちが、平然として競争で街や電車をきたなくしているからね」

「………」

「いつまでも指導されたり、教えられなければ、日本人は自力で何も出来ない民族かね。それを、くやしいとも感じないでいるのでは、なさけない。それでいて自己弁護の論議だけは多い。

徒党の根性は強い。借着が得意で、自分の意見を持たないという奴だ。競争で国民服を着た国民が、あっさりと、アロハ・シャツを着たものだ。そうじゃありませんか、お嬢さん。見事な亡国の民《たみ》だ」

激しく、こう言ってから、画家はワンタンの汁を、音をさせて吸った。体格も巨きいが大食らしかった。そして、絶えず、人の好さそうな柔和な表情が、顔から離れなかった。

「人間が生きるって、大変なことだ」

と、歎息《たんそく》までしそうに、画家は言った。

「もともと、そうなのに、何もかも戦争でぶち毀《こわ》れてしまったんだからね。第一、敗けた経験のない国民が惨めに敗けたのだから、処置なしに、おっこちてしまった。一度に、ぼろが出たのだ。独逸人《ドイツ》や仏蘭西人だと、こんなことにはしない。赤ん坊でも知っていることだ。転んだら、立つようにするものだ。自分だけのことを勘定づくで考えていたのでは解決出来ないことだと承知しているんだね。こう、てんでんばらばらのことには、決して、してしまわない。あ、あ、うまかった！　満腹したね」

にこりとして、煙草を出して咥えた。

「小野崎さん」

と、雄吉が言った。

「あなた、そんなに日本に失望しておられるのですか」

「日本人にね。日本は大好きだが、個々の日本人は嫌いだ」

不意と画家は、顔を赧くして、身振りまで入れる例の大げさな話の仕方になった。食後に話し相手をつかまえて喋りまくるのは、巴里にいた時分についた癖で、巴里にいようが日本にいようが、健康のためによいのだ。

「もっと、日本人はおっこちなければ駄目だ。僕はそう見ている。無慈悲でも突き落とす必要があるんだ。中途半端なところへ、ぶらさがってこれで済むのだ助かるのだと見ている。その料簡《りょうけん》を叩き毀さない限り、復活はないさ。ほっかぶりして通ろうと思っているんだろう。卑屈で、軽薄で、民族の誇りも自負もない。こういう奴は、どん詰りまで突き落として、苦しい目を見せなければ駄目なんだ。苦しみの底を嘗めたら、どんな人間でも目をあくよ。歯をむいて怒り出すよ。そうだ。怒りだ。こいつだけが、日本人を救うんじゃないかね。見たまえ、誰も怒りを感じている人間なんていやしない。皆、へらへら笑っている。なさけないかなさ。あの戦争に今も心から怒っている人間だけでも、幾たりいるかね。もう済んだ。お目出とうございますでへらへらしている。ああ、ああだ。人間が他人の運命でも自分のことのように怒るようにならなけれァ駄目なんだ。断じて駄目なんだ。宙ぶらりんじゃね。いつまでも宙ぶらりんじゃァね」

画家の議論をおとなしく聞いているだけだった岡部雄吉が、笑いながら、

「僕なんか、多少、その怒っている方かも知れませんよ」

と、初めて口を開いた。

「兵隊の苦労をして来たんですから、戦争に対しては無論、今も腹を立てていますが、その他のことにもですね。そういう日本人は、思ったより僕は多いような気がするんです。同じ日本人に対する怒り、特に、その崩れ方に対する腹立ちは、やはり、ありますね。だから、僕は、小野崎さんのように、そこまで絶望してしまう気にはなれませんね。僕は学徒で出て勉強を中絶してしまったので、戦争で、ひどく馬鹿な目に遭ったことは間違いなんですけれど……そうかといって兵隊の生活が人がよくいうように全部無意味だったとは考えていません。利己的な考え方というのか、また自分が否応なく、そういう経験を踏んで来たのがまったく無駄だったとは考えたくないせいか、僕個人については、苦しかったが、何かためになったところもあると考えているんです。死を絶えず意識している生活なんて、頼まれても出来ないことで、それを潜って来たのが無意味だったと考えたら、おかしいじゃないでしょうか」

強い顔が静かに柔和に笑った。

「兵隊の生活を結構面白がって楽しんでいるともいえる男も多勢いましたからね。戦後になって急に苦痛や、醜悪な面だけ喋っている男を見ると、僕は腹が立つんです。学徒の僕には、苦

痛でした。それに耐えて生きて来たし、有難いことには死にもしないで還って来たのでしょう。人間としては僕は悪いことは、何一つ、して来ていない。そうなると、数カ年間の自分の苦痛は、もう過ぎてしまったもので、現在の僕を別に煩わしていない。馬鹿を見たとは言えるんですが、人間的にはきっと何かになっていると思う。僕だけに限らず、そんな風に考えている友達は幾たりかいます。戦争で死んだ人には気の毒ですけれど、ちっとも現在の心は暗くない。今の内地を見る目も、小野崎さんと僕では、ちょっと違うかも知れませんね。非常にエゴイスティックな考え方かも知れませんが、僕には命のあるのがたまらなく嬉しいんだ。それから、戦地で今日は死ぬか明日は死ぬかと思いながら極端に暮らして来ただけに、生きている限り、自分のいのちは大切だと思うし、強制も命令もされないで生きるいのちなのだから死ぬ時が来るまで自分の思うとおりに生きて見たいって欲望ですね。これが、多分、戦争へ出なかった人間より強いんじゃないかと思います」

「うむ、それァね」

と、画家は明るく頷いて見せた。

「だから、僕は自分の利己的な考え方からしても、小野崎さんのように、日本人の堕ち方に、落胆していませんよ。最低の、ぎりぎりのところから始めても、日本人は立ちなおれる民族だと信じています。今は、ほんとうに悪いんです。しかし、人間なんかよりも、悪くなるように境遇がしているでしょう。僕なんか、もっと、ひどい生活をして来たから、今でも夜、寝ようとして床の上に転がって電灯を消すと、現在の幸福だけ算えて、ひとりで楽しくなって来るんです。自分は内地に帰って来ているぞ。布団の上で寝ているんだぞ、この家には屋根があるから雨が降っても起きる心配ないぞ。そんなことが嬉しいんですよ。ちょっと馬鹿のようなものですがね。しかし、……その、単純なのが兵隊でした」

雄吉の案内で山手の丘に登って画家が写生をするのに伴子は一緒に歩いた。俊樹といた時の不快な記憶を、このふたりは忘れさせてくれた。

道は、根岸の競馬場を左に見て、海とは反対の方角に、丘づたいに通っていた。小さい谷が幾つも落ち込んでいて、その向こうの平地に、横浜の町が、堀割りや道路とともに低く一望に眺められた。画家が立ち止まってスケッチを始めると伴子たちは道端に立つか、樹の陰の草の上に腰をおろして待った。

広重《ひろしげ》(※69)の風景画にでもありそうな瘤《こぶ》のような草山があるかと思うと、土を削り落として、急角度に崖が落ちている場所があって、その遠景に町が春らしく霞んでひろがっていた。

「この辺の坂は、皆、獣物の名がついているんです」

と、雄吉が教えてくれた。

「豚坂、牛坂、猿坂、狸坂。昔、開けない時分に、猿や狸が実際に住んでいたのかも知れませんね。もとは、もっと木が一面に繁っていて、昼間でも気味が悪いくらいに淋しい場所だったんです」

坂は、どれも急で、見おろすような真下の谷に曲がりくねって降りていた。段を作ってあるのもあれば、道祖神らしい石の祠《ほこら》を置いてあるのもある。谷底には昔からあった農家らしく茅《かや》ぶき屋根も見えた。竹藪に、椿の花が紅いのも目に留まった。ここから見て、低く展開している現代の街は不揃いに、所々に突っ立っているビルの建物などから、石やコンクリートで出来た墓場を見るように乾いた感じであった。数十万の人間が、そこに住み、各自の生活を営んでいるのが、ここから見ると、伴子には変なことのように思われた。さっきも画家の話に出たように、安楽にしている者はすくない戦後の町の生活で、大部分はバラック小屋同然の板の家なのである。生きる苦しみが各戸に充満して、赤ん坊が泣き、女が甲《かん》高く叫び、配給の行列が続き、どうにも出来ない問題が山のように積もっているはずなのだ。

「僕が生まれたのは、あの丘の切れたところの辺です」

と、雄吉が指さして知らせた。

「焼けて失くなってしまったんですが、赤門って名で通っている寺のあるところでした」

雄吉は、うれしそうな笑顔を見せた。

「どこも、すっかり変わってしまったけれど」

伴子は、雄吉が手で草をむしっているのを見た。自分は知らずにしている動作のようだった。長くしつこかった病気から快癒《かいゆ》した人間の感情であろう。やはりこの瞬間にも、この青年は自分が戦場にいるのではなく、平和な故郷にいて、春の日に草の上に坐っているのだ。と、ひとりで思い直して嬉しいのではなかろうか。

「いい天気だなあ」

と、画家が離れたところから言った。これは描きかけの画に向かって、こわいような真顔でいる。その向こうの山際の宙に、鳶《とんび》が一羽、茶色の腹を時々見せて、ゆったりと輪を描いて舞っていた。

広い海の入江が左手に見えたり隠れたりしていた。この横浜に明治時代に来ていた外国人の間で、ミシシッピ・ベェイ(湾)という名で通っていた入江である。左衛子の自動車は、磯子、杉田を走り抜け、山をうがち抜いたトンネルを潜った。この広い道路は、金沢八景で知られている武州金沢を通って、横須賀に出るもので軍用道路を兼ねていたので、金もかけ舗装も堅固な、日本では稀に見る完全なものだった。

トンネルを境にして、急に左右が山となって、海の方へ傾斜のゆるい坂となっているのだが、景色も田舎染み、やがて道端に見えて来る人家も藁ぶきの屋根が厚い昔風の農家が、往来に障子をたてたり、山寄りに珊瑚や椿の木の厚くたくましく繁った生垣につつまれて隠れている。東南に向いた斜面に温室があってカーネーションの花を咲かせてあったり、木の芽立った雑木の丘に洋館があるのは、北に山を受けて、土地の気候が一年を通じて穏やかなのを示している。海がすぐ裾まで来ている小さい平地には、世情の穏やかだった昔の別荘風の家が時とともに転化して、静かなまま一群の住宅町となっていた。郷社のある山が、こんもりと樹を繁らせて、椀を伏せたように海のある南側にわだかまっている。これが屏風《びょうぶ》になって一帯の土地を静かな谷に置いたような形となっている。

「ご苦労さま、あしたの朝の九時に、迎えに来て下さいね」

自動車を降りて、左衛子は運転手にこう告げた。

黒塗りの木の門が往来に向かって閉じている。左衛子が、その脇の耳門《くぐり》を押して入ると、古めかしく式台をつけた玄関の障子をあけて、小柄な若い女が足袋の白い色をちらほら、急いで降りて来て式台に坐って迎えた。

「お帰りなさいまし」

「すっかりご無沙汰ね」

と、笑顔で、左衛子は夫の姿を見おろして、

「向こうへ回りますわ」

「いいえ、どうぞ、こちらから」

「いいんです」

台所について一回りして、内玄関の格子口へ出ると、佇んで庭の方を見た。その間に、妾のお種《たね》は急いで回って来て、下駄をはいて、土間に降り、格子をあけた。

「牡丹は、どう？　もう咲いて」

「二、三輪でございましょう。まだ、ちょっとお早くて」

「そうね。でも、見て来ましょう」

お種は、すぐにまめまめしく、左衛子の後に随いて来た。

「今年は花が多そうなの？」

「そうらしいんでございます」

「じゃァ……ご機嫌ね」

左衛子は、自分より年下のお種に対して恬淡《てんたん》とした態度を失わない。

「軀の方はどうなの？」

と、夫の信輔《しんすけ》のことを尋ねた。戦前、お種が赤坂の妓籍にあったのを、夫と深い仲にあると知ると、左衛子は自分で出て行って親もとに話をつけて引き取って来て以来、お種は左衛子に対して雇人の地位に身を置いていた。

家は、もと生糸の貿易商の別荘に建てられたものを、疎開の目的を兼ねて戦争の初期に貿易が停まって苦しんでいた持主から廉く手に入れたもので、地所は狭いが海に臨んで、庭が造ってあった。牡丹は、南に向いた斜面に植えてある。明治時代まで金沢で有名だった牡丹園から根分けしたという話だったが、樹勢の衰えていたのを、自分の健康がすぐれなかった信輔が庭弄《いじ》りを仕事にして世話をして、年々大輪の花が咲くように回復させたものであった。

二段になった花畑は、牡丹の木は、どの株も枝が多く別れて、さかりの時は、一本の木に十幾つの花をつけて見事なのである。しかし、まだ僅かに三輪ばかりが、それも半開の姿で、陽に輝いていた。淡紅のものと、白色のものである。ただ、お種を連れて左衛子が立ち止まった位置からは、花の咲いた枝を透《すか》して、入り日の光を流した青い海が明るく覗いて見え、春の午後らしくいかにも穏やかであった。ちょうど、巨きな汽船が、本牧《ほんもく》の鼻を離れて、斜陽を浴びながらペイントの色を鮮やかに、沖を通って行くところであった。

左衛子は急に思い出したように呟いた。

「静かなこと」

お種は、人形のように整った目鼻立ちをしていて軀も若々しく豊満な女だったが、この家へ来てから、美しいのは相変わらずだが、昔あった張りを失って、平凡な性格だけが急に目立って来たような感じがあった。

「機嫌はいいこと？」

と、夫のことを尋ねると、

「はい」

と、答えて、

「でも、やはり外へはお出になりません。電車の混むのが、よほどお厭らしいんです」

「あなたが、もう少し、若返るようにしてやって下さいよ」

と、左衛子は笑いながら言った。

「まだ老い込むのは早いでしょう。学生時代ボートの選手までしたひとだったんですのにね」

海の上に山の影が押し出して風が冷たくなって来ていた。家の中へ戻って、夫のところへ挨拶に行くと、信輔は廊下の籐《とう》の寝椅子に転がって、昔の円本(※70)の一冊を読んでいたが、起きなおってお種に、

「珈琲《コーヒー》でもいれて来い」

と、言いつけて、煙草を取って咥えると、気弱い笑顔を向けて左衛子を見た。

「大分、いそがしいらしいね。でも、僕もこの家で一万円じゃ暮らせないよ」

もと華族の次男で、学習院から慶応へ行き、美男で銀座あたりで女に騒がれた容貌は、四十

になっても、まだ衰えていなかったし、髪の毛一筋についても気にするお洒落の習慣も昔のとおりで、若く見せていた。

「何て世の中かね。植木屋を二日も入れると、千両ひったくられるんだ」

左衛子は、夫から視線を外の海の沖に外らして、微笑した。庭で見た汽船は、かなり位置を変え、夕日を受けている色も変化して、ガラスか何か強く光っているものがあった。

「それァ、そうですよ」

「しかし、呆れた世の中だ。外へも出られないぜ」

「お種さんをお相手に清元《きよもと》でもさらっていらっしゃれば一番無事でしょうね。あたしの方でも、まだ収入の道が出来ているわけじゃありませんし、何か始めようと思っても、いろいろ政令や制限があって、動きが取れないんです。やはり、竹の子(※71)の方ですからね」

「ダイヤモンドを一つ、どうかしたらいいだろう」

昔からの癖の駄々ッ子のような口調で言うと、

「もう、残ってはいませんよ。財産税だの何だので、順に出してしまいましたからね」

「そんなことはないや。まだどこかに、あるだろう?」

「それァ、どこかにね。あたしのところには、もうございませんね。自分で躯を動かして働いていないとお金が入って来ない世の中になっているんです」

「気のきいた料理屋のようなものをやれば一番早いっていうじゃないか。君のことだから、もう誰かにやらしているのかと思っていた」

「それが出来ればでしょうが、出来ても、昔のあなたのようなお客さまは世間にいなくなっていますから。まあずいぶん気儘《きまま》に楽しい思いをなさったのですから、今はその罰を受けていると思って、お諦めになることでしょうよ。とにかくもとお客様でいた方が、自分で店をやろうと考え出すような世の中ですもの。逆さまに、ひっくり返っているんです」

「廉いうちに、道楽をして置いて倖《しあわ》せだったというわけか」

と、男前の好い顔で苦笑いするのを左衛子は、動揺《ゆるぎ》ない瞳の色で見まもっていた。

「この世に遊びに生まれて来たおつもりだから結構なご身分だし、確かなものですよ。そういうひとが、世の中が変わったからって、急に欲を出しても駄目なものなのね。牡丹の花を咲かして楽しんでいられればまず大したものですよ。ずいぶん、お困りになっているお宅は多いんですから」

東京生まれの信輔は軽薄に口をきいた。

「因果応報と来た」

「少し外を見ていらっしゃるといいんです」

「見なくとも百も承知だ。どうして、こう人間が、薄汚く荒っぽくなったものかと思うのだ。

まったく、行儀なんて、ありゃしない」

「まあ、あなたはお行儀がいい」

海の上に、夕焼け雲を左衛子は見た。

「外の世の中がどう変わっているか、せめて見に出るくらいにしないと、お老《ふ》けになりますよ」

美男の夫が一番嫌う痛い言葉と知っていて、わざと言ったので、

「日陰ばかりにいるようなもので。……お種さんが、第一、近頃急に老けたじゃありませんか。かわいそうに、あの年頃のひとの肌の色じゃありません」

「あいつは、もとがもとで、質屋を知っているから、こういう時代には調法だ」

と、信輔は、ぷっつりと言い捨てた。

「青山が、君に話して、何とか相談に乗ってくれないかと、また、うるさく言って来るんだがねえ」

と、信輔が言い出した。

「また、穴をあけてしまったらしい。渋谷の店も、最初ほど客が来なくなって、月々の家賃が覚束ないって話だ」

「慣れないことを、向こう見ずに急いで、なさるからですよ。あの方たちに、何が出来るもの

ですか」

「是非、君に会いたいっていうのだ」

「散々、私を不良マダムのように仰有っていた方がですね」

左衛子は冷たく笑った。

「もう、高輪の方へもお見えになっています。親族会議を開いて、私を離縁させろって仰有ったのもお忘れになったらしく、ずいぶん、調子のいい方になって……治子《はるこ》さんをお嫁にやるところはないかって、あたし、驚きましたわ」

「…………」

「エゴイストばかり揃っていらっしゃる。困っていらっしゃると、どなたも、はっきり正体を見せて、おいでになるから面白いんです。さすがに、まだじかに私には、お金の話はお出しになりませんけれど、お目にかかっていれば、決して治子さんのお話じゃないことが判りますわ。遠回しのお話でゆっくりと攻めていらっしゃるんです。そうなの？　肝心のお話は、もうこちらに来ているんですか」

夕食の膳は、お種が給仕して、夫婦差し向かいであった。あなたもお入りなさいと左衛子はお種に言わない。その代わり自分の留守のおりに信輔が孤独で膳に向かうか、お種と仲好く箸を取るかにも別に関心を動かすようなことはない。

夫が外で可愛がっていたお種をこの家へ連れて来た時から、左衛子は夫の支配から独立したのだ。見上げた細君だと夫の友人達が感心している間に、左衛子は思うままに自分の位置をきめ、伯父が軍事参議官までした海軍の元老だった関係を利用して、戦時中、シンガポールへ単身出かける大胆な行動に出た。おとなしく見えた女が、次第に個性を明らかにし、夫はもとよりうるさい親戚も抑えることの出来ない強い存在となっていた。左衛子が自由になる金をこしらえたのに対して、信輔もその一族も、交友関係も、終戦時の地すべりで一度に家運が傾き財産税の取り立てで、致命的に土台に亀裂が入っていた。放胆な左衛子の仕事があって、信輔の家だけは、崖の一歩手前で辛くも没落を免れたもので、全部の星が光を失くした中に、きららかに輝き出た観があった。信さんだけは好い奥さんを持っていて倖せ、と、急にその日その日にも困るようになった親兄弟や親戚が羨望しながら褒め立てる。皆、自分の手腕で築いた足場はなく、昔からの古い因縁や、意識的に求める社交関係で地位を保って来た人間ばかりの世界だから、倒れるとなると見事な将棋倒しで、むしろ壮観であった。

信輔は、やはりその人々のために弁護した。

「みんな、気分がいい人たちさ」

「ええ」

と、別に逆らわず、

「気分はね。それァ長い間、磨きがかかっておいでですし、……お上手にご自分を隠すのに慣れていらっしゃる」

きびしく凍ったような心が、いつの頃から出来上がったのか、左衛子は知らなかった。夫を見ても赤の他人の気持ちでいられた。向かい合っていてもまったく事務的に話しているだけで、若い日に愛情を寄せていた夫の特徴が、反対の感情を揺り動かして来そうで危うかった。美男だというのが、実は無性格で、ただ上っ皮の容貌だけのことだとわかったし、隙間《すきま》なく身だしなみよいのがまた、内容が空っぽなのだと考えられそうで危ういのである。

別にお種の事件があって以来、急激にそう変わったのではなく、長い間に、こちらの目が肥えたのか、あるいは信輔の、体裁を取りつくろっているだけで満足している態度に刺激らしいものを感じられなくなって来たというのだろうか。いや、時代の変化が、この人たちを飾っていた後光を剝ぎ取ったのだ。正体は怠け者で、エゴイストであった。何もしないでいて一代を暮らして行ける自信は生まれつきのものらしく、根が坐って、それを徳分と信じ切っている。癒し難い鈍感さが、男前で貴族的で悠長に出来上がっているだけに、鼻に慢性の疾患でもあるように不快なだらりとしたものを感じさせる。顔や肉体だけを見て浮気をしている女たちには悦ばれそうで、それがまた厭だった。いつからか左衛子は、信輔に生活の感情が欠けているのを見て来た。青山の実兄にも、これに共通した空気がある。年齢は違うが、どちらも身だしなみよく美男である。

寝る挨拶をして左衛子が二階の自分の居間に入りシュミーズ一枚になって、鏡台に向かって髪のピンを抜いていると、無言でドアを押して、信輔の影が鏡の中に入って来たので、左衛子はその不意に驚いた。

「ちょっと」

と、戸口に立って断わりを言って、

「お種がいては工合の悪い話なんでね。悪いと思ったけれど」

左衛子は冷静に向き直って、

「着物を着ます。隣の部屋で待っていらしって……」

「失敬、しかし、僕の方は……」

「いいえ、どうぞ」

絹一枚につつまれた自分の肉体に、左衛子は急に羞恥を感じて血が顔に昇った。目を外らしていたが、信輔はまだ退かずに立って待っていた。

寝台のところに行って浴衣をまとい、帯を取り出しながら左衛子は言った。

「あしたの朝にお願い出来ませんか」

「いや、今夜、話した方がいい」

と、押すように言って、

「他のことじゃないんだがね。お種に暇をやって……今のだらだらした生活を、すっかり清算してしまいたいと考えたので、その相談なのだ」

「それは、私に関係ございません。けれど……今まで尽くして来たお種さんがかわいそうじゃありませんか」

「でも、もともと無理な生活だったからね。それに、僕だって、いつまでも若い頃の過失を曳《ひ》き摺《ず》っているのは、この年になって重荷なんだ。あの時分だって自分が間違っているのを承知していたんだけれど、友達の手前もあったし、何しろ若いから、ずるずるになっていたんで……」

「そんな我儘仰有って……ご自分のなさったことを何も後悔なさることはないじゃありませんか。人間のしていることです」

帯を締めて左衛子は向きなおった。

「お隣へまいりましょう。ここは散らかっていますから」

「左衛子」

と、信輔は、強い目の色で顔を見返していた。

「それが、厭なんだ。ここは、お前の部屋じゃないか。主人の僕が入っていけないなんてことが……心から詫びているんだよ。どのくらい、この六年を、苦しんで来たか、君にはわかっていないんだ。話そうとしても、ちっとも聞いてくれなかったじゃないか」

「しかし、お約束が違います。そうご自分勝手にお変えになっても困りますわね。それでは、そのドアを開けて置いて頂きます」

「君は冷たいよ。つまらないことを、いつまで、そう怒っているのだ」

「怒ってなんかおりませんのよ。怒る理由はございませんもの」

「そう言って、ひとを苦しめる」

「違います」

「左衛子。こんなことは言いたくないが、女房は女房なのだ」

「あたしを、ほんとうに怒らせるつもり。申し上げたくないことを、言わせるおつもり？」

「怒っちゃいけない。怒っちゃいけないのだ。それだけはお願いだ」

押し出しの立派な顔に浮かんでいる卑屈の色から、挑まれたように左衛子は言い出した。

「私の若い日の感情を踏みにじった方が何を仰有るのです。お種のことも考えておやりなさいまし。あのひとは、私と違って、こんな生活にも、倖せだと信じて落ち着くように躾《しつ》けられて来た気の毒なひとですもの。何も疑わずに任せ切っている女をそんな風に勝手に片付けるなんてむごいことなんですけれどね」

「しかし、……もし、君が相当まとまったものをやってくれたら、当人は悦んで親もとへ帰るのだ」

左衛子は思わず笑顔になって、

「そんなお金は、あたし、決して出しませんわ。お断わりして置きます。滑稽なお話です。誰が何を買うのでしょう」

「よし、そのくらいな金は、僕がどこからか都合して来る」

左衛子は尋ねた。

「それで、お種を出しておしまいになって、あなたは、この家に誰とお暮らしになるの」

信輔の顔の皮膚に蒼《あお》みがさした。左衛子の言った意味は充分に判ったが、侮辱に堪えて無言で重苦しかった。

「かわいそうなことをなさるもんじゃないんです。人の好い女が、どんなに驚くか知れません。今のような世の中に街に突き出すことじゃありませんか」

「だから、金をやるのだ」

「当人に、そんなつもりがございますの。それとも、あなた、おひとりのお考え？　あの時分私が考えて、あなたを許せると思ったのは、とにかく、あれを可愛がっていらっしったからでした。ただ気まぐれに私の感情を無視しておいて、今度は、今までのは嘘だったでは……女として見て、いよいよ我慢出来ないことじゃないでしょうか。私は最初から、あなたに任せて、どいていたのです」

「一体、君が間違っていたんだよ。そうなんだ。君が……そこをだね」

「存じません。そんなこと！　起こったことは男の方の責任です。私たちは女同士でお互いに気拙《まず》くも思い、自分たちのしていることが善いことでないと知り抜いて遠慮や引け目を覚えていたのです。まあ、よくお寝みになって、もう一度お考え遊ばせ。今のままでいて、不足を仰有る方がおかしいと思います」

信輔は突然に目を光らして叫び出した。

「君は誰か、好きな人が出来た！」

「え！」

「そうだろう。きっと、そうだ」

「ご想像に任せましょう。なるほど、先のことはどうなるかわかりませんけれど、今のところは、そんなことはございますまい。私は物に夢中になる質《たち》ですものね。他に好きなひとが確かに出来たら、名前だけの奥さんでいて、旦那さまと二号さんの台所のお世話までする気にはなれないでしょう。これは確かじゃございませんか」

物も言わず信輔は腕をめぐらせ、左衛子の肩を抱いて引き寄せようとした。学生時代にボートの選手だった強い腕だったが、左衛子は手で夫の胸板を支え、弓のように身を反らせて防いでいた。

「左衛子、おれは、もとからお前を愛している。ほんとうに心から……」

「乱暴なさってはいけません。お種を呼びますよ。はっきり申しましょう。あなたが急にそんなことを言い出したのは、お金に不自由して来たからでしょう」

「そんな、左衛子」

「いえ、知っていますよ。あなたの血や育ちがそうなのです。世の中が悪くなりましたからね。でも、こんな男らしくなく、はしたない真似はおやめなさい。それよりお種にやる代わりに、私にその手切金とか慰籍料とやらを下さい。それで、きれいにお別れしましょう。あなたが変なことを仰有ったので、私は急に、好きになっているのかも知れないと判ったひとがいます。そのひとのところへ行きたいんです」

信輔は、腕の力を抜き、茫然としたように棒立ちになった。血の気を失くした顔は醜く口をあいて弛緩《ちかん》していた。その隙間に、左衛子は戸口に出て、普通の調子でお種の名を呼んだ。

「堪忍してくれ、左衛子、堪忍してくれ。何も僕を、そう、むごく苦しめるものじゃない」

と、急に信輔は小犬が呻くようにして言い出した。

「君がそれでいいというのなら、今のままで……怒ってくれてはいけない。怒っては！　僕が我慢すれば」

左衛子は、お種が遠慮して上がって来ない屋内の静けさを聞いて、

「男らしくしましょうね」

と、短気らしく言った。

「あたしの方が、よほど、男のようですわね。おやすみなさい」

ぐずぐずしている信輔の前で、構わず帯を解いて寝台に横たわって見せかねない気組みまであった。肌をさらすことも無関心に出来そうであった。不摂生な生活を避けている肉体は、まだ若く、いつも姿見の中に見て自信のあるものだった。男の遅鈍さが遂にいくらでも残忍になれるように左衛子を刺激していた。信輔が繰り返して謝って出て行った後に戸口に鍵をかけに行くこともしなかった。

「ああ！」

と、たまらぬ心持ちで溜息して、絹一枚になった軀を、腕も脚も投げ出すようにして寝台の上に横たえた。牡丹の咲いている庭の闇の鎮まり方が窓の外に感じられた。間を置いて、思い出したように小石ばかりの海岸に、磯波の崩れる響きが聞こえ、そのために一層夜が静かなものに思われた。

目をつぶっていて、自分の血の騒ぐのが聞こえた。精神は冷静でいて、今のいきさつからも恬淡《てんたん》(※72)と抜け出してしまったのに、投げ出している自分の肉体の重みを覚えて行くような工合であった。

急に鼓動が速くなって来た。意識した左衛子は手足の位置を変えてから、新しい姿勢がシンガポールで守屋恭吾と別れて帰ってから、寝台で自分が無意識に取った軀の置き方なのだと、復習するように思量していた。目をつぶり、じっとしていると、あの折の飽和した感覚が、放心したような心持ちを誘いながら軀を蝕《おか》して来る。海綿が水を含んで重たくなって行くような工合であった。充実の頂点に来て、唇を嚙み、低く呻いた。

あの年齢もずっと違っている男が、自分をこんな思いにさせる。そのことに次第に心の眼を瞠って来ながら、今のまま人として生きていることの淋しさが、影を左衛子の胸に差して来た。今の左衛子はこの世に怖れるものを何一つ持っていない。しかし、こうしていてどうなることかと思い、また守屋恭吾が疑う余地なく自分に憎しみを抱いているのだと考えると、裸に近い全身にわたって戦慄に似たものが走るのであった。

溜息して起きなおり、左衛子は枕もとの灯を消した。

群動

ダイヤモンドを返そうとした時、左衛子は、手で押し返して肯《うなず》かなかった。

「持っていらっしゃい。お役に立つことがあるわ」

そして、微笑みながら、言葉は伴子が気になっている父親のことに触れた。

「この間、お父さまのお話をした時、あなたのお目から、これが一粒、こぼれたのよ。きれいでしたわ。伴子さんを泣かせるようなことをしたのは、私でした。だから、これは、あなたのものなの」

この不思議な論理は、いつもながら魅力を持っていた。困るのだと伴子は言った。では預かって置いて下さいな、と簡単にその話を打ち切ってから、音楽会の切符をくれた。

「一緒にいらしって下さるわね。私の好きなチャイコフスキーの四重奏曲があります。画家の小野崎さんが切符を押し付けにいらしったんです」

その音楽会の日の朝、店に出かける支度をしていると、隠岐氏のところに来客があり、お茶の番が回って来た。

なにげなく、伴子は、書斎に入って行き隠岐氏と話しているのが岡村俊樹なのに気がついて、はっとした。

俊樹も顔を上げて伴子を見て、意外に感じたように、今日は他人行儀な調子で挨拶した。

「先日は、どうも。……あの、こちらのお宅においでなんですか?」

伴子が顔色も変わるほどショックを感じたのは、隠岐氏の前でこの青年が京都にいる父親の消息を持ち出すのではないかと、怖れたからであった。挨拶も碌にしないで、廊下に出て来た。

隠岐氏は、若い客の訪問の趣旨を聞いてから、はっきりと断わって、立って帰るのを待っていた。窓の外を見た眼鏡の玉に、庭の新緑が歪んだ影を映していた。そして、客がまだ平気でいて帰りそうもないのを見ると、持ち前の高飛車な口調で言い渡した。

「僕はね、新しい出版社からは本を出さぬことにしている。諦めてくれたまえ。僕の本を出す店は決まっているのに、わざわざ来ることはないのだ」

客は決して動揺した様子を見せず、若い柔和な顔を向けて動かなかった。

「そこを、先生、若い学徒の仕事を助けて下さるおつもりで、一冊だけいただけないものでしょうか」

「せっかくだが、君だって出版をやるくらいなら知っているだろうが、日本の読書階級というのは、同一著者のものでも、出した本屋の信用で、売れ方も違うのだよ」

と、隠岐氏は言った。

「君の話は、見す見す、僕に損をしろと言いに来たことになるのだ。駄目だ。思い切りたまえ」

俊樹は平気でいて、

「印税二割で、半分を契約と同時に差し上げるというのではいかがでしょうか。よそは一割五分だと思うんですが……実は、僕は五万円だけ支度して来たのです。よろしかったらお納め願いたいのです」

「金じゃないよ。君」

と隠岐氏は冷やかに言い渡した。

「著者の信用問題だよ。本は、権威ある書店から出されなければ駄目なのだ。僕は、その方針なんだからね」

「でも、そこをなんとか……」

俊樹は、まだ、断わられたものとは見ていない。最後には自分が勝つと信じて、柔軟な性質で落ち着きはらっていた。

「先生のようにおっしゃられると、これから新しく始める出版社には、良い著者が得られないことになります。かわいそうではないでしょうか。僕そう思います」

「ほかを探せばいい。僕のことは、諦めて欲しいね」

「そこをお願いするのです。隠岐先生でなかったら、僕も、こんなには申さないでしょう。先生のだからいただいて、社のスタートに箔《はく》をつけたいのです。つまり先生のお力で、社が最初から認められるようにしていただきたいのです」

隠岐氏は、女性的でいて、変に強い相手に疲れて来ていた。何を出すとも決めずに、最初から何万円という金を持って来る店は珍しかった。隠岐氏の好む権威への考慮が妨げていなかったら、あいまいに不定の将来の出版を約束してやってもよいのである。しかし、権威というものは、この場合に限らず、隠岐氏が取り憑かれている持病で、軽くは扱えないのであった。

「学生だけで、アルバイトでやっているというんだね」

と、思わず口に出て、

「それにしては、そんな金が、学生ばかりで即座に自由になるのはおかしいじゃないか」

「資金を出してくれるひとがあったんです。必要なだけは、出すから立派にやれというので、そのためにも先生のご本が欲しいのです。僕らの若い世代の仕事として、隠岐先生の本をいただいたのかといわせて見たいんです。先生、いかがでしょうか？　ひとつ」

「困った」

と、隠岐氏は庭を向いて黙り込んだ。尖った鼻の上に、眼鏡のガラスが、また庭木の影を青く映し出した。眼鏡をかけて、隠岐氏の顔はいつも冷たい顔立ちである。

「例外を作るというのは困るな。他への義理もある。しかし、学生諸君の仕事だとなると……考えなくてはいかんなあ。雑文ともいえまいが、方々の雑誌に書いた短い文章を集めて見るかね。簡単な文化批評集のようなものになるだろうが」

俊樹は、凱歌《がいか》をあげた。

「それを、お願い出来ましょうか」

「すぐというわけには行くまい。僕は一度発表したものにも、手を入れるのだから。それには閑が要る。今のところは別に書きおろしているものがあって、その片手間にやるとしても二、三カ月はかかろうね」

「結構ですとも。僕、非常に有難いんです。先生のをちょうだい出来れば」

「じゃそうしよう」

と、隠岐氏は笑顔を見せた。

「とうとう、陥落《かんらく》させたな。条件は君の話しどおりでいい。何部刷れというようなことも別に言うまい」

俊樹は買いたての新しい手提《てさ》げ鞄《カバン》を膝の上に取り上げて、準備して来た金を出した。

そして隠岐氏が、受領証に署名している時、ふいと、彼は言い出した。

「そうでした。僕、伴子さんにお頼まれしていたことがあるんでした。守屋さんの京都の旅館の名なんですけれど……」

「誰?」

と、隠岐氏が、なにげなく顔を上げると、俊樹は自分がしていることに満足もしているし誇り顔であった。

「守屋恭吾さんでしたね。伴子さんのお父さまの、外国に長く行っていらしった……」

隠岐氏は、ペンを止め、禿げ上がった額に皺を深く寄せてしばらく俊樹を見まもっていたが、無言のまま、署名に戻った。

「じゃァ、これ」

と、差し出してから、また窓に視線を投げ風丰《ふうぼう》に特徴となっている物事に無関係らしいきびしい表情でいた。若い時から小心な性質が、年齢とともに防御的に、このマスクを作り上げてしまったのである。度の強い近眼の目だけが、時おりそれを神経質に裏切るのだった。

俊樹は、手帳を出して、紙を一枚ちぎって守屋恭吾が泊る京都の旅館の名と在りかをボールペンで書き入れていた。

「伴子さんをお呼び願えますか」

「いや」

と、癖のある高飛車な調子で隠岐氏は言い切った。

「僕から渡して置こう」

受け取って眼鏡を額に上げて読みながら、

「僕の方では、なるべく急ぐつもりだから、そちらからは、あまり催促しないで欲しい」

こう言ってから、

「これは、伴子が、君に頼んだのだね」

「そうなんです」

「君は、この守屋とは、どういう関係なのだ」

俊樹は答えた。

「関係って別に何もないのです。ただ、海軍の者が親戚にいましたし、これも、もとの牛木少将が知らして下さったのです」

もとの軍人に対して、隠岐氏は、言外に反感を露骨にした。

「なるほど、まだ、残っている連中もあったのだね」

俊樹はなにげなく言った。

「隠岐先生も戦争中、華中、華北(※73)へおいでになったのでしたね」

「頼まれてね。古いことだ。仕事が、戦争に関係のない文化の問題だったし……まあ、うまい北京料理を食べ、京劇を見にやってもらったようなものだった」

玄関まで出て、俊樹が帰って行くのを送ると、隠岐氏はすぐに書斎に戻らず、廊下を日本館の方へ出て、

「節子」

と、声高く呼んだ。

伴子の母親は、台所から急いで姿を見せ、夫がこわい顔をしているのを見上げた。

「伴子は、もう出かけたのか」

「いいえ、まだ、おります。すぐ出かけるように申しておりましたが……」

隠岐氏は、

「ちょっと来てくれ」

と、言いつけて、書斎に入って、

「後の戸を閉めて置け」

隠岐氏は見るからに機嫌が悪かった。自分の椅子に腰かけて腕組みすると、むっとしたように窓の方を見詰めたまま、いつまでも伴子の母親を立って待たせたまま、無言でいた。

「節子」

と、最初から甲高く迫るような声で、隠岐氏は言い出した。

「お前は、伴子が何をしているのか、知っていたのか？」

「伴子が？……何でございましょう。存じませぬが」

「そうだろうか」

と、顔を見詰めた。

「お前も承知していたことじゃないのか。僕はだね。伴子のような、おとなしい娘が親に隠れて単独でこういう真似をするとは考えない」

隠岐氏は、残忍に似た性質を露骨に前に押し出して来ていた。最近仕事の時間を早朝の人に煩わされない内にしてしまう習慣で、今日も依頼されていた新憲法下の家庭の在りようについて、短い論文を書き上げた後であった。その中で隠岐氏は家族成員間の人格の尊重が新しい家を作る基礎的な条件だと説いて、例によって書き上げた後で自分がその美しい世界にいるような気分で、祝福を覚えていたのである。好んで、あるべきもののことを説く、隠岐氏の世界では、確かにそのことは容易であった。隠岐氏の説くのは、いつも大上段に世界的範疇(※74)のことであって、それが美と善と真とに充ちている感じだから、論文だけ読んで隠岐氏の人間や私生活を見ることの出来ない遠い地方の読者に動きない信頼を植えつけているのである。しかし、これは家庭内の具体的問題で、世界的の尺度のことではなかった。無論、現実が、例外となるような小事実を示したとしても、隠岐氏の思想は思想自体として遠く長野県や広島県の読者に尊敬されるのを妨げられるものでない。ただ本の読者というものが、思想と人間をいつのまにか混同してしまう現象的事実を注意して置けばよいのであろう。

隠岐氏は、ここで彼の思想を見せる必要は少しもなかった。思想の代わりに隠岐氏の人間が、小心に警戒深く世間に対しているのとは違って、自分の家の者に向かって、素直に自由に、発揮されただけのことなのである。

「どんな人間か、会ったことがないのだから、僕は、知らぬが、これは」

と、隠岐氏は夫人に手帳をちぎった紙片を示した。

「伴子の父親の守屋なのだろう?」

伴子の母親は見えない強い力で不意に顔を打たれたように顔色が変わり、そのまま立っているだけでも、非常な努力となっていた。

「お前が、もう死んだように言っていた男が……なんのこともなく帰って来たものと見える。いや、昔犯した破廉恥な罪も、今日となっては咎められる心配もなく、大手を振って帰れたというのだろう。今の日本は、どんな望ましくない人間が帰って来ようが、入国を拒めない憐れなものだからな。国はそれでもよかろう。この家としては、これは、どういうことになるのだね」

節子は、椅子の背に手をかけて、無意識に硬く、つかまっていた。眼鏡の奥に光る夫の目の色が慈悲も憐憫もないものなのにまず耐えることであった。

隠岐氏は自分の言ったことが、品が悪く下等だったと気がついた。

だが、この時、隠岐氏は自分が下等な言葉を言ったというよりも、言わせられたと感じ、それがまったく節子のせいのような気がしていた。守屋恭吾は節子の前の良人なのである。それならば、この不快な事情を、この家に持ち込んだのは節子だというより他はない。

「黙っていては困るな」

短気らしく舌打ちしてから隠岐氏は急に興奮し、われにもなく大きな声を出して言った。

「断わっておくが、俺は、決してその男に、嫉妬なんか感じて、こんなことを言っているんじゃないぞ。そんなことは下等なことだ。では、お前は何も知らなかったのだね」

「存じませんでした。何も」

「伴子だけのことか……だが、守屋の方から何かの手段で、連絡して来たのかな。俺はこんなことに、一切、口を出したくない。しかし、家の平和ということは、どこまでも考えなければならぬ。お前の意見はどうだ？」

何もないと、首を振って示した。

隠岐氏は、自分が次の機会に参議院に立候補する希望で、それとなく各方面に準備の手を打って来ていることに思い及んで、またもや、感情が激して来ていた。もしも、自分の妻の前の良人が、破廉恥罪を犯して外国に逃走していたのが、終戦で世の中が革《あらた》まったので帰国したとどこかの新聞に知れたら、どうなることだろう? これは小説的な事件として必ず特種になる。伴子の写真だけでなく、間違って妻の写真も掲げられたら? 自分の人格に世間が異様な目を向けるのだ。世間によくあるように、ただ離婚の上、他に再婚したというのではないのだ。世間の敵が、悦んで、これを選挙に利用するのである。人格者と称せられている隠岐達三の家庭に、こういう忌まわしい影があると内外に宣伝するのである。

急に気力が弱って来たのを感じた隠岐氏は、苦痛に息を喘《あえ》いで、節子を戦慄させた。

「俺は参議院に出ることも止めなければなるまい。表面に出ようとしたら、この世間という奴は、ひとの足をつかんで曳き摺り落とそうとするものだ。そのために今日まで、どれだけ用心して来たかわからぬ。それが、こんな工合に……」

「あなた」

と、節子は自分を打ちのめしている苦痛の下から、低く叫んだ。

「申しわけございませぬ」

「お前に謝ってもらっても何にもならぬよ」

隠岐氏は怒っているのではない弱虫の正体を示した。

「伴子は、どういう考えでいるのだ。私やお前を捨てて、その男のところへ行くつもりか」

急に声高くなって、

「不謹慎なことをさせては、絶対にいかんね。義理もある。今日まで育てて来た養いの恩だってあるはずだ。私の許可なしに勝手な真似をさせてはならぬ。いいか？　それが一番大切なことだ。俺たちを無視して、その男に連絡しようなどとはもってのほかのことだ。俺からよく言って聞かすか、それとも母親のお前から話すか」

無論、これは実の母親の節子から娘に話すべきことであった。苦しさは別であったが、隠岐氏が、俺が一体腹を立てては悪いのかな、と弱々しく呟き出したのを聞くと、そのとおりだと思い、頭も、上がらなかった。

伴子は、もっと前に店に出かけているはずだったが、俊樹のことが気になって出渋っていて、やがて母親が書斎に呼び込まれて行ったのを見てから、もはや逃がれられぬものを感じ、釘着けになったように台所の椅子に腰をおろしたまま動かずにいた。

その間に自分も哀しい心持ちで、まだ見ない父親の、洋服だけでなく形のデザインを取るのが、待っている不安をまぎらしてくれる唯一のものとなった。

伴子は、若い海軍士官の写真を見た。父親とは認めにくく、兄ともいえる若さで微笑をそそり、そのことが一層明るい調子を心に加えていた。楽しい弾みが胸にあった。母親に隠して罪と知っていて、その楽しさには抵抗出来なかった。若いというのは、自覚なしに強い力であった。親たちが話しているのに向け、反対に挑んでいるような気力が動いていた。不安は不安でも、待つものがあった。

書斎のドアのあく音がして、母親が出て来ると、伴子は思わず椅子から立ち上がっていた。そして、母親の顔色を見た時、まったく圧倒されて息を詰めた。白いというのを、それは通り越していた。冬の陶器の肌を見るようであった。

そして、母親はいつもより小さく見え、実になにげないように伴子に笑顔を向けて、

「まだ、出かけなかったの」

と、言葉をかけてくれた。

母親はそのまま膳棚のコップを取って、流しの水道のところへ行き、蛇口をひねって水を受けて飲んだ。その手が慄えているのだった。

「おいしい」

コップを水でゆすぎ、実に事務的にふきんで拭いてから、丁寧にもとに蔵《し》まった。

「あ、そうだった」

と、彼女は独りごとのように言うのだった。そして伴子の方を見ないで、自分の居間に入って行った。その声がまだ耳に残っていて、母親が見せたバネ人形のような動き方が不意と伴子

に怖ろしい不安を呼びさました。もっと小さい時分に、母親がいなくなることを心配して気になると夜もいると確かめないと落ち着けなかったのと同じ性質のものが、もっと深く、突き上げるようにして伴子を動かし、夢中で後を追って行かせたのである。

母親は何をするのでなく、放心したように部屋の真ん中に突っ立っていた。伴子が廊下に立ったのを見ると、ぎょっとしたように見た。

伴子は自分が何をしているかを知らずに両手の指を胸に組み合わせ、祈りか母親を拝んでいるかと見えるような姿勢で首を垂れ、これは何も知らずに泣きむせんで行った。

「お入りなさい。そんなところに立っていないで」

母親は、やがて、こう言った。

「大きなひとが、そんな風に、泣くことないのよ。母さんをごらんなさい。泣いてなんかいません。……伴ちゃんよりも、多分、あたしの方が、ずっと悲しいのよ」

娘を目の前に見て、彼女は気力を回復して来たのを感じた。そういえば、一代を決して泣くまいと志して来たような烈しさがあった。苦しみや不幸が、生きて行くのに普通のこととして眺められて来た。そして最後に、この世から暇を取る時に、そう言ってくれるひとが他になかったら、自分でご苦労さまと言いたいように思っているのだった。

「伴ちゃんは、もう大きいんですからね」

その言葉に続いて、何を言おうとしていたのか、やはり、混乱していた。あまりに突然のことだったのだ。強い風をまともに受けて、呼吸出来ずにいるのと同じである。それをまぎらしてくれるのは、日常の習慣になっている家事の何かに、いそがしそうに動くことだけであった。節子は、畳の上に落ちていた糸屑を拾い、自分の指に巻いて、また解いて見た。その指が不自然にわなわなした。

自分のしていることを知らずに節子は言った。

「太郎のことを考えてやって下さいね。まだ小さいんですから。だから、姉さんのあなたが……考えのないことをしてくれてはいけないのよ。何もなかったことにして、今までどおりに、静かに暮らしていては悪いでしょうか。勝手なことをしないで下さいね」

娘は顔を蔽《おお》ったまま、頷いて見せた。

「何ということか、母さんにも、わからない。……だって、誰にもないことが急に持ち上がって来て……そうなんでしょう。伴ちゃんが、もっともっと成人《おとな》になってくれたら、いつか母さんのこと、わかってくれますわ。あたしは、苦しくても切なくても、じっとしているより他はない。伴ちゃんは、母さんに味方してくれますね」

伴子は泣くまいと思い始めた。顔も、もう隠そうとしないで、母親を見ていた。

節子は、糸屑を落として失くしていた。さがす気力はなかった。

「伴ちゃんは、いつか、私たちから離れて独り立ちになります。母さんは……そのつもりで、育てて来ました」

この時になり言葉が喉に詰まって不意と涙がこみ上げて来て、

「ですからね、ですからね」

急に迫って高くなった調子が、今の良人の達三のものだと節子は自覚していない。そのことを考えれば女として哀しいことなのだが当人は知らない。

「その時は、伴ちゃんが、どこへ行き、誰に会おうが勝手です。でも今はね、今は、太郎や母さんのことを考えていて下さいよ。わかる！」

「はい」

と、伴子は言い切って、

「伴子は、母さんのことしか考えていないんです」

隠岐氏の書斎の扉のあく音が重く響いて来た。節子、とまた達三が甲高く呼んだ。

「やあ、いらっしゃい」

と、画家は音楽堂の入口に立っていて伴子に声をかけた。

「よく来てくださいました。それから、この間は失敬しました。そうだ、岡部君も、今日は来るはずですよ。僕の古い仲間の伜《せがれ》が、いつの間にか一人前になって第一ヴァイオリンを弾くんです。処女舞台で」

相変わらず、快活で、ひとりで楽しそうであった。

「高野夫人が、もう来そうなものだと思って待っているんですがね。大株主ですから、敬意を表さんと、いかん」

伴子は自分も待っていることにした。夕方の薄明りの裡に、公園の樹々の新緑が渦を巻きながら盛り上がっている色が鮮かであった。着飾った男女が、絶え間なく階段を昇って来ていた。

「岡部って男は、好い青年ですなあ」

と、画家は、贔屓を明らかにした。

「あれでね。文化も何も、人間の貧乏をなくす工夫をしなけれァ決して始まらないのだと気がついてくれれば、もっといいのだ。しかし、真面目で動揺のないのは近頃珍しくいい若い者だ。のらくらする奴らばかりですからね」

左衛子が純白の洋装で、段を昇って来た。

「やあ」

と、大きな体格の画家は、手を上げて見せて、

「どうも、どうも」

左衛子は、伴子にほほ笑んで見せて、

「もう、まるで夏ね。でも、よくいらしって下さったわ。おいそがしいのじゃ、なかったの」

そう言われただけで、伴子は、すぐにまた、朝、家の中に起こったことを、また新しく思い出すのだった。澄み切ることが出来ないで、重い影が心に残っていた。何かに強く拘束されているような感じである。左衛子が白一色の胸に、薄い紫色の洋蘭の花を、一輪挿しているのを美しいと見ながら、張りのない心の状態で注意がすぐと逸れていた。

「あれから、ずっと、お元気?」

と、二階への階段を並んで降りながら、左衛子が尋ねた。

それに答えながら、自分も妙に思ったくらい自分と一緒に左衛子がいることが、京都にいる父親のことを一層鮮明に感じて来るような工合であった。母親から禁じられたばかりのものだったせいかも知れない。蘭の花を胸につけている左衛子が、形のいい肢体そのもので、父親のことを暗示しているような心持ちがした。自分よりも、左衛子が父親の消息を知っているからだと信じられ、そのことが憎いような心持ちさえ動いた。

われにかえって、改めて、こんな華やかな人波の中に入っても、左衛子が美しいのを見まもった。

「帰りにどこかへ行って、冷たいものでも飲みましょう」

「冷たいビールを、と仰有るんですな」

いかにも都会の夜に聞くものらしい、こんな会話を聞いていながら、伴子はその間にも父親が自分の胸に占めてしまった位置が、もう動かせないものになっているばかりか、刻々と大きくなって行くようなのが、不安であった。

美しい曲の演奏を聞いていて、伴子は我慢出来ずだんだんと目に涙を浮かべて来た。照明が舞台に限られていたので、聴衆で一杯に埋《うず》まった座席は薄暗く、隣にいる左衛子にも、伴子が目で泣いているとは見えないはずであった。

曲はチャイコフスキーの弦楽四重奏曲の一つであったが、伴子は音楽にずっと随いていたのではない。時おり、悲しさのあまり、楽の音は耳から遠ざかっていた。

隠岐の父親の小心で利己的な気質が、にわかに壁のように目の前に立ち、押し倒さねば、息が苦しくなるばかりだと見えた。きれいにしているが、冷たい我意だけで、伴子などよりは母親が日々にその重量を知っているのであった。母は弱いひとなのだ。その伴子のような連れ子のある再婚だというのが、優しい気質に一層負い目になり気弱くさせてしまったと見られないだろうか。

今朝の母親のことを思うと、涙が止まりそうもなくなった。やがて演奏が終わって、場内が急に灯火で明るくなった時、頬が濡れているのを隠しようもないのを思うと、伴子は狼狽していた。母の知らないことで、母を苦しめた隠岐の父を、むごいと見た。自分だけの都合を考えて同情のないのが人間として卑しいようで、たまらなかった。

不意と、まったく、別のことで伴子は苦しみ始め、音楽は聞こえなくなった。

第一部が終わり、休憩時間になると、伴子は左衛子について、人で溢れている広い廊下に出ていた。画家もその他の知人も、まだ側《そば》に来ていなかった。

「父のことなんですけれど」

と、急に伴子が言い出したので、左衛子は使っていた小さい扇を止めて、香水のときめきを感じさせた。

「父の方から家へ訪ねて来るようなことはないでしょうか。そんなことがあっては困るのです。わたくし、手紙を出してもいいのですけれど、出来れば、京都へ行って会って話して見たいと思います」

左衛子は、真顔になっていた。

「出来れば、ですね」

と、答えて、伴子は強い調子で見まもったが、

「あなたにその勇気がある」

伴子は冷静に答えた。

「ございますわ。でも、家には内証です。雑誌の用で軽井沢へ行けと言われていますから……

そう話したら、家でも出してくれると思います」

廊下を埋めている人の間を縫って、画家がこちらへ近寄って来るのが見えた。髪が白いので、遠くから見分けられた。

左衛子は、扇を口もとにあてていたが、明るい目鼻立ちを急に笑顔でひらいて、優しく告げた。

「そうしてお上げなさい。伴子さん。あたしも、お供しましょう」

「ほんとうに！」

「ただ、お父さまに隠れてです。あたしにはこわい方ですから……」

「暑いですよ。まるで夏だ」

と、画家は赧い顔をして側に来て立った。

過去

何をしに来ているのかと、尋ねられると、答えずに守屋恭吾は微笑する。

最初に八重桜が咲いている頃に来てから、この京都の宿に一週間に二日は欠かさずに泊りに来ていた。週末の休日が多いが、そうでないこともある。木の芽立ちの時から新緑、今は、もう青葉である。人が暑いといって避ける夏の京都に、わざわざ来るのである。

旅館の者から見て恭吾は他の客のように商用で来ているのでなく、また宿に人を招いて会うのでもなく、ひとりで外を歩きに出るか、賀茂川(※75)べりの部屋から外を眺めて終日静かに暮らしている。といって別に世間でいう変人ではなく、話をして見ると話題の豊富な思いやりもある穏やかな人柄の初老の紳士であった。神戸にいて中国との貿易の再開を待っているのだが遊んでいるようなものだ。これは当人の口から出た確実な言葉で神戸の山手にある華僑の家に寄寓《きぐう》していて、そこから来るのである。

「焼け跡の殺風景な神戸の町を見ているよりは、残った京都を見ている方が、楽しいし、頭が休まるからね」

と、静かに微笑する。

よく外を歩きに出て、郊外にある古い寺などを見に行っているようだった。海外からの帰還者とわかっているが、家族の話をしたことがなく、誰か連れがあって来たこともなかった。

戦争が人の運命にさまざまに不幸な影を投げた後だけに、

「奥さん、お死にやしたんどっしゃろか」

と、女たちが疑問にしたこともあった。客の人柄を見るのに慣れた目にも、恭吾にある孤独の影が、鬢《びん》に白いものの見える年齢のせいだけのもののようには感じられなかった。外に出ない時は、二階にひとりでいて縁側の籐椅子にかけて本を読んでいるか、別段に面白いこともないはずの下の河原や、向こう河岸を見て、じっとしている。

「しんき臭《くそ》うおっしゃろねえ(※76)、どっこもお行きやへんのどすか」

と、声をかけると、

「暑いからね」

と、振り向いて笑って、

「それに退屈はしていない。こうやって、ぼんやりしているのが好きなのだ」

京都に遊びに来たら、こうしているのが本当だろうと、問い返しているような明るい調子であった。

美しい水があり山があった。樹木の厚く繁った東山(※77)に、寺の大屋根や塔が柔かく抱かれているのを見るほかに、平凡に見える賀茂川の向こう河岸の通りを、牛車が通ったり人が自転車で通って行くのを眺めていても、彼は、何となく京らしい風景を感じ倦きることはなかった。

この宿に来るようになってから、恭吾は賀茂川べりの柳の並木の美しさを知った。枝にふくらんで来る芽柳の明るい美しさから覚えて、真夏となって、柳が人間の老人のように長い髯を垂れ、無数に重なり合って、青くこんもりと影を抱いている繊細な味わいを、確かに欧羅巴では見られなかった優しい姿と思い、長く見まもっていて倦きなかった。それも水の畔《ほとり》にある古い柳である。

京都では、町なかに柳の老樹が幅を利かせて、八百屋の店の屋根などに、かぶさるように枝を垂れているのを見かけることがあった。古い日本の町で、それも戦災を受けなかったところでないと現在は見られない風景なのである。しかし、何といっても、この賀茂川べりの通りにつらなって、風があると一様に枝が揺れ、雨の日には烟《けむ》る緑の塊《かたまり》となって、点々と町の風景に明るいリズムを付けている柳は特別のものであった。それこそ柳さくらの都で、並木は入り雑《まじ》っているが、桜はこの季節には、わくら葉の色を混じて暗い。松が多くて色の調子の黒い東山大文字山(※78)を遠景に置いて、夏らしい爽やかな色を列《つら》ねているのは、この一面の柳の並木なのである。

そのすぐ真下には幅は狭いが、いつも量のゆたかな疏水《そすい》の水が流れて影を映す明るい鏡となっている。低い石段を道路から降りて町の女たちが木陰の涼しいところで洗濯をしているのが、毎日のように眺められる。その側には、この町なかなのに、雑草が大きく繁った藪を作っている。

瓦屋根が四角く高く、二階のむしこ窓をあけた壁は狭い京風の町家が、柳の並木の奥に一列に店を並べていた。同じ形をしてつらなっている屋根に、大小があり、高低がある。大きい屋根も軽く見えるのは、木で作った純日本風の家だからである。恭吾が歩き回って来た欧羅巴の建物には、こうまで爽やかな趣は決して見られなかった。眺めていて、それが快いのであった。

考えて見ると、恭吾は、京都に来て昔からの寺々を回っていない時は、どこというあてはなく町を歩いて、古い屋並が揃っている裏通りを見つけ出しては、なつかしい心持ちを湧かしていた。西陣元誓願寺(※79)や室町姉小路の往来に格子の間をつき出し、出入口は猿戸(※80)を閉めている古い家は、外から内の模様も見えず、採光も悪く住むのに不便のように見えるが、不思議な落ち着きを見せて街を静かにしていた。格子に紅殻《べんがら》(※81)を塗った家もまだ残っている。

小さい寺ばかりが土塀や築地《ついじ》をめぐらして並んでいる通りも彼を悦ばせた。外から門内を覗くと、人も留守かと思うくらいに寂寞《じゃくまく》として、前栽《せんざい》の庭木だけが夏の勢いで繁っている。炎天には白い芙蓉《ふよう》の花が咲いているのを見る玄関もあった。高台寺から二寧坂産寧坂《にねいざかさんねいざか》(※82)と石段のある道を古道具屋や竹細工屋に静かな寮風な邸宅の門の入り雑った坂道を、清水寺(※83)へ出る道も彼は好きだった。歩いていると、樹木の深い東山は頭の真上にかぶさり、また人家の壁に挟《はさ》まれた路地の奥に見えていた。

京都ぐらいの広さの都会に、大小の寺の数が千三百あると知って、恭吾は微笑を感じた。いや、京都だから、千三百も寺があるのだといった方がいいかも知れない。何でもない通りに普通の人家の間に隠されて、目立たない小さい寺がある。

その中の、庭が美しいので有名なものは、時おり、訪れて見た。遠く奈良の寺々も回り美しい仏像を見て回った。これだけのものだったかな、と、恭吾は考えて見た。博物館に入って人が感じるように、寺々は孤独で乾いた空気を感じさせた。生きて流れているものを、把《と》えることは出来なかった。戦災を免れたのはつくづくと幸福だったと悦びながら、現代に残っている意味は薄れ、寺内の掃除が行きとどいているものでも、どこかに荒廃の匂いを漂わせているのである。

恭吾が見て来たフランス、イタリアの古い寺院は、現代でも庶民の生活と共に生きていた。薄暗い堂内に跪《ひざまず》いて付近の男女が、祈っている姿はいくらでも眺められたし、信仰に冷淡な観光客でもその人たちを煩わさぬように心をつかって、帽子も入口で脱ぎ、靴の音を立てない用意があった。拝観と名だけ物々しくて、国宝となっている仏像を保存し陳列してあるだけの場所ではない。寺らしい空気が、そこにあった。奈良でも京都でも、それが案外であった。名のある寺ほど、案内人はいても坊さまの姿を見かけない。夏の日ざかりに大きな空家に入ったような感じで、埃や湿気が匂い、寂寞としていた。戻って市電の走っている現代式の道路に出て来ると、あたりに営まれている町の生活と、今見て来た寺とが、まったく無縁のものになっているのを感じるのである。

晩春に来て、清水寺の舞台（※84）から、町を見おろしていたら、まるで嘘のように紫色の霞がたなびき、これに入り日の光がさして金粉を散らしたように見えた。目も醒めるような美しさに心から驚いたことがあった。その紫の色は純粋に和絵具の色だったし、ぼかしのかかったしっとりと柔かな調子が、恭吾が歩き回って来た外国の、どこでも見たことのないものだった。これよりも彩色が豊富で変化のある空や雲は、大気の乾燥した地中海岸で見ることが出来た。しかし、こんなに鮮やかに濃くて、なごやかな色の霞が、地上の寺々の大屋根や新しいビルディングを影の塊のように見せて、空にたなびいている優婉《ゆうえん》な風景は、確かに日本でなければ見られない。

霞の上にある愛宕山《あたごやま》の峰や、高い空にはまだ入り日の光が溢れていて、地上から暮れて来ていた。霞の色が変わって来るのと同時に街は灯ともり始めた。それこそ碁盤目に置かれた平坦な町なのだ。これだけの大きい眺望を持っているせいで、清水寺はまだ死んでいない。他の寺のことを思いながら、恭吾は、こう思った。それと、苔寺《こけでら》（※85）、竜安寺（※86）のように特別に美しい庭を持った寺が、その庭がある故に生きているだけである。詩人のヴェルレエヌ（※87）が、その時代の巴里を歌って石材の砂漠と称したのを、恭吾は知っていた。同じいい方をすると、京都も奈良も古い寺々の砂漠のように見えることがある。立ちながら廃墟となったように乾いているのを、美しい自然があって僅かに救われているのである。

しかも恭吾は、この廃《すた》れた寺々に心を惹かれているようであった。長年の外国生活の後に、二度と戻れまいと信じていた祖国ににわかに帰って来てから、昔からあった古いものに一途に心を惹かれている。戦争の果てに日本に残ったのは、実に京都、奈良だけだといってもよいのである。

名所旧蹟などというものが、現在の日本人の生活にはだんだんと無意味なものになって来ているのは、判っていた。これは終戦を境として、人が急に一様に日本の過去に冷淡になったせいもあろうが、その以前から、けわしい経済生活の影響が、用のない過去を振り向く余裕を失わしめたものであろう。若い人達はことに自国の歴史を信用しなくなった。その人たちから見れば、恭吾のしていることは、閑人の無用のすさびともいい得るのである。恭吾もそれを自覚しているし、若い人たちが、絨毯《じゆうたん》のように厚く美しい西芳寺の庭の苔を踏むよりも、ホールの床を踏むのに生き甲斐を覚えているのも承知しているのだった。日本の過去は、前に進もうとばかりしている若い人達の心をつなぎ止め得ない。けれども、ふと、どこかの寺に出る静かな野道を辿っていて、同じ目的で歩いているらしい若い人たちの姿を見かけると、恭吾は声をかけて話して見たいような気持ちに誘われていた。

お互いの祖先の日本人が、その時々に築き上げて遺したものを今の若い人たちがどんな風に見ているか？　尋ねたいことである。亡《ほろ》びたものを、ただ美的の興味で眺めているのか、それとも、こう新しく乱雑になった世の中にも、自分たちの生活や血に、つながりのあるものとしてなつかしみ受け取ろうとする心が残っているのか？　確かめて見たい。

これは恭吾が、自分についても疑って眺めている問題であった。ひとりだけで外国を放浪し祖国はないと自分で決めて暮らして来た人間に祖先も過去もないはずである。物を見る目も、冷静で、動揺のないもののつもりである。それがなぜ、僅かばかり焼け残った日本の過去に心を惹かれ、若い世代がどう見ているかが気になっているのか。

感傷的な性質は彼にはなかった。自分を頼って強くしていなければならぬ生活から出て来たばかりの男だ。強くしないと生きて来られなかった。日本がこの先どうなろうと平気でいられるはずだった男なのである。戦後の若い人たちが日本の過去をどう見ていようが、別に関心を持つ理由はない。

その彼が、京都に来て町を歩いていて、どこへ行っても古道具屋や古美術商の店があるのを見ると、ひとりで微笑する。竹の子生活のことを、彼はまだ切実には知らない。古道具屋の多い都市は、市民が過去を哀惜し、亡びようとするものを大切にする余裕が心に残っているということだ。欧羅巴を歩いた経験からいっても、文化に厚みのある国ほど、都市に古物商の店が多く、つまらない国にはそれがない。恭吾は、それに気がついたのである。

裏町に入って、まったく昔風の、廂《ひさし》が低く採光の悪い店が古びて色の落ちた暖簾を垂らして古物を商っているのを時おり見かけ、こんな店にも客が入ることがあるのかと疑うこともあった。問屋や旧家らしい構えの建物が多い町筋なので、町内に住む者だけを客として小さく商売をしているのかも知れない。美術商とはいえないくらいに、火鉢や膳、椀から、がらくた道具まで置いてあるのはやはり用があるのだろう。

家がない恭吾のことだから、欲しいと思うものはなく、ひょいとした気まぐれで立ち止まって眺めていると、現代の世界から置き去りになった老人が出て来るのではなくて、日陰にばかり店番しているせいか色の白い若い男が、前垂れをかけて出て来る。恭吾が手を触れて見た染め付けの皿が、どこの土地の焼き物で、明治より大分お古いものどっしゃろと、勧めてくれ、染め付けならば、まだ、こちらにションズイ(※88)がございますと、案内のない恭吾が当然、焼き物のことを承知しているものと予定したような応対である。古い炭取籠、籐で編んだ釜敷《かましき》にまで、見どころがあり値打ちがあるような一々丁寧な扱いに、こちらは驚きもし微笑を感じるのであった。

戦争で散々になった日本人の苦しい生活にも、まだこうした平凡な器物に寄せる優しい心遣いが失われもせずに残っているものとすれば、これは大きなことだと信じられた。もとより京都の土地に戦災がなく、もとのままの生活が保存されているせいで、これが目立つのだろう。

焼け出されて急に窮迫した人々や、時代に応じて新しくなるのを急いでいる若い人たちにはもはや忘れた方がいい消息と恭吾も見ることであった。過去は葬むり去ってしまった方が生活も思い切って新しくなるはずである。しかし、恭吾は、まだこういう愛情が庶民の間に残っているということに、いかにも久し振りで日本人の生活の片影を見たように何となくしみじみとした心持ちであった。

欧羅巴に慣れた恭吾が、帰国してから気がついたことは、日本人の生活が代々実につつましく貧乏なものだったということであった。戦争の結果、極度に下がったことは判っているが、本当はそれ以前から、ずっと昔から贅沢ということを知らずに来た民族ではないかということなのである。奈良の西の京の寺々のように威厳があり荘重なものを眺めても、それが感じられる。宇治の鳳凰堂《ほうおうどう》(※89)も実に典雅《てんが》で美しいだけで、西洋の巨大な古寺院を見て来た者には、美しいが細っこいな、と感じられる。結構を尽くした寺でさえ、そう見る時、日本の私人の生活にどれだけ個人の意欲を伸ばしたものがあったかは推測出来るような心持ちがする。封建時代の城はさすがに立派だが、圧制を受けていた町人以下の庶民の生活が、どれだけつつましく、貧しいものに満足を強いられて来たものかが、改めてわかるような心持ちがした。これは、わざわざ裏町の生活を覗きに行かなくともよい。この京の古い家々の、往来からは見えぬような構えで、日あたりも悪く、窮屈に隣と壁を合わせている家の建て方を見るだけでも明白なような心持ちがするのだ。

わびとか(※90)、さびとか(※91)、西洋人の企て得なかった美の世界を日本人が発見したのは、やはり、貧乏だった結果のように恭吾は見た。人間の意欲をほしいままにした贅沢の出来ない素質の民族だから、意欲を殺して貧しい中に自ら楽しむことを工夫したのではなかろうか。

異邦人となってしまった恭吾には古い茶室の面白味がわからなかった。苔だけの西芳寺の庭や、竜安寺の石の庭は変わっていて面白いし美しいと見たが、やはり簡素な味だの、草や木に愛着を寄せて生活の貧しさに堪えて来た人間の設計だと感じた。贅沢を悪徳として貧乏を美徳に算えて来た民族でないと、こんな清潔で美しい庭を考え出すわけのものでない。不思議なことだと思った。西洋人には、特殊な者でないと、この庭の美しさはわからない。西洋人の物の見方を知っている恭吾だから、そう思った。彼自身も、明るく豪奢《ごうしゃ》な庭の方が好きである。金閣寺(※92)の庭の美しさは西洋人も認めるであろう。あの庭には、人間臭いところが強い。日本的にひねったところがなく自由で闊達《かったつ》で明るい。あれだけ典雅でいて官能的な庭は他にないようである。水があり空を大きく取り入れてあった。建物に金箔《きんぱく》を置いた豪華な構え方も、日本人が造ったものとしては度を外している。つまり、この庭には、貧しいところがないのだ。水墨の画や茶や禅の入って来る時代よりも以前の設計だったから、こうなったものだろうか？

恭吾も、戦後の日本の若い人達が、求めて過去の影響から脱れようとしているのを知っている。その意識はなくとも、歴史に無関心で無知なところから、古い日本にあった良いものにだんだんと無感覚になって行く傾きは否定出来ない。見るように教えられてもいないし時代も変わって来ている。やがて、竜安寺や西芳寺の庭の寂《さ》びた美しさは、若い人達にはただ一風変わった庭と見えるだけで、純粋な性質がいよいよ無縁なものに映じて来るのに違いない。現在の恭吾と同じことなのだ。単純な見方しか出来なくなり、やがて、というよりももはや既に、金閣寺の庭よりも幾何《きか》の図面のように設計された西洋式の公園の芝生や人工的な噴水、道路の並木の方が美しいと感じるようになっているのではなかろうか？

明らかに日本の過去は、若い日本人に支配力を失くしているのだ。また貧乏も美徳に算えられて来た限度を乗り越えて、悪徳の中の悪徳となり果てた時、過去の日本の生んだ美しいものを日本人が見る力を失くしたとしても、これはしかたのないことだし、やがて貧窮が終わった時、過去とは性質の違う自由で濶達なものが創られることもないとはいえない。

恭吾は、牛木利貞と、花の咲いている鎌倉の寺々を歩いた春の晩のことを思い出して微笑した。彼は過去に溺れ切っている人間であった。戦後の日本の若い世代とは、別世界の人間である。そして恭吾自身は、両者の中間に立っていた。過去の日本人でもなく、これから新しく何かを生む日本人でもない。ただ別段に囚われるものがないから、どちらの世界も見えるようなものである。

囚われないと、自分も信じて、恭吾は京都にやって来る。彼には古い日本に思い出があるのだ。年齢のせいもあろう。長い外国生活から祖国に戻って郷愁のように過去に心を惹かれていたせいもある。欧羅巴の国々を歩いていて、どこへ行っても恭吾は外から来た人間で孤独であった。その孤独さは今も変わりない。妻もなく子もないのだ。強く、自ら足れりとする意志にも変わりない。しかし、素直に柔軟に心は動いていた。散歩する裏町に愛情を持ち、町の娘から女房までが、この古い都でもワンピースの洋装に変化しているのを、淋しい微笑をもって眺めるのだった。

日本人が貧乏だから風俗も人情も変わる。この原則は恭吾には動かないものとなっていた。若い世代が過去を振り捨てて、急に悪くなったと伝えられるのも、そのせいであろう。ラジオの街頭録音を聞いていたら、役人の民主化が出来ているかという話題で、民間側から官公吏の不親切にさかんに非難が出た後に、区役所に勤務している二十歳の青年が出て、三千六百円ベースでは不親切になるのは当然のことで、今のままだったら決して親切には出来ませんと、喧嘩腰に強く言い切って、言葉を改めなかった。

そこまで日本人も乾き切ったと彼は見て、長く頭に残った。貧困が日本人にも悪い作用だけする時代が来ているのだった。その青年は、現代の尖鋭な型なのであろう。こう鮮明なのは外国にも見られそうもない。貧乏から、皆、性急になっている。外国人に見るような、ゆっくりと動く心の余裕がないのは、社会生活にまだ不慣れで、成人になれず、子供っぽいからであろう。仏蘭西人や中国人だったら、同じことを言うのにも反語や冗談まじりで聴く者を笑わせて、自分の主張に納得させるところを、切り口上に一筋にしか物を言わない。確かに終戦後の日本は砂漠になっていた。こまかい心の働きは若い人たちから消えてしまったのだ。過去をもぎ取られた世代として当然のことだったろう。

宿にいて、ひとり、ぼんやりと、こんなことを考えている。水の流れる音が絶え間なく聞こえ、対岸の柳が目に青々としている。階下で女将が電話をかけているのを聞くともなく聞いている。

「春菊さん、すぐ来てもらえしまへんか。へえ、おおきに、なら、すみまへんけれど、はよう、来ておくれやすや」

のんびりとしていて、柔かい。戦争のなかった昔の京都に来ているような心持ちになって来て不思議はなかった。

恭吾は感傷的になる男ではない。しかし自分の五体をつつんで何ともいえぬ優しい空気があるのを感じる。俺は日本に帰っているのだなと妙にしみじみと感じさせられるのである。囚われないつもりでいるのが、霧かエーテルのように知らぬ間に心に滲み込んで来るものがあり、これが彼の過去の日本への郷愁をまぎらしてくれるような工合であった。確かに悪い国ではなかった。しかし続かなくなった。彼は淋しい心持ちをこめて、こう思った。その良かった昔も知らない戦後の若い日本人の荒みようがかわいそうなように思われた。

左衛子は伴子を連れて京都に来ると、宿の女中に電話をかけさせて、恭吾がいるかどうか確かめさせた。こちらは誰と名乗らず電話を切るようにした。

その返事に期待をかけていたことでは、左衛子は伴子に負けなかった。

ふたりの宿は、南禅寺（※93）に近い大阪の実業家の邸宅が旅館の許可をとったもので、間取りも贅沢だし、庭を流れる水の音が、陽が青葉に輝きながら、雨が降っているように聞こえていた。工夫を凝らした庭木の奥には、南禅寺の山が見えた。

結果を知らせて来た女中に、

「じゃァ、あさっては、いらっしゃるというの」

こう確かめてから、笑顔を伴子の方にひらいて、ほっとしたような顔色になった。

「あさってなら、いいわね」

伴子はここまで来て、まだ何かを危ぶんでいるらしく首を傾げた。

「そう一度に、急いでお目にかからなくてもいいでしょう？　急ぐのなら、神戸のお宅がどこか宿でも知っているでしょうけれど……お宅の方がどんな様子かわからないし、ここでお待ちするのが、一番いいんではないでしょうか？」

伴子は納得して頷いて見せた。しかし、三日間も家をあけるというのが、留守居の母のことを思って気がかりであった。

「そんなに長く、小母さま、ご迷惑なのじゃございません？」

「あたしはいいの」

匂うように笑って、池のある庭に目を放った。青葉の色が映り、白い顔に美しい影をつけた。汽車を降りて、不意に恭吾に会うようにするよりも、この余裕が出来たのが、その間に心も落ち着いて来そうに思われた。というのが、伴子を会わせるのでなく、自分が会うつもりでいるようで、胸をときめかせるものがあるのを、左衛子は楽しんで支えていた。また、伴子だけ面会させて帰るつもりでいて、同じ京都に滞在することだから、どこで、どう、不意と顔が会わぬとも限らないのであった。そして、そんな偶然は意識してかかるよりも反って、覚悟よく恭吾の前に立てそうな誘惑に似たものを潜めていた。思わず左衛子は溜息した。

夜、灯を消して蚊帳に入ってから、雨戸は立ててなく、相変わらず雨のように聞こえている水流の音の中で、左衛子は、伴子に言った。

「伴子さん、あたしって変な女だとお思いでしょう？」

庭のどこかに、電灯がともっていて、枕を抱くようにして身を伏せている左衛子の白い面輪《おもわ》は闇の中にも見えていた。

「いろんなことをして来ましたし、実にいろいろのひとを見て来ましたわ。それで……伴子さんのお父さまだけが私に怖いというのは、わけがありますの」

伴子は耳に慣れない泉水の音で、睡《ねむ》れそうもなく思っていた。その薄闇の中で左衛子は、いつも覚える爽やかで、はきはきした気性の、どうかすると近寄り難いような心持ちを抱かせるひとが、並んで寝ているせいか、まるで別人のようにして、闇の中に置いた肉体の重みと、女らしい感触を感じさせていた。

蚊帳が白く浮かんでいるが、厚ぼったい夏の夜の闇である。

「まるで、雨が降っているようね」

と、流れの音の絶え間ないのを言い、

「あたしが、ここまで来て、お父さまから隠れていようとするの、伴子さん変にお思いになったでしょう。それには、わけがあるんです」

「………」

「本当は、あたし、そんなつもりは少しもなくて、お父さまに悪いことをしてしまったんです、シンガポールで、偶然にお目にかかって……伴子さんのお父さまが中国人の中に隠れていらしったのを、海軍の他の方もご承知でいましたし、別にご事情のあることと知らずに、うっかり余所《よそ》でお噂してしまったら、どこからか憲兵の耳に入って……ちょうど、日本が敗けて来て憲兵がいつもより神経過敏になっていた悪い時だったんですね。お父さまは、平気で反戦的なことを仰有る方でしたし、ことに敵側の英国系の華僑の中に入っていらしったので難かしいことになって、憲兵隊へ連れて行かれたのでした。ご無事で、こちらへ帰っていらしったと伺って、ほっとしてましたけれど、ほんとうに申し訳ないことをしてしまって、あたし、そのことを考えると、その後、夜も眠れないくらいに苦しんで来ました。戦争って残酷なことでしたし、今から考えて見て、どうしてそんな非常識でばかげたことが出来たものかと思われるようなことが、平気で人に出来たものでした。

お父さまは、その中にいて、はっきりと戦争に反対でご立派だったんです。あんな良い方を！　女のあさはかな、考えのないことから、不注意にもせよ、ご迷惑のかかるようなことにして……こちらは、今さら申し訳のしようもないし、お父さまは、どんなにお腹立ちになっているかと思うんです。いくら、お憎み下さっても仕方がないと諦めていますけれど、そんなことでは私の良心の傷はふさがりませんものね。あたし、伴子さんにお目にかかって守屋さんのお嬢さんとわかってから、ほんとうに吃驚《びっくり》してしまったんです。他人ではないという感じ、そう言うより他はないんでした。神様か何かあって、ひき合わせて下さった。そう信じました。

そして、こんな悪い女でも、せめて伴子さんとは仲よくして頂きたい。夢中で、こう思い詰めてまいりましたの、伴子さんは、私のこと、堪忍して下さいますわね」

「あたしそんなこと何にも存じませんもの。小母さまが、仰有るような方とは信じられません」

「ほんとうに、堪忍して下さる?」

と、左衛子はすり寄って来ていた。柔かく伴子の手を取って浴衣の胸に抱き込むようにして、

「あたしが、苦しんで来たことも判って頂けるでしょうか。いつかお話ししなければと思って来ました。あたしが、そんなことをしたとは、あたしだけが知っていて、誰も知らないことです。お父さまでさえ、ほんとうはまだご存じないのだと思いますけれど、伴子さんには、あたし隠しておけませんでした」

そして彼女は敷布に顔を伏せ、じっと涙ぐんでいるような気配で、黙り込んでいた。深く浮き沈みしている藍の濃い浴衣の肩が、伴子に見えていた。

伴子の手を取ったまま俯伏せたので、その手は左衛子の胸の下に敷かれ、弾力のある乳房に圧されていた。なれなれしい接触が、伴子に不安を覚えしめた。

素直に聞いていたつもりだったが、左衛子の言葉は不思議と伴子の心の表面を撫でて通っただけで、感動を呼ばなかった。体温や動悸を感じさせる皮膚の接触の方が刺激が強く伴子を惑

わしていた。どうした理由か、伴子はいつかのダイヤモンドのことを思い浮かべた。対象の定まらなかった不安な心持ちが、にわかに深まって、捕えられていた手をひこうとした。

左衛子は、それに指を絡め、放そうとしなかった。

「わかって下さったでしょうか。あたし、ほんとうに苦しかったし、お父さまの前に二度とは出られないのです」

どんなことを左衛子がしたのか、まだ不確かのような思いがありながら、父親が無事で帰国出来たという事実で、過ぎてしまった全部のことが消えたように信じられる。

「そんなこと、ございませんわ」

と、伴子は答えた。

「小母さまは、悪いことをなさるような方ではございませんもの」

「そう、信じていて下さる?」

「ええ……」

「有難いわ。それで、もしも、お父さまがまだお立腹になっていらしって、私のことを承知出来ないと仰有るような時は、伴子さん、私に味方して下さるわね」

「よく、わかりませんの。けれど、私に出来ることでしたら……でも、そんなことございませんわ」

「お約束だけはして下さるわね。戦争が悪かったと思うんです。人間が、普通の神経では生きていられませんでしたわ。ずいぶんと、苦しい目や切ない思いをして来ました。私なんか独りで男のように外地へ出て行って……男ばかりの世界に入って見て、それこそ人間の醜いことや、卑しいこと、歪み切った姿を、いやというほど見て来ました。生きて行くというのは大変なこと。いつの間にか、私、伴子さんも見ていらっしゃるんでしょうが、こんな男のような人間になってしまいました。それでいて本心は女になりたいんです。女らしく、ぐずぐずになって、本当に女に生まれて来てよかったって、心から思う時があったら、と思いますわ。あたし、気が強いでしょう? 負けず嫌いでしょう。それでいて、自分のその気性を一番重荷に思っているのは、私なんですもの。伴子さんだから、こうして弱音もお聞かせします。哀れっぽくなっている私も、お目にかけます。伴子さんのお父さま、お会いになってごらんなさい。それはお優しい良い方なんです。ですが、私には、それがこわいんです。ほんとうを言うと、あなたに付いて、ここまで来るのには勇気が要りました。大変な勇気が要りました」

黙って聞いていたのが、伴子は急に、自分も驚いたくらいに単純で無邪気な調子で言い出した。

「小母さま、そんなこと仰有らないで、私と一緒に、いらっしゃるといいのです」

「そんなこと出来ませんわ。あたしのことは、お父さまにお会いになって、話して下さってもいけません。今のところはね。ほんとうよ。内証。これだけは、お断わりして置きます」

「でも、そんなに……隠れていらっしゃるの、おかしいと思いますわ」

「ええ、いつか、どこかでお目にかかります。どうせ、そうなります」

いそがしく、こう言ってから、

「やはり、私の方の覚悟が出来てから」

と、笑顔を作った感じだった。

「弱虫なのね。お父さまのこととなると、変に、すくむような気持ちになっています。よほどこわいんです。よほど悪いことをしたとお思いでしょう」

それまでの思いをするようなこととは、何をしたのか？　伴子は、まだ判っていなかったしだんだんと疑って来た。とりみだして見えるくらいに感動のこもった調子が日頃の左衛子のようでなく、最初から圧迫されるような心持ちで聞いているだけだったが、素直に受け取るのを妨げるものがあったとすれば、それであった。どこかに嘘が匂っているような心持ちがする。度を外れた親しさは、その嘘を隠そうとしているもののような気がして伴子にも不安なものである。このひとが、と、惑《とまど》った。

伴子は思わず言い出した。

「どうしたらいいでしょう」

すると、左衛子はくるりと向きなおって、真面目に同じ言葉を繰り返して、伴子を驚かした。

「どうしたら、いいでしょう」

それから急に、

「ごめんなさい。伴子さん」

不意と左衛子は伴子にしがみついて来た。その軀が、人が違ったように陽気で、はしゃいでいて体温も高い感じであった。

「ごめんなさいね。ご心配ばかりかけて、でも、何でもないんです。あたしの言ったほどのことではないのかも知れないのです。けれど、今度の私は、伴子さんのためにだけ京都へ来たんですから、私のことをお父さまに仰有っては、いけないのよ。それだけはお断わりして置きますわ」

「………」

「お約束して下さるわね。伴子さん」

「ええ、それは」

「変なことをお話ししてごめんなさいね。でも、仲よくしましょうね。伴子さん、一度、私をきつく抱いてちょうだい。骨が折れてしまうくらいに、ぎゅうと、抱いてちょうだい。お願い」

伴子は思わず言った。

「こわいわ。小母さま」

おとなしく左衛子は腕を解いた。

「伴子さん、ごめんなさい。あたし、どうかしています。こういう淋しさは、まだ伴子さんは判らないわね。男みたいにお転婆な私なのにね。ほんとうに」

翌《あく》る日起きて見ると、清々《すがすが》しい朝の光の内に、いつもの気高い感じを支えた静かな容貌の左衛子であった。

林泉図

自動車は高瀬川が町筋を流れている木屋町通りへ入ってから、街路樹のプラタナスが繁っている舗道に寄って徐行し始めたが間もなく停まった。木戸の上に出ている軒灯に父親のいる旅館の名を読んだ時、伴子は、急に逡巡《しゅんじゅん》を感じた。

「ここ?」

と、左衛子は、偶然と恭吾と行き会う危険を感じていたのが、無事だったのに安心と同時に失望に似たものを覚えながら、歯切れよく伴子に言った。

「行ってらっしゃい。でも、乗れたら、夜行に乗りましょうね」

自動車が走り出したのを見送っていると、左衛子が振り向いて軽く手を上げて合図したのが後の窓に見えた。

伴子は、もう一度軒灯の朱色の文字を見上げた。旅館の入口のようではなく、せいぜい三尺しか幅がない細長い路地に御影石《みかげいし》を敷いて、奥深く入っていた。そしてその両側は長屋になっていて、畳を敷いた玄関に縫物をしている女がいたり、細い入口から奥の部屋の箪笥《たんす》が見えたりした。この狭い通路に石の井戸があったり、乳母車が置いてあった。両側の廂《ひさし》が凸凹していて、ほんとうの町なかの路地である。その一番奥の、突きあたりに格子戸のあるのが恭吾のいる宿の入口であった。

そこまで来ると伴子は心が落ち着いて来た。入口の右側が台所になっていて、女たちが板の間で立ち働いているのが見えた。

格子先から声をかけると、女将らしい中年の女が出て来て、

「お越しやす」

と、柔かい京言葉で迎えて、

「へえ、守屋さんどしたら、今さき、そこらへんへ、お行きやしたんどすけど」

それから、しっかり者らしい大きな声で台所の方へ尋ねてくれた。

「守屋さん、どこへお行きやしたんどっしゃろ。ああ、金閣寺へお行きやしたんか、つい、今さきどしたんやね」

と、伴子を笑顔で見まもって、

「おひとりお行きやしたんさかいに電車どっしゃろなあ。あんたはん、今から自動車でお走りやしたらきっと間に合いますわ。自動車を、うちとこまで、呼びましょか」

伴子が頼むと、まめまめしく自分で電話をかけに立ってくれた。

こういう旅館のような人目のあるところで、他人行儀に名刺を出して取り次いでもらい、実の父親に初めて会うというのが次第に不安のような心持ちでいただけに、父親が余所へ行っていなかったことは反って倖せだったように思われた。ただ金閣寺へ後を追って行って、もし多勢見物人がいるとしたら、その中で、どれが自分の父親か、さがしあてるのに、若い日の写真を見ただけで判るものかどうか疑問のわけなのだが、伴子はまだ、思いのほか、その点は平気であった。

車は、すぐ来てくれるらしかった。

「そうどす。ほんなら、すぐお頼もうしまっせ。さいなら」

と、言って女将は電話を切った。

自分がどんな大胆なことをしているのか、伴子はまだ自覚していなかった。母親を現在以上に不幸にさせないように、それだけを思い詰めて京都まで来てしまったのである。母のためならば、どんなことでもしようと思っている。それだけの勇気であった。

伴子は、自動車の窓から、北野天神の石の鳥居を道端に見た。舗装した広い道路を走って、美しい松山が近く迫り、あたりは郊外らしい所々に畑の見える風景に変化して来ていた。そして小さい住宅の角について道を曲がると、金閣寺の入口で停まった。

炎天の午後のせいか、ほかに人を見ず、寺内は奥深く岑閑《しんかん》としていた。大きな樟《くす》の樹を混じえた林の間を、砂利を敷いた道が寺の門まで入っていた。木の陰を歩くので涼しい。蝉の声がどこからか滲み出て来ている。

小さい石の橋を渡って、門を潜《くぐ》って入った。背のひくい枝が曲がりくねった松を前景に置いて方丈(※94)らしい白壁の大きな建物が立っている。ひっそりとして、人のいるような気配はない。道路に苔が美しくひろがっているのを、細い綱で囲って、見物人が踏まないようにしてある。敷石づたいに行くと、自然と、案内所の前に出るのだった。年寄りの男がひとり退屈そうに小屋の内にいて、拝観料を払うと切符をくれて、

「その横手から入るのです」

と、入口を教えてくれただけである。

いよいよと伴子は感じ、微かに胸騒ぎがした。父親はもう来ているのだろうか。それとも、市電で来るとすると、自分より後から来るものか、どちらとも知らない。

思ったよりも伴子は冷静であった。いざとなって、どういう風に話しかけたものかも知らずにいる。しかし、思ったよりも、平気でいる。いや、平気だという以上に、伴子の心に強く挑むような感情が頭を持ち上げかけている。反抗しようとするもののようであった。母親を庇《かば》うためばかりではない。自分についても同じであった。父親とはいうが名ばかりで、妻子を捨てて顧みなかった薄情な人間の前に、伴子は不意に立とうとしている。なつかしいような心が動いているのに惑うのだが、甘えてはいけないと知っていた。母親の立場を防ぐことだけ考えていればいい。自分の感情に負けてはいけないのである。

微風が木の葉を光らしていた。土塀と生垣の間の道を入って忽然と、池の畔に出た。絵や写真で見ている金閣の三層の楼が、爽やかで優美な姿を正面に見せて、伴子は背後に樹木の繁った涼しい陰に立っているので、午後の光が一面に降りそそいでいる庭が、さらに明るく、殆ど眩しいような心持ちで眺められた。美しいものは不用意に見ても美しいのである。

本能のように、伴子は、この明るい風景の中に父親らしい人がいるかどうか、見回した。金閣の縁の日陰に、案内人らしいのが腰かけていたが、他に人の影はない。市中の暑さで、見物の足も遠ざかっているらしかった。

逆さまに映る三層の楼閣《ろうかく》を囲んで、陽を受けた枝の影が水に描き出されている。枝の松葉の光るのが一本ずつ算えられるくらいに、鮮やかな影である。足もとに池水の落ち口があって、絶えず、小さく鳴っていた。静けさは、思わず、あたりを見回したくなるようであった。そして、この庭は、何ともいいようもないくらいに明るいのである。

金閣に近寄って、三階の屋根裏と柱の上部に残っている金箔の色は、金とはいえない落ち着き方をして見えた。

モンペをはいた案内人が立って来て、

「靴を脱いでお上がりなさい」

と、告げ、そのとおりにすると、池に向かって屋内に並んでいる仏像の説明を始めた。仕方なく、それを聞いていた。仏像の次には、池の中にある庭石の説明であった。どれも、小さい松の木が生え、岩に苔のついている島が、鶴亀島とか、葦原島と、それぞれ名をつけて区別してあるのである。

どこか遠方で鶏の啼く声がした。

事務的で単調な説明を耳にしながら、池の向こうの、自分が入って来た道の方角が絶えず気になっていた。案内人は、ひととおり説明を終えると、日陰に置いてある自分の椅子へ、さっさと戻って行き、伴子は池に突き出ている小さく屋根のある廊下に佇んだまま、あたりを眺めて残っていたが、鯉が泳いでいるのを見て覗き込んだ。

黒い大きい鯉である。泳ぎながら身をひるがえすと、金色をした背を見せ、また、立ち直って、ゆったりと回って泳いだ。小さい子供の鯉が、無数に同じような動き方をして魚紋を描き、底の水垢を、箔《はく》を散らしたように浮き立たせていた。水は微かに揺れながら、映っている空の日輪の影を、眩しく伸び縮みさせている。

欄干《らんかん》に沿って横板が出て腰かけられるようになっていたのにかけ、伴子は、また、庭の入口のほうを見た。まだ誰も入って来る様子がないので、ぼんやりと、池の向こうを見たり、鯉を見ていた。

鯉が動くので揺れる水の影は、屋根裏から垂木《たるき》に映って、ゆらゆらと屑糸のような形で揺れ動いていた。影の一筋は、伴子の服の胸にも明るく動いていた。案内人の爺さんは、膝に扇子を立てて、日陰の椅子に居睡りしている。今夜の夜行列車に乗る約束で、切符もハンドバッグの中に持っていることで、だんだんと伴子は、誰も入って来ないのに不安になって来た。自分が訪ねて来た理由だけを父親の宿に手紙でとどけさせ、このまま帰ることまで考えたのだが、自分と母親との、この世での運命といったようなものを感じ、何とはいえず淋しい気持ちに囚われて来た。

同じ黒い鯉が、水の浅いところを、相変わらずゆったりと泳いでいた。それから、ふと目を上げた時、パナマ帽をかぶった白服の男が、さっき伴子が立ち止まってこちらを眺めたところに立ち、池を眺めて佇んでいるのに気がついた。

椅子にかけて居眠っていた案内人の老人は、靴の音を聞いて目をあけて見た。恭吾はもう顔を覚えられている。

「暑いですな」

と、柔和に挨拶して来たのに、鸚鵡返《おうむがえ》しのように、

「かないまへんな」

と、生地の京言葉で答えて身を起こしただけで、木像や庭石の説明の方は省略するのである。水の影が檐《のき》に映っている屋内を覗いて、恭吾は、奥の廊下に腰をおろしている伴子を見た。人がいるなと彼は感じたのである。そして、それが、古い仏像が日陰に金色に居並んでいる場所の奥にいかにも現代の都会の若い娘だったので、微笑を感じて眺めやった。

伴子はこちらを見ていたが、恭吾の視線に出会って庭の方に向いた。服の色を白く、伴子は身動きしなかった。

恭吾は、他の見物人がするように靴を脱いで縁に上がって来ず、日陰に立ってパナマ帽を脱

ぎ、池を眺めているだけであった。

立ち上がってその側へ行くことを考えながら、伴子は釘づけになったように動けなかった。その内に恭吾は、案内人の方に軽く会釈して歩き出し、白服の影が壁に隠れた。伴子は自分も覚えのない動作で立ち上がり、縁を渡って靴を脱いであるところに来た。透いた木立ちの間の道を歩き出すと、恭吾は別の地点に立ち止まって池を見まもっているのが見えた。近寄りながら、やはり大胆にはなれず、胸の動悸ばかり感じていた。父親が立っている直ぐ後を通るのだが、名乗る勇気はなく、そのまま通り過ぎてしまいそうであった。すると気配を感じたように恭吾の方が振り返って見て、伴子を見まもっていた。

「失礼ですけれどね」

と、恭吾は、穏やかに言った。

「こういうところを見るのが、お好きなんですか」

伴子は、ひどく吃驚したように、恭吾を見詰めたまま立ち止まって、返事が出来なかった。

「いや」

と、恭吾は、一層優しく笑顔になって、

「あなた方の年配でと言わなければいけない。あなたは、こちらの方?」

伴子は首を振って見せた。

「よそから来られた？　東京からですか。京都へ来て、どこと、どこをごらんでした？」

伴子は、父親から自分が受けている待遇を自覚した。ふっと、何ともいえずおかしくなり、笑顔を向け、それと同時に、急に気が楽になっていた。

「まだ、どこも見てないんです」

「学校のお休みで、京都を見物に来られたのじゃないのですか」

「いいえ、見物に来たのではございませんし、学校にも、もう行っておりません。卒業しましたから」

「それァ、失敬しましたな」

と、恭吾は自分を滑稽に感じたような調子で、

「私にはあなたぐらいの若い方の年が見当がつかぬ。学校へ行ってらっしゃるとばかり思った」

急に沈黙して、ただ静かに林の中の道を肩を並べて歩いた。木々の枝に手入れがよく、明るい庭であった。

「おいくつ？」

「二です」

恭吾は、深い見まもり方をした。

「二十二っていうと、あなたぐらいですかね。そうですか」

そう言ってから、

「私は何も知らぬ」

見ていないようでいて伴子は冷静に恭吾を見ていた。自分の父親だというのを、もう疑っていない。若い時分の写真を見て自分が想像し、左衛子からの刺激でいろいろと胸に描いて来たひとが、自分と肩を並べて歩いていることを夢のように思い、また想ったよりも若々しいのに驚くような心持ちであった。会う前にひそかに想っていたように、なつかしいとは、まだいえない。何かまだ、感情が戸惑いして出口を塞がれている。それでいて心は明るかった。強い目をしていて恭吾が温和で静かなのが好もしかった故もあろう。「良い人」だと繰り返して左衛子から聞かされたとおりだったのが嬉しいだけで、父親のような心持ちがするかというとそうでない。

裏手へ回って、苔の蒸した岩から水が滴り湧いているのを小さい井戸に溜めてあるところへ出た。

「将軍の茶の湯の水だというんだな。ほんとうか嘘か知らない」

恭吾は、こう告げた。優しい目もとである。

「学校を出て、何をしておられるのです」

「洋裁……と、雑誌の編集を手伝っております」

「そんなに若くて！」

と、恭吾は驚いたように見まもった。

「それァ、まあ、偉いですな。私の知っていた時代の日本のお嬢さんたちとは違ってしまった。私は長い間、外国でばかり暮らして来たので、浦島太郎が帰って来たようなもので、何を見ても烈しい変わりように一々驚いて歩いている。特に、あなた方のような若い人達が、男にしろ女にしろ、どんなことを考えているのか、見当がつかない」

と、笑ってから、尋ねた。

「こんなことを伺っては失礼になるのだろうが、あなたなどは、どういうお宅のお嬢さんなのだろうな」

「内……ですか」

「お父さまは、何をしておいでです」

「職業でございますか」

「そう」

伴子は、ふと、何かに押し出されたような心持ちになって、はっきりと言った。

「父は、海軍でございました。もと」

「海軍？」

と、恭吾は目を上げて伴子の顔を見て、

「それは」

と、呟いた。

籠っていた意味はわからなかったが、響きは深く、調子は複雑な色合いを帯びていて、伴子の胸に軽い動揺を呼び醒した。父親は、何かを感じたのであろうか。言葉は切れていた。夏の午後の静けさがあたりを支配していた。

竜門の滝、鯉魚石と立札に示して、岩組に滝とはいえない水の落ちているところがある。その前に、ふたりは出ていたのである。楓《かえで》が枝を差し伸べて明るい影を地面に落としていた。

「それで」

と、ゆっくり恭吾は言った。

「お父さまはご健在なのですな」

自分の父親と信じている男の顔を、伴子は大きな目で見まもり、強く頷いて見せた。故意にそうしたように自分も感じたことである。その一歩手前に、崩れるように何もかも打ち明けてしまいそうになっている烈しい感情がすれすれのところまで昂《たか》まって来ていた。

伴子が見て、恭吾は姿勢を正して、平静の容貌でいた。立派な紳士というのか、あるいは若少の者をいたわる心遣いか、目もおだやかだし、礼儀も失わず見事に平均の取れた静かな心が、最初から感じられていたのである。

「それは、よかった」

と、恭吾はそのまま言った。

「どうも、人が死に過ぎた」

ふいと、伴子は、自分も知らずに抑え切れない微笑を浮かべた。意地の悪いような心持ちがどこかに潜んでいた。自分の前にいる行儀が平静で体格も堂々とした父親が、その静かな故に、おかしくて、かわいそうな弱いもののような気がして来るのだった。まだ伴子と知らないんだわ。そう思ったばかりに、伴子は、軀までほてって来そうに妙に気持ちが明るくなり、顔色も輝き出した。

何か言いたそうに彼女は唇を動かした。そして、父親に向けている瞳はいたずらを企てている小さい子供の目のように不逞《ふてい》で、無邪気で、きらきらしたものに変わって来ていた。

父親は何も知らずに言い出した。

「私も海軍にいたことがある。あなたぐらいのお嬢さんのある方だと、兵学校もあまり違っておらんはずのように思うが」

伴子は不意にそれを遮った。

「お父さま」

と、素直に、すらすらと口に出て、

「あたし、伴子なんです」

恭吾は伴子を見返していた。無言のままである。

伴子の深い感動は自分の軀から揺さぶり出したものであった。明るい心は拡がり出したらもう制止出来なかった。父親が怪訝らしく自分を見まもっているのでさえ、盲目のひとの不自由な動作を見まもっているような、手を取って、いたわりたいような心持ちが働いて来た。少しずつ父親は気がついて来たようである。

「伴子なんです」

と、繰り返して言い、

「おわかりになりません?」

恭吾は、目がうるんで来ていたが、姿勢も表情もみだれず、伴子が見ても静かなのが美しいくらいであった。

「ひとを驚かさぬことだ」

と、おだやかな声で、低く言った。恭吾は、伴子を見詰めたままであった。その目の色が、止めどなく深くなって行くように見えただけである。

唇が微かに慄えた。

「知らないとはね」

と、呟き、その刹那《せつな》に、恭吾の頬に、影が走った。なつかしむ前に悲しく、やるせない思いや、この世に生きている淋しさが、一時に心にのしかかって来たのを、強い自制で歯止めをかけて動かさなかったのである。父親が我が子の前で、喜劇の役をした。恭吾はこう考えた。

「かわいそうなことをしたな」

と、彼は、太く言った。

「本当に何も知らなかったのだよ。仕方がなかったと思って堪忍してもらわねばならぬ」

夢中で伴子は強く頭を振って見せた。パーマネントを掛けた豊かな髪から、光が散るように見え、顔は相変わらず輝いていた。

「伴子には、すぐに、お父さまとわかりましたわ。ほんとうの、ひと目で」

「歩こう」

と、父親は言い出した。また、いつも、心に始末の出来ない感情が湧き立って来ると、外国にいる間もそうしたもので、その習慣が機械のように不意に出たのだ。軀を動かすことであった。運動で、感情を振り落とすことであった。

「俺が親に見えるかね?」

と、この父親は強く尋ねた。

娘は素直に笑った。

「ええ」

と、頷いて見せて、

「今は、はっきりと、伴子のお父さまですわ」

「そうかね」

「お父さまは、伴子を、どうごらんになって? よその子とお思いになったのでしょう」

恭吾は躊躇した後に、

「そうだ」

と、言い切った。

「そうだとも、俺の知っている伴子は、四つだった。小さい子供だった」

細い坂道の敷石を踏みながら、彼は目をつぶった。

「育ったものだな」

と、言った。

坂を昇って、金閣寺の名物になっている南天の床柱がある茶室がある。夕佳亭という名であった。しかし、恭吾はこれに興味がないし、また取り立てて伴子に教えてやるのには、その前を通りながら注意に怠りがあった。道筋について庭の出口の小門を潜ったまでである。

「いつ、来た?」

「もう、三日になります」

「ひとり?」

恭吾は、ひそかに母親を想像した。

「誰かと?」

「ええ、お友達と」

左衛子の影を伴子は感じて、急に不安に思った。この父親のことを話す時の左衛子の緊張した顔色や、反対にとりみだした調子が、現在の落ち着いた心にも波を立たせたようなぐあいである。

「それで、いつ、帰る?」

「今夜の夜行です」

「それァ、いそがしい」

急に溜息しそうになったおのれを感じた。

「よかったら、食事でも一緒にしよう」

こう言って、我れ知らず父親らしく、

「お友達も呼ぶかね」

伴子は、急いで首を振って、拒むようにして答えた。

「いいえ、おいそがしいんです。ご用がおありですから」

「仕事の方のお友達？」

「ええ、いくらか……」

「しかし、ね」

と、父親はひそかに感動を抑えて言った。

「お前なんかが働いて……やって行けるのかね」

伴子は、無邪気な感じで明るく笑った。

「どう……にか」

彼女は心に幸福を感じた。

「働かなくてもいいのです。けれど、……お母さまが、伴子がそうするように、前から仰有って下さいましたから」

「うむ」

恭吾は、煙草を取り出して、火を点じようと立ち止まっていた。

「お母さん……丈夫なんだな」

ライターは冴えた小さい音を立てた。その点じ方や煙草に火を近づけて行く動作に、父親は、どことなく洒落た優雅な空気を示した。そして鬢のあたりを見ると、白いものが混じっているのだった。深く一服して、送り出した煙を父親は林の中に見送った。

「俺には何も言う権利はない」

と、急に言った。

「お前に会えたのは嬉しかった」

「………」

「が、……来てはいけなかったよ。おっ母さんは知っているのか」

父親が自分に向けた瞳に、にわかにきびしいものを感じ、伴子は首を振って見せた。

「おっ母さんは、知らぬ。では、お前だけ……の考えで来たというのか」

恭吾はこう言って一旦黙り込んだが、太い調子で言った。

「どこで俺のことを聞いたね」

「多分……牛木さんからです」

「ああ」

と、恭吾は明るい声を響かせた。

「そうか？　先生がね」

と、言って、

「でくの棒め」

と、伴子が聞いて驚いた言葉を使った。

小さい堂の前に出ていた。一列に、掲げてある細長い提灯に石不動尊と筆太く書いてあるのが、無意味に並んで、夏の午後のしじまに、いかにもひっそりとした感じである。

「みんな、てんでに、奇妙な生き方をしている」

と、恭吾は言った。

「牛木も俺もだ。お前にはまだ判らんだろうが、この提灯のようなものだ。ぶらりとこの人生にぶら下がって、それでいて、どこかに悲しいところがある。しかし、誰がそうさせたというのでもない。自分、自分なのだね。まことに」

声が明るくなった。伴子から見ても、父親の体内に忽然と陽気な血が湧いて動き出したような工合で、顔色も急に若々しく見えた。

「白状するが、俺はエゴイストで、風来坊で、……悲しいのや淋しいということを、あまり感じないで暮らすように修業を積んで来たのだね。桁《けた》の違った人間だ。こう思っていて欲しい。

変なことを言い出したと思うだろうが、これが、まあ、俺の真音なんだから、聞いて置いてもらって悪くない。俺は外国で、いつも、ひとりでいた。いつか、それに慣れて見ると、ひとりでいるのも淋しいとは思わないようになった。自分で選んだ道なのだ。これは一筋に踏んで行くより他はない。それから、この世に生きているということはな、他の人間との関係の、つじつまを合わして行くことではなくて、どこまでも自分との勝負だけだ。こう思い込んで生きて来た男だ。だからね、だからね、他の人から見たら、俺は薄情で冷たいんだよ。初めて会って、お前に会ってこんなことを言うのがその証拠だ。しかし、そう出来てしまった。悪いのだ。実に悪いのだ。しかし、伴子というものが、名ばかりのものでも俺を父親だと思って見に来てくれた、となって、俺が見せられるものは何だね。今さら化粧は出来ない」

「………」

「見ておくれ。平気で妻や子を捨てた男。冷酷なエゴイスト。人情にはもう無関心になってしまった年寄り。バランスシート（※95）はそれだ。ひとりでいたいのだ」

強い言葉の裏から、ふいと、涙が恭吾の両眼に滲み出て、

「来てはいけなかったね、お前は」

と、深い声で言い足した。

ゆっくりと父親は話していた。静かな声であった。迫るようなところはさらにない。それで

いて、目に見えぬ音波のように、伴子の胸に滲み透って来るものがある。お洒落《しやれ》で伊達者《だてしや》らしい匂いが形にありながら、底に潜んでいる力が、妨害を制して一度に表面に出て来たようであった。それが伴子を惑わしめない。

伴子は、受けるだけに懸命で大きく目を瞠っていたものが、何とはなく明るく、爽快なものさえ覚えて来た。この父親は強いのだ。何よりもその感じであった。自分も苦しいはずのことを、一筋に、言い切っていた。むごいことを言われていたにも拘らず、伴子は瞳を輝かして来た。

「無慈悲な親さ」

と、恭吾は言った。

「せっかく、来てくれたものをなあ。けれど、これはおっ母さんに悪いことだ。してはならぬことだ。して悪いことは、してはいけない」

自分の方から説明も弁解も要らず、伴子は素直に頷いて見せた。

「ほんとうを言えばね。日本へ帰って来て真っ先に俺がすることは、伴子のおっ母さんの前へ出て手を突いて俺が謝まることだったのだ。今でも心ではそう信じている。だが、それが出来ないことになっていた。これは判ってくれるな」

「ええ。わかります」

「死んだ人間は、生きている者を騒がしてはいかんのだ」

と、恭吾は笑って言った。

「知っているかえ。守屋恭吾という名前は、日本の戸籍から消えてしまっている。死んだ者だ。失踪した人間は、法律では死んだと看做《みな》される」

伴子は思わず、明るく言った。

「お父さまのお墓があります」

「そうだってね。墓があるってね。それだから俺は伴子の前にも出て行かなかった。お前のような娘の前へ出ることは、どんな幽霊でも遠慮するよ。黙って引っ込んでいることだった。世間の義理もあったが、俺が受けた罰とでもいうのかね。その内、自分の墓参りにだけは行こう。しかし、何て親子だ？　さっきお前の名を初めて口にした。そう呼んでいいのか悪いのか判らないので、恐る恐る言って見たような父親なのだ。こんな冷酷な親が、どこにある？　しかし伴子とは俺が名を付けた。俺たち若い夫婦の一生の伴侶だということだったのだ。知るまいね。伴子か！　しかし今は、伴子はおっ母さんの伴子だ。おっ母さんが伴子に一番尽くしてくれたひとだし、伴子が付いていて上げないといけない。俺はね、今も言ったが、ひとりでよいのだ。おっ母さんには、お前が優しくしてお上げ」

石段を降りて、寺の出口の林の中の道へ出たところであった。父親の言葉にこっくりして見せた刹那に伴子の眼から不意と涙が駆け出して来て、停まらなくなり、両手で顔を蔽《おお》って立ちすくんでいた。決して我が身が悲しいせいでなく母のためだと思ったので、まるで小さい子供のように声を揚げて泣いた。

伴子の腕を滑って砂利道に落ちたハンドバッグを、恭吾は拾い上げた。若い娘の持物としては、そう貧しくなく、光沢のある黒革のハンドバッグで、何が一杯入っているのか重たかった。

「泣いてはいけないね」

と、強く言い聞かせた。

「怒るならばよいのだ。泣くのはおかしい。腹を立てて、俺を打つならばよい。怒るのは、お前の権利だ。さあ、歩こう。今夜、別れるまでは、俺を父親にして置いてもらえような。親の言うことを肯《き》くのだね」

「…………」

「泣くのはおやめ」

伴子は首を振って見せ、なお泣きじゃくりながら、首を振って言った。

「伴子が悲しいと思って…泣いたのじゃありません。お母さまが…急におかわいそうになって…」

「有難う」

と、恭吾は深く感動しながら、平静な語気を失っていなかった。

「親孝行な良い娘でいてくれたのは何よりも嬉しい。おっ母さんに孝行することだけを考えていておくれ。俺の代わりを頼んでいるのだ。それで……」

「…………」

「お前自身が強くなってくれないといかぬ。おっ母さんの時代とは違うのだからね。大変な世の中になったからね。その代わり、これまでの女たちのようでなく、しっかりした自分を持っていたら、倖せになることはあっても不幸になることはない。おっ母さんは、女が今より不幸な時代に育って、また俺のような無法な男に交渉を持って、一層気の毒だった。荷物ばかり背負わせた。しかし、不幸だったせいか強い。俺から見て卑怯なようだが、それだけが救いだ。実にね」

と、恭吾は言った。

「外国を歩いている間によく考えたことだった。日本の女ぐらい不幸に対して強い女はない。弱いようでいて強いのだ。日本の男が強がっていて実は一様に意気地なかったのとは逆なのだ。不思議に思われるくらいさ。今、往来で見かけるピカピカした新しい女たちのことは俺は知らぬ。おっ母さんのような古い時代の女には、男の方から頼り得た。弱いと見えていて、頼り得た。世界のどこへ出しても一番立派だったのじゃないかな。散々、迷惑の上塗りをしたエゴイストの勝手な言い分だ。おっ母さんが立派だったことは、ここにいる伴子というものが現に証明してくれている。世辞でなく、そう思う」

「…………」

「大きくなった。よく育った」

と、幅を太く言って、声はうるんでいた。

「俺のところへ来てはいけなかった。しかし、よく来てくれた。礼を言う」

風土

平静に、恭吾は限界を守っている。別段に努めるつもりはなくて、そう出来るのであった。自分の宿に連れて来ても、

「お客さまを連れて来た」

と簡単に紹介しただけであった。娘だとは言わない。しかし、慈愛は、強い目にこもっていた。

冷たい風が吹いて来たと思ったら、夕立ち雲が出て来た。親子で、河原を見おろして縁の簾

椅子にかけて向かい合っていると、吊してある岐阜提灯(※96)が揺れ、東山の空に黒い霧を吹いたように灰色の雲がみだれ、遠く稲光りが光った。雷鳴はまだ遠く、雨脚《あまあし》らしく白い斜線はまだ山の向こうの空にあった。

「降ってくれると涼しくなるんだがね」

と、言って、恭吾は雲の動いて行く方角を見た。

「これァ間違うと、叡山《えいざん》の方へ通ってしまう。あれが比叡山さ(※97)」

と、指さして伴子に教えてから、自分も欄干に腕をもたれて覗き込んで、

「だがね、お前なんか別にそうとは感じないかも知れないが、あんな高い山の上に、それこそ驚くように大きな寺があるなんて、実に不思議なことだと、ここでぼんやり考えていて、いつも私は感心するのだ」

と、その話の方が伴子に不思議と聞こえるぐらいなのだが、恭吾は、静かな顔立ちのまま熱心で、

「あの高い山の上に寺を建てようと考えたのからして不思議だね。それが千年も昔の話なんだから驚くよ。無論、宗教の力には違いない。だが、今の日本人を見てごらん。そんな雄大な計画はとんぼ返りしても出て来ない。それをまだ世の中も開けない千年も昔に、今から考えたらお伽話めいて見えるくらいに馬鹿でかい人間の夢を、平気で実現して見せたんだから驚くのだ。

それこそトラックもケーブルもない時代に、あの山の上に平地にもなかなか見られない大きな寺を建ててしまった。いつか行ってごらん、吃驚するくらい大きな寺だ」

その山は灰色のガスに閉ざされていたが、輪郭はあたりの山よりも強くひき緊って見えた。無論寺があるとは見えず、ただ遠く高い。

伴子は、自分が素直な心持ちになっているのを、ずっと感じていた。この父親といて平気でいられるなどとは、想像もつかないことだったのが、何と平気で、楽々とした気持ちで山など見ていることか！

「また光ったぞ！」

と、稲光りを見て父親は言った。

「山科《やましな》あたりに、さかんに降っているのだな。これは叡山から坂本の方へ抜けて、こっちには降らないらしい。そうなると、また今夜は暑い」

伴子は、夜の汽車でこの京都を離れることを思い出した。ここへ来た目的は達した。が、何か大きく足りないものが残っているようである。そして、そう感じさせる原因は、目の前にいる父親にあるような心持ちがする。しかも、恭吾は伴子が見ても、どこといって非難の向けようのない判断の正しい静かな紳士であった。煙草を咥えて、雨雲の行く方を見まもっているのである。

雷鳴は、時おりかなり近くに聞こえるのだが、雨は降って来ない。薄暗くなった河原の、流れの中に入って投網《とあみ》を打っている裸男がいる。夕立ちが来て濡れるのも覚悟しているのか、帰ろうとしない。

伴子は、ちょうどその時、新しく湧いた別の思案に、自分が驚いていたところだった。続くかと思った父親の言葉は、そのまま途切れて煙草になっている。伴子が、考え出したことは女のようでなく太く強い性質を帯びていた。このまま夜になって別れることを物足りないように感じていたのが、父親がこのようにきちんとしていないで、まちがってくれたらと、空想し、自分もそれを望むような方角に心が動いたのに驚いたからである。それは、お母さんのところへ帰れという代わりに、俺のところにいろ、と父親が言ってくれたらということだ。そう言われたら抵抗出来ないことのようで、考えるだけでも胸がわくわくして来た。その強引さをひそかに自分が父親に望んでいるようだった。

もとより、そういうことは、母のことを考えたら、出来なかった。いや、それを告げるために伴子はここに来た。しかし、雲が湧いて来るようにさらに怖しい空想が、隠れて伴子の胸の奥に伸び上がろうとしていた。

それは、母も伴子と一緒に来てしまうのだということである。その伴子の心の姿のように、目の前の空に雷雲が荒々しく吹き流れ、動くとも見えず濃淡を変えて、山の向こうを移りながら、時おり、空神鳴《からがみなり》を轟《とどろ》かせていた。強く見まもったまま伴子は黙り込んでいた。

夕立ちは降らなかった。

西山のあたりに雲が切れたと見えて、入り日の最後の光が、一塊り、急に対岸にある東山の山ふところに差して来た。雷雲のガスで曇った風景の中に、そのあたりの松や寺の屋根が柔かく浮き上がった。夕方のことで、川向こうの道路に、勤め人が家に帰るらしい人通りが殖えていた。自転車で通って行く者もあった。川沿いの柳は美しいが、やはりどこでも見る夕方の街の景色で、よその土地から見物に来たのではないその人たちは、毎日の平凡なことを機械のように繰り返していることで東京で伴子がやっている同じことを思い出させた。隠岐氏の家、茶の間から台所の狭い場所で母が没頭している仕事が、影のようにも、もの悲しく伴子の胸に浮かんで来ていた。この世のことというのは、いつまでも動かないものであろうか。

宿の女将が廊下でスイッチをひねって、部屋の電灯をともした。

「とうとう、降りそこなったね」

と、父親が振り返って笑顔で言う。美しく夕方の身仕舞した姿を見せた女将は、

「ほんまに！」

と、柔かいながらとぼけたように調子を高く受けて、坐りながら軒端《のきば》越しの空を見上げた。

伴子は、河岸《かし》向こうの家並みに明るいまま灯ともり始めたのを見た。通行人が着ているものの白い影だけとなり、暮れて来ていた。

一度宿へ引き返すより、ここから駅へ真っ直ぐ行ったらどうだ、と恭吾は言い出した。

「送って上げるよ」

伴子は、宿で待っている左衛子のことを考えて、首を傾げた。

「電話をかけて、お友達にそう話したら、よい。下へ行って誰かに頼んだら、いい」

父親と別れたくない気持ちでいた伴子は、何気なく頷いて見せて、梯子段《はしごだん》を降りて行った。

左衛子が来ていることを内証にして置かなければいけないのを気づいたのは、階下へ降りてからだった。

「待っていたのよ。お会いになった?」

と、左衛子は言った。

伴子は言いにくそうに知らせた。

「送ってやるから、そちらへ帰らずに駅でご一緒になれと言うのです」

「お父さまが、駅まで送っていらっしゃるの」

「そうなんです」

左衛子は、ちょと黙り込んでから、

「わかりましたわ」

と、答えて、

「よかったわね。伴子さん、お倖せだったのね。で、私のことは、まだお話しにならなかったでしょうね？」

「ええ、まだ……」

「そう？　それならいいの、ご機嫌いいの？　良い方でしょう？」

伴子は、不安に思って来ていたが、左衛子は思ったよりも平気で、

「私もお目にかかりたいんですけれど、とにかくこわいから厭。でも駅でならお目にかかれるかも知れないわ」

「………」

「いいえ。遠くから拝見している方が無事ね。では、伴子さんの方は私に構わないでご自由に」

この小さい秘密が、伴子には急に気がかりになって来た。この間から聞いた左衛子の話がどこまで真実なのか、今もまだ疑っているのだが、左衛子の気性として駅で父親の前へ出て来ることも有りそうな気がした。口で話しているよりは、左衛子は強い。不意に驚かないしっかりしたものがあるだけでなく、今度の旅行は、何か、はっきりした用意があって、予定したとお

りに動いているようなところが見えていた。淋しいのだと言っているが、そう淋しそうなところはない。伴子の父親がこわいというが、それほど憚《はばか》っているとは見えない。

恭吾は岐阜提灯の灯影が縁に涼しい座敷で、食後のウィスキーを飲んでいた。

「どうした？　いいって？　よし、それでよし。お前も葡萄でもお上がり。まだ時間はゆっくりある」


実にお互いに何も話さなかった。恭吾が、こう感じたのは、時間が来て狭い自動車の中に並んで駅へ向かってからである。

この儘《まま》で別れて、未来について、この父親は何も言質《げんち》を与えない。街路樹と明るい町の灯が、水のように窓の外を流れて行くばかりである。実に、この子について何も知らないのだ。やる瀬なく、彼は、こう思った。

伴子は、車の走って行く方角に大きく瞳を見はって、行儀よく坐って、じっとしていた。何かを待つ気持ちはない。走って行く自動車が、父子が一緒にいる時間を刻々と縮めていることだけが、意識にあった。

父親が急に手を出して、

「お見せ」

と、言った。

何のことか、判らなかったが、伴子が膝に置いているハンドバッグのことであった。

「どんなものを、お前のような若い娘が持って歩いているのか、見当がつかないのでね。よかったら、お見せ」

うちとけた調子なので、伴子も無邪気に笑顔を誘われた。

「調べてやろう」

と、軽く道化《どうけ》たような面持ちで、

「持ち物が、何よりもその人のことを知らせてくれる」

と、恭吾は言った。

「不親切にお前のことを何も聞かなかったのだからね。せめて、ハンドバッグから教えてもらうとしよう」

「羞しいんですわ」

「いや、何も私からは言わない。ただ、見てみたい」

「…………」

「住んでいる部屋を見れば、その人がどんなひとかわかる。というが……持ち物だって同じことさ」

平気で伴子は父親にハンドバッグを渡した。

「なかなか重い。昼間、金閣寺で持ってやった時もそう思った」

「本が入っているんです」

「本を読むのが好きなんだね。よし、それだけ一つ、伴子のことを覚えた」

陽気に見せているが、恭吾は切々と胸を蝕《おか》して来る哀しみを覚えた。

「それから……蓋をあけて見なくとも判るが、お化粧道具」

「ええ」

と、明るく笑って、

「それは、そう」

「それから、金も入っている」

逆わらず、頷いて見せた。

「ハンカチーフ、汽車の旅でよごれたままじゃないか」

笑いかけていて、伴子は、ハンドバッグの中に左衛子がくれたダイヤモンドが入っていたことに急に気がついた。父親は大きな手をしていた。微笑しながら、留金《とめがね》を外してハンドバッグを開けた。

「悪い娘ではなさそうだ」

と、親しみをこめた調子で恭吾は言った。

「きちんとして置くのが好きなのだな、ハンカチーフ。コンパクト。手帳。これは遠慮して中を読まぬことにして置こう。猫の玩具はマスコットかい？　本が二冊、……このケースは指環か？」

もらったままなので、半紙にくるんであった。恭吾は、ひらいて見て、小筥《こばこ》の蓋をはね、紫色の天鵞絨《ビロード》の台座にダイヤモンドが光るのを見た。

「これは大層なものじゃないか」

「頂いたものです」

「ひとから？　これだけのものをね」

慣れた目に、二カラットはあると見て取った。自動車の小さいルームランプの灯にも、美しいプリズムを放ってきらめいた。

「あたし」

と、不意に伴子が言い出した。

「こういうもの、好きでないのです」

父親は、意外に思ったらしく、顔を上げて娘を見まもった。

「頂きましたけれど、お返しするつもりで持っています」

素直な語気に真実が現われていた。

「誰がくれると言ったの？」

「申し上げない方がいいんです」

「なぜ？」

「でも、伴子からお返しするのですし、その方にお気の毒ですもの」

父親は、それ以上追及するよりも、伴子の気性に目新しいものを覚えた。

「ダイヤモンドが嫌いだというのは、どういうものだね」

伴子が微笑を見せた。

「でも、こんな贅沢なもの、持っていても仕方がありませんもの」

「それはそうだが、持っていれば、こんな厄介な世の中に何かの役に立つことはあるだろう」

伴子は首を振って見せた。

「贅沢が悪いのじゃないのだ」

「いいえ、伴子は不要なものだと思います。だって、……」

伴子の言葉に嘘はないか、知らずに恭吾は、追及しているような心持ちになっていた。伴子は無邪気で素直な調子であった。

「だって、こんなに、どなたも困っていらっしゃる世の中に、伴子だけがよければいいということはないんですわ。あたし、自分で働いています。よその方から、こういうもの頂かなくてもいいし、ダイヤモンドなんか、この世界になくてもいいのじゃないでしょうか。こういうものの持つようになると、もっと他のものも欲しくなるのでしょう」

「他の欲が出るから、要らないというのかね」

深く、恭吾は娘の顔を見まもった。

「お前なんかが、そんな風な物の考え方をしているのか？」

「ええ、きれいだと思いますけれど、自分で持ってはいけないって……」

「誰が教えてくれたのだね」

と、父親は、ケースの蓋を音を立てて閉めた。

「それも、おっ母さんか」

伴子は笑顔になった。

「いいえ、自分でいろいろ、ひとりで考えることだってありますわ」

「気に入ったな」

と恭吾は告げた。

「意見を求められたら、私もそう教えたかも知れない。そうだ、自分さえ確かならば、余計なものはない方がよいのだ」

そう言ってから、再び繰り返して言った。

「お前などが、そういう考え方をするようになっているのかね。帰ってから何を見ても出来損いで、暗いばかりと思っていたが、これは、やや明るい話だ」

「………」

「それも伴子から聞いたのを幸福だと思おう。実に、見事に崩れてしまった世の中だからな。人の顔を見ては、確かなものが、どれだけ日本人に残ったかと疑うことがあるのだ。私は長い間外国にいて、いつも、ひとりで来た。境遇から、自分ひとりを頼って来た。日本人の今日までの生活は、いつも頼るものが自分の外にあったのだからね。その権威が崩れたら、惨憺たるものになるのは当然だったのだ。自分を措いて他に主人はない。伴子なども、これから、そう考えて生きてくれれば……と思う。強くなって欲しい。おっ母さんが伴子を、仕事を持つように育ててくれたという。私はこの上も冷淡にしているよ。しかし、それァ決して伴子たちのことを考えていないのじゃない。いいかい。これまでだって、同じことだったのだ。決して、消したり忘れたりしてしまえるものではなかった。外国のどこを歩いていても、お前たちは私のここに入り込んで来ていて、動かなかった」

恭吾は、顔をそむけて窓の外へ目をやった。

「若いというのは、思いがけないことをやってのけてしまう。私たち数人で、役所の金に手をつけてしまった。それを私が、非常に勝負運が強かったので、一度に回復してやろうと主張して、別の金を出させて、仲間を代表して、一世一代の勝負をして、元も子も失くした。馬鹿者には違いないが、責任を取らざるを得ないだろう。私は、海軍を離れた」

「…………」

「そしてね。その時の仲間は、皆偉くなって、今度の戦争で、それぞれ太平洋に沈んでしまい、私だけが生きて残った。それだけの話だ。誰も恨むところはない。向こう見ずの若さの仕事だ。他人には、一度も話さなかったことだ。ことに、他の奴が死んで、二度と口をきくことがないのだから、私から話してはならぬ。お前にだけだ」

目が戻って来た時、伴子が皮膚も輝くように晴々として自分を優しく見まもっているのを見た。思わず、恭吾は、娘の手をつかんで、固く握りしめていた。

「勘忍してくれ。馬鹿者で、途方もなく若かったというだけのことだった。そのことについて、私は、今も、後悔はしていないし、心から笑うこともあるよ。ただね。お前たちにさ、なんと、なんとお前たちにさ」

話の調子を感じたらしく、運転手がバックミラーを動かしたのを見ると、

「運転手」

と、恭吾は動ぜずに言った。

「客の話を聞くものじゃないよ」

快活な空気であった。そのまま父親は、運転手のいることを無視し続けた。

「実に、ちょっとした、ただそれだけのことが、その後の俺の運命を決定してしまった」

と、静かな笑顔でいて、

「若さと言ったが、俺達の昔の仲間は、共通して、そういう馬鹿なところがあった。今の人達には、もう判らぬことかも知れぬ。しみったれたことは許されなかった。乱暴に酒を飲んで友達や上官に醜態をやっても、次の朝、顔を合わせると、やった者もやられた者も一言もそのことに触れぬことになっていた。弁解もしないし、非難もしない。夜は夜で、朝は朝だ。噛みつくような目付きを向けて敬礼を交すだけだったよ。けちなものは残らぬ」

追想が、恭吾を、ゆたかに微笑ませた。

「そこで、その事件も、悪かった。俺が全部、かぶろう。これで簡単に終わりだ。曇りは後に何も残らない。馬鹿だろう？　え？　馬鹿だろう？」

不思議と明るい心持ちで伴子は首を振って見せた。

「わかるかね、お前に」

伴子が深く頷いて見せると、

「有難うよ」

と、父親は言った。

「そうかね。伴子などに、多少認めてもらえたかね。それァ嬉しい、そのことだけ気にかかっていた。俺のしたことが……お前たちの影になっているような不安をだ」

すらすらと伴子は言い出した。

「良い方に違いないと、私、知っていました。それが間違っていなかったんです」

「いや」

と、溜息して窓の外を見て、

「もう来た」

巨きな駅の建物が夜の光と出入りする人の黒い影を見せて、斜めに近づいて来た。

「私は降りないよ」

と、恭吾は言った。彼は、強い目で、娘を見まもった。

「プラットフォームまで、付いて行くこともなかろうし、お前の連れの前に出ることもない。握手しよう」

手を握ると、言った。

「重ねて、礼を言う。よく会いに来てくれた。しかし、おっ母さんのことを頼みます。離れていても安心していられるのはこの上なく幸福のことだ。からだを大切におし」

伴子が降りると、自分で扉を閉めて窓から笑って頷いて見せ、車を出させた。

恭吾は、宿まで帰らずに自動車を途中で捨てた。やはり、歩いて気をまぎらす必要があった。それも裏町の、夜は人通りもないくらいに暗く静かな通りを自然と選んで、自分の靴音だけを聞きながら歩いた。

街灯の下に出て腕時計を見て、伴子が乗った汽車の出る時間が、もう過ぎているのを知った。家並みが両側から迫っているような狭い町の空に、夏の晩の星が見えていた。まだ大通りは暑く、星の光も曇《くも》りかけたように見えた。

「これだけのことだ」

彼は、押し出すようにして、こう呟いた。

しかし、伴子の手をつかんだ時、自分が受けた感触と仄《ほの》かな体温のことを思うと、まぎらせられない深い感動が肩にかぶさって来た。血のつながりということまで恭吾は思った。ただ、それだけのことなのだ。しかし、何とこれが処置のつかぬさまざまの感情を一時に湧き立たせようとしていることか。

「あたし、伴子です」

と最初に名乗った時の伴子の、ややこわいような突き詰めた感じの真面目な顔が、見えて来た。それから今日一日をずっと自分の側に感じて来た伴子の、形も厚みもある姿が、今も振り向けば自分に付き添って歩いて来ているような感じがあった。前に伴子たちのことを考えた時には、なかったことである。まとまりなく心に影だけを感じながら考えたものが、不意と実体をそなえ、体温を持ち、息づき、明るく口をきいているのだった。その声の音色が、まだ耳に残っていた。

自分も正直に伴子に告白したとおりに、会うことが出来たのは、幸福であった。しかし、この振り放せぬ淋しさは、どこから湧いて来るのか？　長い外国生活の間に、どんな人間にも甘えぬだけの強さを作り上げたと自分も信じて来た。物事に感傷的になるのは嫌う性質である。自分の選んだ道、運命のようにして背負ったものを、向後《こうご》も変える気持ちはない。しかし、この抵抗出来ぬ心の淋しさは、どこから来ているのだろうか？

「日本に帰って来て、弱くなって来ている」

恭吾は、こう考えて見た。

その判断も中《あた》っているようだった。外国生活の間に身を固めていた強い孤独感が、ここではいつの間にか薄れて来て、触れ合う人と限らず、風景とも、知らず識らず溶け合ってしまっているようなところがある。こうして知らぬ町を歩いていても、往来から覗き込むことの出来る狭い家の中に、人がまだ電灯の下に坐ったり立ったりしているのを見ると、その知らぬ人たちの生活の影が、いつか自分に移って来るように、生きている労苦や悦びや、小さい心の動きまで判るような心持ちがする。石ばかりの外国の街を歩いていては、こういう感情は動かなかった。動かせないものとして、ここは日本の土の上であった。孤立しているつもりでいて、持って生まれた血から何かが動き、心の奥からそこはかとなく刺激するものがあるのだった。

　この思念の影を恭吾は拒もうとしたが、心は変に重かった。

間の壁が厚く、隣にどんな人間が住んでいるのか無関係でいられる外国の生活と違って、それこそ薄い障子や竹の垣根で往来に隣り合わせている日本の生活には、境界はないものと見てよいのではなかろうか。日常生活に人間の孤独ということはあり得ない。お互いに干渉し合い、ひしめき合っているのだ。これに、生活の貧しさが伴っている。妥協や衝突は無数にあっても、個人に根ざした調和を見つけるのは難かしい。やはり、人口が多過ぎるのだ。ここでは土地が狭い。

　闇の中に香のときめきらしいものを感じて、見ると、町の角にある古いがっしりとした、むしこ造り(※98)の建物が鳩居堂《きゆうきよどう》であった。いつの間にか寺町通りに出ていたのである。まだ戸を閉めていない店が多くて、灯火が道路を明るくしている。さらに強烈な光の塊が行く手に見えた。近寄って見ると、市庁の前に家を取り払って作ったテニスコートの一つに照明灯を点じて、外国人がテニスをしているのである。光をあてた一面のコートだけ白線も明るく、シャツ一枚で球を打ち合っている姿が、暗い道を歩いて来た目に、不意と眩しい幻覚を見せられたように強烈で新鮮な思いがした。あたりがどちらを見ても夜の闇で塗り潰されているだけに印象も強かったし、それも京都のような古い都の中心地、町の真ん中に見たので一層目新しく思われたのだろう。夜を夜でなくしているのである。

そういう人間の意欲の働きに感心しながら、恭吾は微笑を感じて来た。千年来夜は物音も立てず静かに休息することにして疑わずにいるこの町の古い家々の生活と、いかばかり遠い隔たりのあることだろうか。欧羅巴でも恭吾は、夜中にこういう情景を見たことがなかった。欧羅巴の国々も、やはり歴史が古いだけに老成して、夜を夜でなくするような強引な考え方は浮ばなかったのであろう。

強い光の中を兎《うさぎ》のように白くはねまわっているたくましい人間の動作を眺め、ガット(※99)に中る球の音を聞いていると、初めて恭吾は伴子のことを忘れることが出来た。若いというのは強いものだと慰められているようで爽快な気分さえした。

離れて歩き出すと、道路はまた暗く静かとなった。ひどく遠い道を歩いて来たような心持ちで、宿に帰って自分の部屋に入った。手紙が一通、卓の上に置いてあった。

帰朝以来、他人と文通をしたことは殆どないので、怪しんで裏を返して見ると隠岐達三と、署名してあるので、一層意外に思いながら、用のあるはずのない隠岐氏の手紙が、駅まで送って別れて来た伴子に関係したことと直覚出来て、急いで封を切って見た。

駅のブリッジを渡って、上り線のプラットフォームへ伴子が降りて見ると、まばらながら早くも乗客が列を作って列車の来るのを待っていた。

ちょうど、二等車の着く位置を拡声機で知らせていたので、その番号の柱をさがして、真っ直ぐに歩き出した。

プラットフォームは長かったし、やはり焼けなかったせいか見た目にきれいであった。左衛子がどこにいるかと思い、さがしながら歩いて行くと、人の列の中から伴子を見て、笑顔で挨拶した若い男があった。

伴子は他の人に挨拶しているのだと信じ切って、知らぬ顔をして通り過ぎようとすると、青年はボストンバッグを列の中に置いて大股で追って来た。

「どこへ、いらしったんです」

伴子は、振り返って岡部雄吉の日焼けした顔を見つけた。

「あら!」

「こっちが、おやと思いましたね」

と、雄吉は、持ち前の落ち着いた笑顔を示しながら、

「おひとり？」

「いいえ、一緒の方がいますの」

と、その時も、伴子は左右を見回して左衛子の姿を求めながら、

「岡部さんは……京都をご見物に？」

「とんでもない。社の仕事ですよ。こっちの大学の先生のところへ、原稿を取りに寄越《よこ》されたので、それも昨日の夜行で今朝着いて、この汽車で帰るんだから、まるで飛脚なんですね。まだ原稿が出来ていなかったら、二三日居催促で待っていてもよかったんですが、あいにくと、出来てしまっていた」

「じゃァ、どこにも、いらっしゃらずに」

「町を歩いただけです」

こう答えてから、

「あなたは二等(※100)でしょう」

「そう」

「じゃァ、ご遠慮なく、いらっしゃい。汽車が出てから、話しに行きます。とにかく、席がなくて一晩立つことになったら往生《おうじょう》しますからね」

「そんなに混むのでしょうか」

もとの位置に戻ろうとしながら、振り返って、

「大したことはなさそうな話ですよ。そうだ、僕も二等車の側の箱に乗りましょう。どこでも同じだ」

鞄を取って来ると、伴子と並んで大股で歩き出しながら
「小野崎さんについて、横浜を回って以来ですね」

「ほんとうに」

と、伴子もある初夏の日のことを思い出して明るく応じた。

「小野崎先生、お元気？」

「相変らずと思いますね」

と、答えて顔を上げると、

「やはり、困っている人達のスケッチをしているんでしょう。この間は蘇連《ソ》からの復員列車を描くんだって、さかんに駅に通っているような話でした。熱心ですね」

「私のお連れの奥さん、やはり小野崎先生とご懇意な方なんです」

と、伴子は、やがて姿を見せるはずの左衛子のことを予め《あらかじ》、紹介して置くことにした。

「もう、いらっしゃるはずなんですけれど、どうなさったのでしょう」

時間は迫って来たし、伴子は心配になって来ていた。あるいは、左衛子はこの汽車に乗らないで、自分ひとりで帰ることになるのではなかろうか？　父親に別れて来たばかりで、また伴子は悲しい心を隠していた。ひとりでいると、そのことばかり思い詰めて、知らない間に、自分が顔付きまで差し迫ったものに変わって来るような心持ちがする。思いがけなく岡部雄吉が目の前に立ち現われてくれたのは、考え始めたらどこまで深くなって行くかわからない悲しみをまぎらしてくれる力になりそうであった。以前から伴子はこの復員の大学生が、男らしくしっかりしていて好ましい性格だと知っていた。

「ああ、二等の車は、ここだ、じゃァ、僕は、こっちだ」

雄吉は、伴子とは違う人の列の後尾に自分の鞄を置いてまた側に戻って来て立った。

「物騒だっていうけれど、ここで見ていれば、盗まれる心配はない」

と、笑って

「大げさに鞄なんか持って来なくても手ぶらで来てよかったんですね。だが、今はもらって来た原稿が入っているから、あいつを持って行かれたら、ひどいことになる」

「あと、九分？」

「ええ、もう少しすると、入って来るでしょう」

「いらっしゃらないわね」

と伴子は、左衛子のことが気になっていた。階段の降り口は、ここから見て貨物の昇降機か何か物の陰に隠れていた。この時間になると、もう人は列を作って立っていて、歩いている者はいない。

「発車間際に来るんでしょう。ここは確か五分停車だから。列車が入って来てからでも間に合う」

雄吉はこう言ってから、

「京都は何かご用で?」

「ええ、……ちょっと」

「やはり、いいなあ。焼けなかった都市は!」

と、感嘆をこめた調子で言った。

「古本屋を見て歩いたけれど、何でもあるので吃驚しましたね。値段の高いのにも驚きましたけれど、東京では、まだ欲しいものを探しても、なかなか見つからない。それに、本のことは別にしても、ぼんやり町を歩いても楽しかった。こうして残った古い町は、あまり思い切った新しい建物は制限して、町全体を公園のように扱って保存するようにするといいんだと思いましたね。でかでかしたキャバレなんか建てるのは、打ち毀《ぶこわ》しだ。京都は京都としていつまでも残すんです。そして古い日本を覗くつもりで、全国から人が見に来るようにする。あまり毀してしまわない方がいい」

拡声機が、急に喋り出して汽車が入って来ると知らせた。それらしく、遠い闇の中に目玉のように光る灯火が徐々に近づきながら、大きくなって来るのが見えた。伴子は、改めて振り向いて、左衛子を探して見た。立っているプラットフォームの下から、重量のある汽車の振動が軀に響いて来ていた。


二等車は空いていて、楽々と座席を取ることが出来た。遅れて左衛子が乗って来ても席がなくなる心配はないので、開けてある窓から首を出して待っていると、発車の合図のベルが鳴った。プラットフォームには見送りの人たちが残っているだけであった。

別の車に乗った雄吉が入って来た。

「来なかったんですか」

やがて走り出した汽車が東山のトンネルに入ったので、窓を閉めるのを急いで手伝ってくれた。煙がどこからか漏れて入って来るので、伴子はハンケチを出して鼻と口を隠した。雄吉は何もしないでいたが、音がひどいので黙って天井を仰いでいた。

トンネルを出ると、どこでもいそがしく窓をあけて外の風を迎えた。

「遅れたんですかね。切符はあったのでしょう」

これまでにして左衛子が父親を避けているのを、伴子は不自然で不可解のことのように感じて来ていた。心配してくれている雄吉には、用でも出来たのでしょうと告げて、別に事情を話さなかった。

山科あたりの人家の灯が、窓の外の大きな闇《やみ》の中を流れて行くのが、目に涼しい。竹藪らしい黒い影も幾塊か目の前の窓を過ぎて行った。

「雨が降ったんですね」

と、雄吉に教えられて見ると、外の土や樹々が濡れ、舗装した道路が通る自動車の灯に光って描き出されていた。夕方、京都には降らなかった夕立ちのことを静かに思い出した。その時に自分と向かい合っていた父親の姿が、急に鮮明になって来た。ああして父親に会ったのが、向後に連続なく自分の一生の中で唯一の事件として終わってしまうかも知れないと考えると、信じられないことのようであった。悲しくもあるが、腹の立つことのような気がして来て、目を窓の外に逸らした。怒るのはいい、泣いてはいけないと金閣寺の境内で父親が言った言葉が、ふいと、幅を大きく記憶に蘇って来た。

また汽車はトンネルに入った。長かったし、煙は前よりも一層ひどく入って来て、今度は雄吉も、たまりかねたようにハンケチを出した。もう終わるか、もう終わるかと思っていて、汽車はなかなかトンネルを出なかった。煙は車内に一面にこもって暗く陰惨だし喉を刺激した。

それが漸く終わってほっとすると、大津の駅に停まった。乗客は窓や入口の戸を一せいに開け放った。涼しい風が流れ込んで来た。生き返ったような心持ちで目を上げると、開けたばかりの戸口から、左衛子が入って来るのが見えた。伴子が意外だったのは、左衛子が和服で出て来たことである。夏姿の涼しくきりりとした出で立ちで、夜の灯に目も醒めるように明るかった。

「ごめんなさいね。気になさったでしょう。でもトンネルばかり続いて、歩いて来られなかったんですもの」

「でも、間に合って……」

「ええ、一番前の三等(※101)に乗ってしまったの。発車ぎりぎりの時に」

と、笑って、化粧した顔に、なめらかに光が映えていた。

「滑り込みね」

和服を支度して来ていたのを知らなかった伴子は単純に目を瞠って、藍のジョゼットの滝縞の単衣《ひとえ》に、帯をきちんと結んだ姿を見まもった。

「お似合いになるわ。ほんとうに、おきれい！」

いつもよりも一段と、と言いたかった。見れば、髪も伴子が知らぬ間に形を変えて結いなおしてあった。

「洋服の方が汽車にはいいんですけれど、気まぐれ」

と、答えて、

「でも、これならば、汽車の中に蚊がいても心配ないのよ。それで……」

と、父親のことを言い出しそうなのを見て、伴子は雄吉を急いで紹介した。

「まあ……小野崎さんと……？」

と、明るい目顔で受けて、

「あたし、しばらくお目にかかりませんのよ。南でお親しく願っていたんです。ほんとうに陽気で面白い方」

雄吉が立っているのに気がついて、

「どうぞ」

「いや、僕は三等なんです。お連れが見えたら、もう帰ります」

左衛子は、急に伴子の顔を見まもった。

「プラットフォームへ、いらしった？」

伴子は首を振って、

「駅の前まで来て……」

「あら」

と、驚いたような目の色を見せたが、雄吉がまだいるのも平気で、

「お優しい良いお父さまだったでしょう」

「………」

「あたしも、お目にかかりたかったの。どうしようかと考えて、さんざん迷って……とうとう駄目でした。途中まで出かけて、やはり、いけなかったんです。……それで、私のこと、ほんとうに最後までお話しにならなかった?」

伴子は首を振って見せた。

その時、微かに、左衛子の顔に失望の影が動いたように感じ、自分が求められていたのが今まで言われて来た言葉とは反対のものではなかったか、と疑った。別の不安が心にきざした。左衛子は目を伏せ、帯の間にさしてあった小さい扇を取って、無意識らしい所作で、開くのでもなく膝に置いていた。そしてにわかに別人のように明るい調子に変わった。

「でも……伴子さんがお倖せだったら、こちらへ来た甲斐があったの」

倖せだったろうか。伴子は自分のことをこう心に問い返した。

「小母さまのお陰でしたわ」

左衛子は扇をひらいて秋草に露の玉のある模様を見せながら、静かに胸もとで使い始めてい

た。造りもののように、その姿は美しかった。見ていて、伴子はふとその華やかさの裡に伴子の知らない技巧か嘘がひそんでいるような、心を落ち着かせないものを知った。きれいなだけにそう見え、精巧な造花でも見ているようだった。父親の前に出ることを予定してのこの化粧、と疑いかけて、伴子は急に羞じていた。

左衛子は、ものなれた様子で、雄吉にも話しかけた。京都へはご見物に、とか、静かでいいところだとか、戦災にかからずにほんとうによかったとか、誰も話しそうな珍しくない話題であった。

伴子は話の外にいて、左衛子の美しい姿から妙に嘘が匂うような感じをだんだんと拒《こば》めなくなって来ていた。嘘といっては悪く、何か作りごとの感じというのかも知れない。父親についての言葉にも何かまだ伴子の知らない秘密が匂っているような心持ちがする。急に、自分の持っているダイヤモンドのことが気になって来た。返す機会が来たような気持ちがした。無造作に、これだけのものをくれた態度に、同じ不安で危うい作為が感じられた。ただ、勝気な性質を傷つけずに、どう断わって返すかであった。

「けれど、年を取ってからならば別でしょうけれど、今の僕らには京都に住む気にはなれないようですね」

と、雄吉がいつもと同じ落ち着いた調子で話しているのに、何気なく注意を惹《ひ》かれた。

「あまり静かで、よ過ぎる」

と、若いにしては渋く見える笑顔で、雄吉は首を傾げた。

「戦争がどこにあったかって感じですね。それがまた今の京都の魅力になっている。けれど僕は、兵隊だったせいか、戦争のことを忘れてはいけないって気がしています。そんなに早く卒業出来たら変だと思うので、焼け跡だらけの東京にいる方が、絶えず現代って感じがあって、つまらない仕事に追われていても生甲斐があるような気がするんです。何もなくなったところから始めると考えた方が、日本のためにもいいんでしょう。思い切って貧乏になってしまったんですから」

「まあ、それは！」

と、左衛子の受けようは、賛成でも反対でもない。あいまいな感じで、何となく助太刀を求めたように伴子を見て笑った。

「日本が貧乏になったのはほんとうね」

「僕らも迷いますよ」

と、雄吉は言った。

「けれど、日本では、過去が僕らに、のしかかり過ぎていたんでしょう。ここで、古いものが荷でなくなって、全然、空手で、前に進むことだけ考えたら、過去というブレーキなしに、ほんとうに新しいものが生まれて来るんじゃないかって思います。東京で生活する楽しみはそれだと思うんですよ。何もかも失くなってしまって、日本人が感情の上で甘えたくなるような古い優しいものが失くなってしまったでしょう。それが、反って今の東京の強みになっていると思うんです。なくなったものを、もう一度建てようとしたって、建ちっこない。別の新しいものを建てようと、いつか人が考えて来るでしょう。それが僕らには生きていて面白いんです。京都は僕らを慰めてはくれるけれど、新しいものは生んでくれない。東京の方が、焼けただけに、夢も勇気もあるんじゃないですか」

素朴な性質が顔に現われていた。伴子が見て雄吉は、正直に話をしていて、左衛子がそういう話を煩わしいとして嫌っているのを知らないのだった。

雄吉がやがて隣の車へ立ち去ってから、

「何をしていらっしゃる方」

「まだ大学へ行っていらっしゃるんです。でも雑誌の方のお仕事を手伝っていらしって」

「大層真面目な方ね」

と、左衛子は笑って肩をすくめるようにして、

「でも、ああいう理屈っぽいお話より、伴子さんの方のお話を早く伺いたかったのよ。お父さまとどんなことをお話しになって？　聞かせて下さるわね」

伴子は当惑を感じた。

「何も話さなかったんです」

「どうして?」

と、静かに問い返して、顔を見まもった。

伴子の当惑は、苦痛に変わろうとしていた。

「来てはいけないって……」

「伴子さんが?……いらしってはいけないと仰有ったの」

頷いて見せるのが精一杯だったのを、にわかに伴子は涙を見せまいとする覚悟を立てた。話せないことだし、話してはいけないと、その理由が自分よりも左衛子にあるように感じながら、気力が強くなっていた。

「それァおかしいわ。せっかく、伴子さんが訪ねてお上げになったのに」

「あたし、……そう言われてから、その方が本当だと気がつきました。行ってはいけなかったのです」

「なぜでしょう?」

と、声を低く問い返した。静かにしていて目ばかり大きく前の方を見据えている伴子に、左衛子では左右出来ぬ重いものが加わっているように見えた。

「あなたをごらんになってお悦びにならなかった?」

「伴子、叱られたんです」

伴子は、声を呑んだ。興奮は膝に置いた手に見えていた。窓の外の真っ暗な中に、どこかの村の灯が、ゆるやかに後ずさりしていた。

「母のことを考えて、伴子、まいりましたの。そうしたら、あべこべに、来ては母のためにならないと叱られたんです」

「強い方!」

と、左衛子は溜息して呟いてから、

「けれどね、伴子さん、それは、お父さまが今もお母さまや、あなたを、愛しておいでだということなのよ」

「………」

「決してお忘れになってはいらっしゃらないのね。いつも、おつむ(頭)に思っていらっしゃるのね」

伴子は振り向いて、左衛子の顔を、まともに大胆に見つめた。そして、言葉でなく、強く頷いて見せてから、

「伴子、知っています」

と、短く答えて、目を伏せて沈黙した。

左衛子は、それを見まもっていたが、急に言葉を柔かく尋ねた。

「それで、私のことは、ほんとうに何も仰有らなかったのね」

伴子は再び頷いて見せ、夢から醒めたように手を動かしてハンドバッグの蓋をあけながら、言い出した。

「あのダイヤモンド、頂いてはいけないって父が申しましたから」

不意に左衛子は言葉を奪われ、彫像のように白く、顔色まで硬く変わっていた。

「では」

と、左衛子は真剣な顔色で伴子を見詰めて、

「私のことをお話しになったのね？」

「いいえ」

伴子は、無邪気な様子を見せた。気も軽くなっていた。左衛子のことを話したのではなく、父親が気まぐれに伴子のハンドバッグを開けてダイヤモンドを見つけただけのことだ。それでこういうものを頂いては悪いと言ったからお返しする。

その事実を左衛子は、話のままには信じないようなところが見えた。

「変なのね」

と、呟いて、

「あたしから上げたって、おわかりになったのじゃないかしら」

「そんなことございませんわ。何も申しませんでした」

「そうでしょうか。いいえ、お父さまは私とおわかりになったのよ」

と、深い声で言い切って、

「やはり、私のことを憎んでいらっしゃるんですわ」

「いいえ、どなたから頂いたかと尋きましたけれど、私、それは言えないと、言ったのです」

「それでも、おわかりになったわね、私と」

そうでないと説明する方法はなかった。左衛子が急にそんな風に、ひとりで決めて、気にしているらしいのが、不思議であった。

「黙っていらしっても、何もかも、ちゃんと見ていらっしゃるこわい方でしたもの」

左衛子は考え深い顔付きで、こう言った。

「ほかのものと違って、ダイヤモンドなんかごらんになったら……ああ、あれは、あいつだって、すぐおわかりになるんです。ほんとうに伴子さんに何も仰有らなかった?」

「なんにも」

と、伴子は答えて、

「でも、小母さま、ほんとうに悪いんですけれど、父がそう申しましたから」

左衛子は黙り込んでいて答えなかった。華奢《きやしや》な線の横顔が、支え切れないものをこらえているような不安な様子に見えて、伴子は息を詰めた。

「ほんとうに父には小母さんのことを申しませんでした」

「いいのよ」

と、凍ったような顔から急に笑顔をひらいて、

「出来たことは出来たことなの。あたし、いつも、何かあると、そう思って通って来る質。けれどね、お父さまには私とおわかりになったの。その時はおわかりにならなくても、後でお気がついたわ。それで……余計なことをするなって、私のところへ怒っていらっしゃるかも知れないわ。でもいいんです。あたし、お会いするわ。気になさらないでね」

明るい声とともに、黒目が輝いた。消えていた焔《ほのお》が急に息をして燃え立ったように、その刹那に左衛子は新しいいのちの燃焼を覚え、例になく野性的な力強い表情を見せていた。

霧夜

恭吾が東京へ出たのは、秋になってからである。東京駅の八重洲口《やえすぐち》を出て都電を待っていると、道に沿った外壕を焼け跡の土や煉瓦を運んで来て、なかばまで埋めてあるのが、水は一部分を残して明るい秋の光の中に荒涼とした姿をさらしていた。

見まもりながら、もと読んだことのあるアンリ・ドゥ・レニエ(※102)の小説の或るものを思い出した。一生を役所から銀行づとめして碌々と平凡に過ごした極く普通の男が、年を取ってから恩給もつき些《いさ》さか貯えも出来て、郊外の町に小さい家を買い、生まれて初めて、つつましいながら自分の望む流儀で幸福に老後を送ろうとする。仏蘭西人によくある型で、小さい幸福で満足して、他人の邪魔とならず、他人からも平安を妨げられないで、静かに暮らそうとする正直で無欲な好人物なのだ。移り住んでから居間の窓から外を見て、往来に大きく美しいアカシヤの老樹が枝をひろげているのを見つけた。その木が、その日からこの男のつつましい生活の伴侶となった。枝振りの美しいのも気に入ったが、眺めていると何となく豊かな心が通って来て、人間の煩わしさとは違い静かな日々を充ち足りたものにしてくれる。朝起きて窓の鎧戸《よろいど》をあけようとする時に、もうそのアカシヤの木のことが胸に浮かび、朝日の中に枝をひろげて匂っているのを見ると、この世にこうして生きていることの幸福を思わずにいられない。その木陰になっている庭に椅子を持ち出して食事をしたり、本を読んだりするのが、日課となって、もともと才能も野心もない男なので、これ以上に幸福な老後はないと思い込む。一生の晩年になって初めて、小さいながら生き甲斐のある生活が出来たのが嬉しいのである。自分と同じく年老いたアカシヤの木が、いつか心の友達となり、木と自分との間に、いのちのつながりがあるようにさえ感じられて来たのである。孤独な老人の実感なのだ。それが、或る朝、まだ床の中にいると、聞き慣れぬ物音がするので飛び起きて窓をあけて見ると、そのアカシヤの木を役所から人夫が来て既に枝をおろしてしまい、坊主になった幹を倒しにかかっている。この木を道路に置いては交通の妨害になるから取り払ったというのである。

失われようとしている外壕の無慚《むざん》な姿は、恭吾に、その話を思い起こさせた。無用だから埋め立ててしまうのに違いない。埋め立てた後に何を造るのか知らないが、市中に水のあることが、どれだけ町の空気を柔らかくうるおいあるものにしているかは考えずに、ただ、日本流に仕事を急いでいるのである。江戸時代に来た外人のヤンヨウステン(※103)の名から出た八重洲河岸《がし》、千代田城の外壕などの由緒などは無論、現代に用のないことで、トラックで運んで来る焼け煉瓦の雪崩の下に埋め去って悔いはないのであろう。これが巴里の市民だったら、こうはしない。

と恭吾は強く思った。共産主義者の多い巴里だが、由緒のある堀や街を変化させることになると、必ず町の世論がやかましく頑固な抗議を持ち出す。不便を承知の上で、自分の住む街の古い姿に愛着を放さない。

狭くなった水から恭吾は目を上げた。電車が来ていた。そして、自分が考えても役に立たぬことを考えていたのに苦い笑いを胸に畳んでいた。どうせ東京は全国から出て来た人間の寄り合い世帯の都会で、どう勝手に変化させようが、故郷とは人が見ていないから無関心でいられるのに違いない。ことに実際の仕事をする官公吏が、その冷淡さを代表する集団なのであった。

一つ橋で降りて共立講堂の前に立つと、立看板に今日の講演会の演題と講師の名を黒々と書き出してあった。恭吾は隠岐達三の名を見た。達三の講演は、「新文化の下に於ける倫理」というのである。既に開会中なので、玄関はひっそりしていて人の影を見ない。

受付で尋ねて、講師の控え室は、道路について曲がって横手の入口から入るのだと知った。側面の舗道は真向かいから射す秋の午後の光が、街路樹の繁みを裏側から金色に彩っていて眩しいくらいである。

ドアをあけて入ると、マイクロフォンを通して金属的に聞こえる講演の声が廊下に漏れて来ていた。控え室は左手の奥になっている。恭吾が戸口に立って見ると、がらんとした広い部屋の奥に、三四人の男がテーブルを囲んで煙草をふかしながら、話し込んでいたが、恭吾を見て立って来て応接するのでもない。

「隠岐さんは、おいでになっておられますか」

と、恭吾が尋ねたのは、手前の部屋の隅で茶の支度をしている中年の女であった。

「さあ、よく存じませんが……講師の方ですか」

奥に椅子を裏返してまたがっていた若い男が振り返って見て、

「隠岐先生はご講演中です」

と、知らせて、時計を見て、

「あと、十分ほどで、お済みになります」

「お会いしたいのですが、ここで待たせてもらえますか」

「構いません。どうぞ」

窓に寄せて、布の破れた長椅子が置いてあった、細長い廊下をつたわって、会場の講演の声はここにも聞こえていた。隠岐達三はやや甲高く、年齢よりも若い声をしていた。どんなことを話しているのか会場に近づいて聞いて見たいような気持ちもした。恭吾は隠岐氏を週刊雑誌か何かの写真で見た記憶はあるが、実物を見たことはない。また会おうとも望んでいなかった。上京のおり、会って話したいと不意に先方から手紙をもらっても、会う気になれなかったし返事も出さなかった。

隠岐達三の手紙には何のために面会を求めているのか書いてなかったが、当然に伴子のことと考えられて、恭吾の沈黙は黙殺とはならなかった。反って、時おり考えて心の負担となり、拘束されているようで苦しかった。早晩は出て来て訪ねることになるのは判っていたのである。

不意に会場の方に拍手が起こったかと思うと、六、七人の人数が廊下を入って来るのが見えた。

先頭にハンケチを出して顔の汗を拭きながら歩いて来る羽織袴《はおりはかま》の紳士が、ひと目見て隠岐達三だとわかった。禿げ上がった額や大きな眼鏡に、写真で見た特徴がある。司会者か幹事らしいモーニングの男や学生が付き添っていて、静かだった控え室に、急に騒音と共に入って来た。

「まだ、話すと暑いね、君」

と、達三は機嫌よく、誰に言うともなく言って、

「しかし、今日の聴衆は、なかなか好い聴衆だよ。熱心だった」

雑談している者も立ち上がって来ていた。椅子を動かしてすすめた者がある。隠岐達三がそれに腰をおろすと、モーニングの男が、形を改めて進み出て礼を述べ始めた。

「有益なご講演を、まことに有難うございました。わざわざおいで願って、主催者一同、心から感激致しております し、聴衆も非常に悦んでおりました。大成功でございました。お陰さま

で」

「いや」

と、達三は傲慢に見えるくらいに簡単に頷いてから、急に取り巻きの中の一人を見て、

「新聞社の方へは連絡して置いてくれたね」

「はい。座談会は六時からだそうで、まだ、時間はゆっくりあります。それに、お車はまいっておりますから」

「おいそがしいんでございますね」

と、恐縮を感じているように、他の者が言った。

「いや、何だか……」

達三は、気ぜわしないらしい性質を見せて、給仕された茶を受け取って飲んだ。一人の学生が、達三の著書を持ち出して署名を求めると、事務的に万年筆を動かして、名を書いて与えた。話しかける隙が見当たらず、恭吾は、長椅子に腰をおろしたまま、傍観していた。いそがしい男だと思った。

「隠岐先生、参議院に立候補なさるようなお噂を伺っておりますが」

「いや、あれァ新聞辞令だ。友人や弟子たちで勧めに来る者が多いんで、自然、そんな噂が立つのだろう。私には、今のところ、そういう気はない」

「しかし私どもが考えましても、先生のような人格者が出て下されば、政界浄化のために、この上ないことだと信じます」

「私がやれば、ほんとうの理想選挙で、運動はしない。じっとして皆に任せて置くね。それで落選したら、また、それでいいのだ。これまでの選挙の埃っぽい空騒ぎは厭なものだからね」

「お名前は全国に知れわたっているし、当選疑いなしです。是非、お願い致したいものです」

「いや」

と、達三は急に、

「車が来ているのなら、少し早いが出かけよう。座談会のほかに、人に会う用もある」

インヴァネス(※104)を着せられて、帽子をかぶって、また人に送られて廊下に出ようとする時であった。恭吾は初めて達三に近寄って声をかけた。

「私、京都の方へお手紙を頂いた守屋ですが」

「守屋？」

と、眼鏡越しに強く見たが、急に達三は驚いたような表情を見せて、

「君が！」

「もっと早くお伺いすべきだったのが、出てまいれなかったのです」

「不意は困る」

と、達三は、苛ら立つように言い切った。しかし、自分を囲んでいるファンの視線を感じると、

「いいだろう。来たまえ。自動車の中で話そう」

ぷいとした様子を見せて、真っ直ぐに廊下を出て、恭吾が当然後をついて来ると決めている態度であった。骨張ったインヴァネスの肩を心持ち聳えさせ、体格は書斎にこもって暮らしている学者にふさわしく貧弱な男に見えた。


自動車が待っているところへ行くと、達三は、無言で先へ乗った。書生なのか案内者なのかやはり一緒に乗って行くらしい背広服の男が、親切に恭吾を振り返って、道をひらいて、

「どうぞ」

と、言ってくれた。

「失敬します」

恭吾が達三と並んで腰をおろすと、その男は、ドアを閉めて自分は運転台に回って運転手と並んで乗った。見送りに来た者の顔を窓に見て、自動車は滑り出した。

「小野君」

と、運転台の青年に言った。

「座談会は六時からだね」

「左様です」

「では君、社へ行ったら、それまでどこか静かな話の出来る場所を都合してくれたまえ」

青年は、迎えに来た新聞記者だったと見えて、承諾した。

「応接室でも、いいですか」

「結構」

切り口上に、こう答えてから、達三は視線を窓の外に放って黙り込んだままでいた。急速に暮れて来た堀端の道路に街路樹や通行人の影が長かった。

「突然に伺って、失礼だとは考えたのですが、新聞で講演をなさるように拝見したので、会場へ伺えばお目にかかれると思って不意にまいったので……」

と、恭吾は挨拶した。

達三はそれを遮るように、

「いや」

と、どっちともつかぬ曖昧な返事を与えてから、

「新聞社へ行って話しましょう。別に差し支えないでしょうな」

「おいそがしいところを、どうも」

恭吾は、隣り合って坐っている男と、自分の前の妻と結び合わせて考えることは、まだ出来ず、不確実な心の状態でいた。しかし、現実の力は抵抗出来ないものと、はっきりと予定していた。隠岐達三は学界思想界に時めいている人物としての印象を、最初から明瞭に与えてくれた。しかしその社会には無縁の恭吾から見ると、達三は、その限られた権威を、外の世界にも主張している自信の強い男のように見えた。無口でいて傲慢のように見えるのは、恭吾に対して特にそうしているわけではなく、自己の所属する世界で認められている地位の自覚を、関係のない人間の前にでも、離せなくなっている人柄だからであろう。

恭吾は別にこれを不快としない。この世の中で別に珍しいことではなかった。もう日本には失くなったが、軍人は軍人らしく臭ったもの、坊主は坊主らしく臭う。恭吾にいわせれば、これも貧しいのが原因なのだ。隠岐達三が思想に無縁の人間の前に出て、大いに思想の権威らしく臭おうが、帽子を脱いで通すより他はない。不自由なことだと同情してやっていいことであろう。それでも、もともと柔軟で変化のある人間は、この固定した型の陰に隠れているはずなのである。

卓の上に粗末な陶器の灰皿を置いただけで何の装飾もない新聞社の応接室で、ふたりは向かい合った。輪転機の音が、壁や床の中に響いている。形式的に名乗って挨拶を交した。

隠岐達三は、他に聞いている人間がいるのといないのとでは話し方を区別するらしく、ゆったりと笑顔を向けて穏和な態度を示していた。

「話というのは伴子のことですよ」

と、言い出されて、恭吾は、無条件に首を垂れた。

「ただ、申し訳ないと思うばかりです」

「どうなさるおつもりです？　あなたの方のご意見は」

と、達三は、煙草に火をうつしながら一度沈黙して、

「無論、伴子に会ってやって下さるでしょうな」

恭吾は、この言葉を聞き咎めた。伴子が京都へ来たことをまだ達三は知らないらしい。反って、戸惑いすることであった。伴子をかばってやることだけで恭吾は一杯だった。

「私に発言する権利がないことだと思うのです。もはや、親ではないのですから」

「会ってやるつもりはない？」

と、達三は眼鏡越しに顔を見た。

「私はまた、当人の希望次第によってお返しする時期が来たと思ったのだ」

恭吾は愕然とするような強い感情に襲われていた。漸く彼は答えた。

「考えても見なかったことです」

「親御《おやご》として……ね。私などには不可解に思われる」

「親と思っておらんのです。伴子もまた同じ感情でしょう。ご承知かどうか、私は、生きてはいないことになっている立場の怪しい人間ですから、卑怯のようですが、今のままで母親の側に付いているのが、一番あれの幸福だと信じております」

「さァね」

と、達三は変な口吻《こうふん》を聞かせて沈黙し、窓の外を見て視線を動かさなくなった。

「私は、多年愛して来てやったつもりだが、こうなっては、あなたにお返しする方が本当のように考えた」

「…………」

「伴子が、それを希望しているかどうかは知らぬ。しかし、あなたという者があって、これからも私の家にいるというのは、どんなものかね」

「いや、そんなご心配はないと思うのですが」

「なぜ」

と、達三は冷やかな耳ざわりの口調で問い返した。

「私はね、守屋さん、子供を教える人間として、スキャンダル（醜聞）の種を自分の家の中に置きたくない。もとより、あなたが内地におられぬならば別だ。これは不幸な人間を往来から拾って来て世話をしていると考えれば、済む。がね。あなたは現にここにおる。これでは問題は別だ。そうじゃないですか」

恭吾は顔色を動かさなかったが、相手が指摘しているものが何かと、はっきりと知り、見えない鞭《むち》を受けているような思いで、じっとして面《おもて》を起こしていた。辱しめられると強くなるものと、自分を知っている男が、感情も言葉も強力に抑えつけていた。

達三は、穏和な表情のまま、笑った。

「そこだよ。守屋さん。あなたも無責任だと思いませんか」

詫びるつもりか？ と、恭吾はおのれに鋭く問い返した。しかし、悄然《しょうぜん》として、彼は頭を垂れた。

「仰有るとおりでしょう。私からは何も申し上げられません」

「それァ、君、どこまでも逃げているということになるね。怪しからぬことだというのは、その点だね。もしも、君が娘たちを可愛いと思ったら、帰国して来てはいけなかったのだ。そう考えられぬかね。私ならば、必ず、そうした！ 帰りたくても帰っては来ません」

切り口上の達三は、頭から威圧するような態度で、知らず識らず語気を烈しくして来た。専門の学問上の話題でも、いつも彼は相手に対して高飛車なのである。

「実際にね。敗戦とともに日本は、どんな亡命者も、憚らず大手を振って入って来ようと防げない。しかし、コンミュニストや、平和主義者は、それぞれの思想もあり主張もあって、帰って来るのはよろしい。が、あなたの場合はだね」

「………」

「死んだ人間だと自分で言っておられるが、これは何も戦後の特権にはならぬ」

「隠岐さん」

と、初めて恭吾は口をひらいた。蒼ざめていたが自若としていた。

「そのとおりです」

「それならば、どうするというのだろう。あなたは、日本がこうなってから、再建に何か有益な働きをするつもりで帰朝された？」

嘲罵《ちようば》と明瞭に聞こえた。

「とんでもないことです。そうした大袈裟な自負や自惚《うぬぼ》れは、ついぞ持ったことのない人間です。いかにも何の役にも立たぬ無用な人間です。まったくです。国は愚か、どこの誰も……私がおらなくては困るといってくれる人間はいない。そうですな、実に、そうですな。お言葉で、それに気がついたような迂闊者《うかつもの》だ。いや、隠岐先生のご人格に害をなすという。……気がつきませんでした。なるほど無用有害の人間です。しかし私は他人の邪魔なり妨げにはならぬような用心だけはしております。日光を嫌って明るみには遠慮して出てまいりません。ことに、守屋恭吾を知っている人間の前には、断じて出てまいりません。これだけは、ご信用下さって間違いない」

「しかし、だね……」

「いや」

と、恭吾は、相手よりも強く言った。

「なるほど、私は死人だ。屍毒《しどく》が近寄るものに禍《わざわい》する。しかし、それもご承知の上で、伴子を私の手もとへお寄越しになりますか。伴子をかわいそうだと思ってやって頂けませんか」

「君の娘じゃないか」

と、達三は冷酷に言い切った。

恭吾は、目に、まばたきもしなかった。相手は、仮面を捨て去って本体を見せた。この隠岐氏は、伴子を愛していない。今の言葉は、そう聞こえた。義理の関係として無理もないことと思うが、自分ならばそれとは別のように思われる。淋しいことだが、自分は特別の経歴から自分の子、他人の子の区別を、そう判然とは出来ない。その反省が逆に、伴子に向けて急に肉親の感動に湧き立つような思いをさせ、冷静に身を支えていながら、恭吾は混乱した。

「母が放しますまい」

と、出来るだけ穏やかだったが、

「お言葉は、あれの母ともご相談になった上のものですか」

達三は、短気らしい表情を閃《ほのめ》かして、

「いや」

と、言った。説明はなかった。

「すると、あなた、おひとりの……」

「無論です。私一個の意見だ。しかし、家の者も異論はないでしょう」

「しかし……」

「しかしも何もない。私の意見です。私は不肖《ふしょう》ですが、人間を教育する立場にいる。学校の方はやめたが、社会教育が私の晩年の仕事だと信じている」

「わかりました」

と、恭吾は鋭く言った。

「だが、これは伴子が知ったことではございません。あれは無邪気で、何ら……」

「守屋君、あなたのところへは、まだ何も変な人間は行きませんか。君は屍毒だと言ったね？　それを摘発しようと待ち構えている者があるのを気がつかないのですか」

「一向に！」

「いい新聞種になるというのだね。元軍人で公金を費消して外国で逃亡したまま消息を晦《くら》ましていた人間が、この度の終戦で、十数年振りで帰国して来た。その男から記事を取れば社会面の特種になり、記者として手柄になる。現に私のところへ、そういうのが訪ねて来ましたよ。帰っているそうだが、どこにいるのかと聞きに来ている。私は新聞社の幹部に知人もあり、どうにかそれを抑えているが、これが二流、三流の煽情《せんじょう》的な赤新聞の方だったら、私でも抑え切れませんよ。いつ、話が漏れるかも知れないのだ。少しでも私が口を滑らして、ここに話している相手が君だと判れば、この社でも恐らく君を看過《みすご》しはしない。君は、ジャーナリズムから見れば、現代の英雄に仕立て上げ得る資格がある。世間に珍しい履歴だけのことではない。君の太平洋戦争観、また戦争反対の平和論まで有ることないこと喋るのだね。それは悦ばれる。極端に愚劣なことだ。唾棄《だき》すべきことだが、日本というこの国ではそれだ。結構、一場の華々しいショーになり、失踪者守屋恭吾君を、時の英雄にしてしまうのだ」

達三は、畳み込むようにこう言ってから、急に脇を向いて言い放った。

「私は迷惑するね。迷惑至極のことさ」

「わかりました」

と、恭吾は、殊勝に言った。しかし、その言葉とは反対に、相手を見詰めている目に、知らずに不敵の色が加わって来ていた。達三が不用意に言った最後の言葉に、彼は微笑さえ感じた。

私、私と自分のことだけを言う。このエゴイストが一番俺を迷惑にも思い邪魔にもしているのだ。伴子も節子も関係はないのだ。

「私のことが、そんな風に、人に知れておりますか」

「君は笑う!」

達三は、襲いかかるような勢いを見せた。

「私の言うことを、嘘だと思うのか」

「いや」

達三は激して来た。書くものでは、いつもやる観念の飛躍が、議論の勢いで新聞記事になる危険を創作してしまったのを、強引に押し通してしまう必要があった。架空のことが、自分にも切迫した危険に見え始めた。

「度々、人が来ているのだ。君のところへ、まだ来ていないとすれば、それはおかしい」

「そんな人間が来ても、私の口からは何も引き出せません。その点は……」

恭吾は、静かにこう言ったが、急に笑った。

「ことに、太平洋戦争に対する意見や平和論などとは、むしろ滑稽だし愉快な気がする。はは、そうですか」

「記事になると、言っているのだ。そういう書き方をすれば、君の立場が救われようという好意なのだろう」

「そうですか。好意ですか。しかし、私にはそういう踊りは踊れません」

「だがね」

「いや、ご心配頂くことは断じてない、と思います。絶対にと申し上げてよい。信義の問題としてお約束出来ると思います。今までも私は隠れて、外へ出なかった」

「君は新聞記者を軽く見ている」

「いつまでも隠れおおせぬと言われるのですか。しかし……」

と、微笑が胸の奥深いところから湧き出て、

「会っても平気ですな」

怖れるところはなかった。小心翼々と怖れているのはむしろ隠岐達三なのだ。狭い日本の社会が、そう躾けたものであろう。他人の是認を求めるか、自分を公衆の前に正常化しない限り、この社会で隠岐達三の現在の名声は得られなかったのだろう。恭吾は顔を起していた。流浪で鍛えて来た彼には自分を除いて怖れたり憚ったりする相手はなかった。しかし、現在の恭吾が心中愕然としていたのは、おのれの孤独の地位が危うくなっているということであった。伴子がいた。節子がいた。孤立しているつもりでいて、自分が与える影響を考えねばならぬ。強かった翼は、弱められているのだ。日本の風土の中に帰って来たというだけで。

彼には、威厳をつくろいながら焦燥している隠岐達三が、瘦せて小さく乾《ひ》からびて見えた。屈服を余儀ないとしながら、逆に相手を憐れんでいた。

「お言葉に従いましょう」

静かにこう答えてから、

「しかし、母の意見を聞かねばなりますまい。親と言えるのは、あなたでもなく私でもなく実に母親だけなのだ。母の立場を無視することは許されないように思う。隠岐さん、いかがでしょうか」

達三は答えなかった。しかし、意外だったまでに、恭吾の視線の前に、それまでの強い気勢が崩れて、弱々しく卑屈にも見えるあいまいな表情を見せた。それまでの用意がなかったのだ。ただ弱みのある恭吾を高飛車に追い詰めて、斥《しりぞ》けることだけ予定していたものなのだ。変に体裁だけの話だった、と恭吾は直覚した。つまらぬ世間体だけを怖れているのである。

外へ出て見ると、まったく暮れて来て、街は夜の色に塗り込められていた。霧が降っていて街路樹が雨の晩のように曇って、陰にある場所が暗く見えた。

恭吾が裏通りを抜けて銀座の方へ出て来た。荒れた舗道に自分の足音だけを聞いて歩いていたが、京都で伴子を駅まで送ってやった帰りの道のように、自分の身近く、伴子が一緒に歩いて来ているような感じが胸につかえていた。柔かく暖かに。いや伴子だけでなく、節子が随いて来ていた。それが自分の妻だった若い日の姿でしか考えられなかった。

苛立たしく彼は悲しかった。振り向けば、ふたりの影はもとより消えるのだ。自分の知っている伴子の肩や、胸を、現《うつつ》のものに思い詰めながら、これは影であった。霧の中を遠くの辻を電車が窓の灯の色を変に赤っぽく通って行くのが見えた。こうして生きていることが、何とも淋しいものと、その見えて消えて行った電車が証明してくれたようである。

「なんと、なんと！」

恭吾は、隠岐達三を憎もうと試みて、成功しなかった。小さい憐れな奴！　そして、新しい時代に影を鮮明にして迎えられている日本的な存在。

気がついて見ると、人通りが急に殖えていて狭い歩道を真っ直ぐに歩けなくなっていた。人、人、人……と彼は思った。何と人間の限りなく多いこと。それを避けるように暗い脇道へ入ると、大きなビルディングの地下室の入口に酒場の看板が出ていたのに、躊躇なく入って階段を降りて行った。一人の客もまだいないカウンターには少女のような女給が立っていて、恭吾が降りて来るのを見まもっていた。

「ウィスキー」

と言いつけてから、卓上電話機を見て、

「ああ、君、電話帳があるかね？」

「ありますわ」

と、カウンターの後ろから出して、置いてくれた。

頁を繰って、隠岐達三の番号をさぐりあてた。達三はまだ座談会とかで新聞社にいる。伴子が家ならば、電話口に呼び出せるのである。女給に教えられて、文字盤を回すと、

「もしもし」

受話機の中で小さく女の声が答えて来た。

恭吾は、節子の声だと知って顔付きをきびしくした。

「伴子さんは、おいでですか。社の……小野という者ですが、ちょっと」

受話機の中は鎮まり返った。恭吾は汗を感じていた。変わりない妻の声だと感じ、胸をおさえられているような心持ちがした。

伴子の声が遠くでしたようだったが、受話機がことりと鳴った。

「もしもし、伴子ですが、……どなた」

「僕だが、わかるかね」

と、冷静に恭吾は話した。

「僕だ」

返事がなかったのに、はっとしたような感じが、はっきりと受話機の中に伝わって来た。動かず、静かである。

「急に、尋《き》きたいことがあったのでね。お前が京都へ来たこと、隠岐さんは知らないのだね」

押し出したような伴子の声が答えて来た。

「ええ」

近くに、見えるところに母親がいるのが明瞭に感じられて、

「変わりないね。何か、家の中で変わったことはなかったかい？　いや、これまでどおりに普通にしているのか？」

「ええ、別に」

「それならばよい」

と、恭吾は深い声で言った。

「迷惑をかけたのではないかと思って、心配だったからかけて見た。それだけだ。何も変わったことがなかったら、それで、よい。実は……ちょっと出て来ただけで、またすぐ帰るはずだ」

「………」

「京都で話したとおりだ。私も無事だし、元気でいる。では、おやすみ」

恭吾は、受話機を置いて、まだ少女のような顔立ちをした女給が目で笑って顔を見ているのを知った。

「何だ」

と咎めると、急に、

「おやすくないわね」

と、女給はカウンターに身を乗り出すようにして言った。下卑《げび》た、はしゃいだ声であった。

「今の電話、彼女のところへかけたんでしょう」

「うん、そうだ」

「罰金よ」

「うむ」

「京都なんかへ一緒に行ったのね。おやすくないわよ」

一つ覚えらしく、繰り返して、

「今度は、あたし連れて行ってよ。サーヴィスするわ」

「いくつだね。年は？」

「二十一」

と、笑って答えてから、

「ほんとは、十八。あたし早や生まれよ」

生《き》のまま立て続けにウィスキーをあおった後に、恭吾は階段を昇って道路に出て来た。まだ渇いていたし、強い酔いを求めていた。その少女をひっくるめて生きている人間の全部がかわいそうでかわいそうでたまらないような心持ちが、胸の中で荒《すさ》んでいた。外国を放浪中、恭吾は人間はこれだけのものと、何を見ても驚かぬように、評価を低く決めて憎むことも甘やかすこともしない習慣であった。言わば傍観者の冷静な立場を堅く守った男であった。終戦後のマラッカで見た日本の敗戦部隊の姿が、思いがけず、ここで東京の銀座裏で、ありありとまだ見えるような心持ちが襲って来たのは、どうしたものだろう。ゴム林の枝にさげて残っていた兵隊の雑嚢《ざつのう》が見えた。紙片れに、『塩、きたなくない』鉛筆で書いてあるあの汚れた雑嚢であった。

「塩、きたなくない」

と、覚えず彼は口走った。そして、すれ違おうとする男にその独り語を聞かれたと感じて、強く見据えた時、酔った人間の無上の悦び方で、腕をつかんでいた。

「貴《き》さま……」

「うむ」

と、先方も目を輝かして、

「どうした？」

「どうしたじゃない！　貴さまこそ、どうした？　達者か？」

なつかしさが声音《こわね》に滲《にじ》み出ていた。恭吾は牛木利貞の手を握った。この敗残の男だけが、彼が帰国して以来公然と話の出来る唯一の日本人ではなかろうか。

「山の神も元気か？」

「ぶつぶつ言いながら、まずもって、生きておる」

と、牛木利貞は昔のままの調子で答えた。

「それから、貴さまも言ってくれたが、とうとう、俺も曲がりなりに勤めを始めた」

「ほう！」

と、声を揚げて、つかんだままの手を振った。

「それァよかった。それァよかった」

「いいか悪いか知らぬが……」

「どんなところへ？」

「石鹸会社」

牛木利貞はゆるやかに笑った。

「発送主任という役だ。主任はおなさけだな。毎日、石鹸をトラックで出すのを、見ている。

俺のような者が、月給をもらっていて相済まぬような気がしてならぬ」

「なんでね？」

「なんでって、貴さま、裸にされて外地から引揚げた者が、職もなく、閉めだされている世の中だ。俺は、な」

「言うな」

と、恭吾は強く遮った。

「貴さまだって生きる権利はある。飲もう、どこかで一杯やろう。鎌倉から通っているのだな？」

「そうだ。会社は、そこだ」

恭吾は、胸が柔らかく溶けて来るのを覚えた。

「石鹸会社か！　そうか」

「骨をひろってもらったのだ」

「いや、そうでもない。何をやらせても、貴さまが誠実にやるのは判っている。無骨に正直一途にだな。当代には珍重すべき性質さ。牛木利貞が、しゃぼんを弄《いじく》っている風景など悪くはない」

牛木利貞のきつかった顔付きが、今は、皺《しわ》を深くして柔らいで見えた。古い背広を着て、中折をかぶり、威厳は失われたが、姿勢だけはさすがに往年の正しさを留めていた。

「東京は不案内だ。どこへ行こう？」

「知らぬ。俺も一向に不案内だ。もともとそうだったが……いよいよもってそれだ」

と、牛木利貞は苦笑した。

「外国の街を歩いているようなものだ」

「俺には、外国の街は、歩いていて、もっと気安かった」

と、恭吾は自然と感慨をこめて言った。

「ここでは、どこへ行っても、頭がぶつかる」

「俺もさ。近頃、よく航海の夢を見る。もう一度海上に出て見たい」

「おちぶれたな」

「はは、おちぶれた」

恬淡とした味が加わって、牛木利貞は平凡な好々爺《こうこうや》に見えた。あれだけ堅かったしこりも取れたのである。

「石鹸てなあ、貴さま。自分の家の湯殿ぐらいで、一個だけあるのを見ていると、別に何の不思議はないが、庫《くら》一杯あるのを見ていると……あれァうんざりするような変なものだぞ」

と、急にひとりで失笑した。

「考えて見れば、なんでも、余分に集まったらそうだろうが、それで飯を食わせてもらうことになるとは考えなんだ」

「石鹸の泡に、海を夢見ているのも悪くなかろう。そんなことよりは、貴さまから戦争中の死神が落ちたのは何よりだった」

「出来るだけ長命《ながいき》して世の中を見ていたいという気持ちにはなった」

　と、牛木利貞は言った。

「昔を知っている奴が裁判にかけられているのを見ているのが一番つらかったが、それも冷酷なくらいに結果を眺めていられるようになったから変わったものだ。俺は傍聴に行きたいとまで考えた。俺にも、メスのあたる部分はあるだろう。避けてはならん。この外科手術で、日本が健康になってくれればと念じるのみだ。戦争以前に日本人の自分の力で何とかならなかったものかと思うのは、愚痴だ。ここまで来たのだ。じたばたせんで、手術台に、寝るだけじゃ。陶淵明《とうえんめい》（※105）なんて柄《がら》にもないものを見ていたら『日入って群動息《や》む』（※106）という文句があった。群動とは好い言葉だ。正に、日本は、群動だったからなあ。正体なんてなかった」

「しかし……」

　と、恭吾は、この頑固一途の古い友達が見出した自由な立場を悦びながら、言った。

「まだ、群動らしい」

「………」

「国亡びて群動息《や》まずさ。確固たる自分の意見で動いている奴があるのか、と思う」

隠岐達三の眼鏡をかけた顔を彼は思い浮かべた。

「国が狭い。それから、人間がだな、貧乏なんだ。貧乏なんだ！　夢なんて持つ余地がないのさ。人の脚を掬《すく》って飯を食うことだけ考えているのだ。情けないがね」

「そうばかりとは思わぬ」

「いや、暫くは、うんと無慈悲に日本人の出来の悪さを、つつき出さなけれァいかん。こいつも手術さ。いい加減で、いたわったら、未来のいつになろうが、えんえんと、群動息まずさ。原子爆弾の基礎になった中間子を世界の学界にさきがけて発見したのが日本人の学者だったのだ。優れた素質の奴はいるだろうが、それは日本人の標準にはならぬ。根が地面に降りている奴は、すくない。それから始めるのだ。群動、なるほど、何もかもそいつだなあ。根がない草が風次第で揺れ動く……」

淋しげな表情が、恭吾の面をかすめて過ぎた。

「軍の圧迫があったから戦争に協力したと今になってからいうのは、そういえばなるほどそれに違いないが、人間として卑怯者だ。ただ、動いたのだ。気違い染みた強い風に吹かれて動いたのだ。悲しいかな、動くように出来ていたともっと自分で気がついたら。ところで相も変わらず群動だけとはね。いつまでも根が地面に降りない」

「………」

「どうも悲憤慷慨《ひふんこうがい》だ」

と、恭吾は、自嘲するように笑った。

「日本の気候の中に帰って来ると、急に感傷癖が湧くのかも知れぬ。悲憤慷慨も確かにその一つだから。俺も、乾燥した外国の気候が、そろそろ恋しくなって来た。ひとりぽっちで、淋しいことは淋しかったが、どこへ行こうが自分でいられた。自他の区別が截然《せつぜん》と分かたれて面倒のない世界だった」

行きあたりばったりにあった酒場に入って、隅のテーブルで、二人はビールを飲んだ。客は多かった。どういう種類の職業の人たちか見当がつかないが、若い男たちが際限なく酒を注文して、乱暴に飲みながら、気勢を揚げていた。バンドが小さい舞台で演奏していたが、やがて客のテーブルを回って、注文に応じて興を添えた。女給が加わって東京ブギウギを歌い始めた。ふたりには初めて見る情景であった。

恭吾は、背広を着ているが僧侶とも見える牛木利貞が、女給たちが揚げる『へーい、へーい』というかけ声を驚いたように無邪気に聞いているのを眺めていた。老けて瘠《や》せていたが、柔和な顔に変化していた、もはや、軍服を着せても、とうてい似合いそうもない程度の変化である。

そして恭吾自身は、隠岐達三に会ってから受けた苦痛に似た感情を静かに反芻《はんすう》していた。伴子たちが、こうまでなつかしく可憐に思われ、胸の中に押し入って来るのを、どうにも防ぎようのないのが、たまらないことであった。

外に出ると、霧は前よりも深くなっていた。

「貴さまは何をしているのだね」

と、ふいと尋ねられて、

「いや、俺がたった今、そう考えていたところだった」

と、恭吾は答えた。

「自分では、それでよしとしているが、やはり足のない幽霊のような存在さ。俺には戸籍もないのだ。帰って来ても日本には軀をはめ込む場所もない。それからだな」

と、霧の中で、暗い顔を上げて言った。

「人間は生きていると、自分が生きたり働いたりしているのが、自分のためだけでなく誰かのためということがあるだろう。妻子のためとか、親のためとか……俺には、それがないのだ」

「…………」

「気がついて見たら、まったく自分のためだけに、今日まで生きて来たのだ。正に幽霊だ。何をする気になろう」

声が嗄《しわが》れた。後から来た自動車のヘッドライトがあたって、目の前の霧の上に黒く自分の影が動くのを恭吾は見た。夜はふけ、裏町には人通りもなかった。恭吾は言葉を改めて、箱根に宿を取っている、紅葉には早いが遊びに来ないかと言って、宿の名を教えた。

客

箱根強羅《ごうら》の恭吾の宿は、個人の別荘が時局の浪で旅館に模様変えしたもの、間取りに無駄や間の抜けたところがあり、ゆったりしていた。もともと個人の家だから、浴室は一つきりない。隣り合わせた洗面所の鏡の前で、剃刀を使っていると、仕切りの戸のない浴室の中から、他の客の話し声が筒抜けに聞こえていた。浴槽につかったまま話しているらしく、湯音もしない時があった。

「紅葉の頃だとな」

と、ひとりが言った。

ずっと年若い男の声が、これに答えた。

「でも、いいですよ。やはり、きれいですよ。こんなに樹が繁っていて。何んていったって、いいですねえ」

と、言って、

「岩だらけの裸山ばかり見ているのと違いますよ。それァねえ、僕は、その時担架に乗せられたまま、汽車の来るのを待って五時間も駅の地面に置いとかれたんでしょう。毛布に軀をくるんであったし、第一、弱っていて意識がぼんやりしているんですから、寒いなんて感じなかったけど、時々、目が醒めるようにしてあたりを見ると、空の冷たく青く晴れているのに、宙にちらちら粉雪が降っていて、岩ばかりの山や裸の地面が側に見えるので、ああ、まだ大陸にいるんだって気がつくんですけれど、また、うつうつとなって来ると、このまま気が遠くなって死んでしまうのかも知れないと自分でも考えながら、うっとりと自分の知っている日本の景色を夢のように考え出して見ている。何ともいえず嬉《うれ》しいのでした。それが、いま考えて見ると、何でもない、つまらない景色なんですよ」

「ふむ」

と、言って、軀を起こしたらしく湯を騒がす音がした。

「ただ、草や木の生えている日本の景色で、春のところを見ているのかと思うと、赤いのや黄いろい葉の入っている秋の山の崖の景色だったり、蟬でも捕りに行ったことのあるらしいどこかのお寺の境内の夏の景色なんですね。意識がはっきりしている時も、自分で一所けんめい、その続きを追って、日本の田舎の景色ばかり考えていようとしたんです。気分がはっきりして来ると、いつになったら汽車が来るか、待ち遠しくて我慢出来ないので、そうやってまぎらしていたんですね。変に、おやじのことや姉さんのことは、ちっとも頭に浮かんで来ないのです。知っている者のことを考えると、つらいと思ったわけでもないのに、人間のことは考えないで、内地の景色のことだけ熱心に思い詰めていたんです。いま、考えると、変だと思うんだけれど……その時は、そうでしたね。死にかけている時って、そういうものなんでしょうか」

「さあね」

「人間のことは先に離れてしまって、景色なんかの、自然のことが頭に残るものなのかなあ。ほんとうは親や兄弟なんかのことを一番、考えるはずなんだろうに、僕のは反対でした」

とーんと、湯桶を置いた音が、浴室の天井に、まるく反響を呼んだ。

「湯疲れするよ。上がろうかね」

夕食後に、毎夜寝る前の習慣で、コニャックのグラスを置き、ぽつねんとひとりで味わっていた。この琥珀《こはく》色した酒が、いつも恭吾の孤独を慰めてくれる。

庭の泉水の流れる音がしていた。電灯の輝く下に、畳の上にいて、水のせせらぎの中に坐っているようなものであった。京都でも賀茂川の流れの音を聞く例の旅館のほかに、方々の庭でこの忍びやかな水の音楽が、あたりの静けさを一層深めているのを聞くことが多かった。ただ一本の古竹を渡した筧《かけい》から滴《したた》り落ちる水の音の場合さえある。考えて見れば、外国人の生活には決して見られないことであった。どうして昔の日本人が、寝ていても起きていても、こうして不断の伴奏のようにして水を聞くのを好んだのか。

考えれば、変わった趣味であった。それももとより、水道の栓を開け放して置くのでは誰だって我慢しないのだから、やはり水の音でも天然に近いものを聞こうと構えているのだった。人工で作るとしても、なるべく自然の趣を損わぬように用意するのだ。青銅や大理石の彫刻した群像の立つ噴水のさかんに水の落ちる音とは違う。水を引く意欲は働いていながら、つつましくそれを隠そうと試みる。不思議な民族的な習慣なのである。

近代の公園の噴水を俗なものだと感じる点では日本人は共通しているのではなかろうか？日本にある人工の噴水が、どれも趣味も出来も悪いのとは別の話である。巴里あたりの美術的に出来上がったものを見せても、壮麗さを感じても、これはただそれだけのもので、それ以上の奥行も深みもないと感じるのに違いない。それにも拘わらず、掘貫《ほりぬき》井戸に湧く水の小さい囁きに、佇んで聞き入る日本人は多い。人間の意欲が露《あら》わになるのを嫌うのである。生活に制縛されて貧しいものに悦びを見出すのに慣れたというだけのものでなく、祖先から代々血の中に養われて来た特殊の感覚に違いない。外国人にはなく、断絶させてしまうのは、惜しい遺伝なのである。美しくないと誰が言えるであろうか？

恭吾は、流れの音を聞きながら、ひとりで物を思っていた。せせらぎは、灯の映っている天井の上にもあり、くすんだ色の壁の中にもある。夕方、剃刀を使いながら隣の浴室に聞いた若い復員兵の言葉を、静かに思い出した。奇《く》しく明るい心持ちである。重患で手術を受けるために汽車を待っている若い兵隊が、内地にいる近親のことを思うのでなく、平凡な自然のことばかり高い熱の中の幻覚に見ていたという。

鏡に向かっていて、恭吾は、涙さえ催しかけていた。かわいそうだし、いじらしい話であった。酒を掌に温めながら、いま考えて見ても、彼は頷くのだ。実に、血が物をいうのだ。つつましく、可憐に養われて来た日本人の血が。

同じ血が、自分の体内にも動いていた。人間のことを想うのは哀しい。自然だけが寄りかかっていて安心出来る。これが世界を股にかけて歩いて来た人間が、人生に見つけた結論なのだろうか？

恭吾は、次の間に誰か人が入って来たのを感じ、女中が夜具を敷きに来たものと信じて振り向かずにいた。

左衛子も坐っただけで、雨でも降っているような水の音の中に暫く黙って恭吾を見まもっていた。

苔の付いた岩を置き、木が繁っている夜の庭を見まもっていた視線が戻って来て、左衛子が坐っているのを見た時、恭吾はひどく驚いて顔色を動かした。和服姿は牡丹の花を見たように灯の下で明るかった。

恭吾と目が合っても、避けようとせず強い視線を受け止めながら、はっきりした声で言った。

「とうとう、私、まいりました」

戦慄が軀を走るように覚えたのは、そう言ってしまってからである。冷覚ではなく、皮膚を熱して快いものであった。恭吾が向けている強い瞳から、電流を受けたような感覚で、姿勢を崩して、手を落として畳に支えた。

「どうしたということだ」

と、恭吾は独語のように静かに言った。

「こちらへ来ていたのかね」

「ええ」

と、素直に受けて、

「昨日からです。今夜は、とうとう……伺いました」

「この家に？」

「いいえ、そんなこと、出来ませんでした。この上にある小さい宿屋です」

「お化けが出たと思った」

と、恭吾は、笑った。

「ひとりで、ぽつんとしていたところで、お化けだろうが何んだろうが歓迎したいところだったがね。これァまったく、おかしなひとが出て来た。どういう風の吹き回しだろう？　なるほど、牛木から聞いて来たのだろうが……コニャックをご馳走しようよ。女中にグラスを持って来させよう」

手を拍《う》って返事を聞くと、じっと考え込んだような顔付きで、卓に手を突いて無言でいたが、自ずと笑顔になって来るのを禁じ得なかった。

「夢を見ているようだ。それだけ日本が狭いのだろう。ところで君は、僕が明日はいなくなろうというところへ不意に出て来た」

「もう、お帰りでございますか。神戸においでなのでございましょう？」

目を上げて見まもりながら、

「よく知っているね」

と、また穏やかに微笑して、

「一旦は、それァ神戸へ帰るが、そこから、もっと遠くへ……どこへ行くのか知らぬが、また出かけるのだ、差し当たって香港《ホンコン》か上海《シャンハイ》だろう。一日違ったら、会えなかったところだ」

「また、外国へ……?」

「うむ、そうなのだ。そう出来ていたものと見える」

「せっかく、こちらへお帰りになって!」

「狭いんだ、マダム」

と、恭吾は、意志的な口調で、はっきりと言った。

「それに、自分の気性が、いつかシンガポールで話したような覚えがあるが、外国暮らしをするのに合っているようだ。余計な人情なんか感じないで、孤独な心持ちをごまかしなしに受け取ることなんだね。僕は日本に帰って来た。なつかしい祖国で故郷なのだ。それが、なんと、他所から客に来ただけのものになった。淋しいことさ。だが、僕という男は平気なのだ」

顔をそむけて、改めて、その淋しさと強く対決しているようなきびしい表情となった。

平静さはさらにみだれなかった。

過去に対して恭吾は、まったく赤の他人になりきっているのではなかろうか? あれだけ怖れて来ただけに左衛子には、思いがけないことだったし、わくわくする心の傾き方が不安定であった。恭吾は、平気らしく左衛子を見まもっている。悪意のない深い見まもり方である。あれだけのことも、もう忘れているのか、それともまだ左衛子がしたこととは知らずにいるのだろうか。

不意と物を投げ出したように恭吾は言った。

「僕は、自分の娘に会ったよ、マダム」

吐息の漏れるのを彼は隠そうとしなかった。静かな容貌であったが、目が次第に輝きを帯びた。

「日本へ帰って収穫はそれだけだった。しかし、これは大きい。生きる勇気を付けてもらったようなものだ。まったくのこと、何と言ったらいいのだろうね。子供とは、一体、何と言ったらいいものだろうね。不思議なくらいに僕は女房のことを考えずにいられる。しかし、子供のことは別だ。こんな可愛いものかと、驚いたのだ」

相槌を打ちたくてもお座なりには出来にくい重く厳《おごそ》かな心持ちが現われていて、左衛子は縛られているように動けなかった。

「これで……」

と、恭吾は、深い声で言った。

「悔いなく、僕は出発出来る。そうだね。また、どちらを向いても、無関係な人間ばかりの世界へ戻って暮らすのだ。朝ベッドで目をあいて見て、自分はひとりだ。町を歩いてもひとりだ。そして夜は、また自分ひとりの部屋に戻って、冷たい床の中に寝るばかりのこととなる。だがね、マダム。今度で僕は、自分に娘のあることを決して忘れられない。けなげに育って生きているのだと繰り返して思い出すことだろう。そして、いつか、良い時代が来たら、また、むさぼるような思いで見てやることも出来るのだ。こう思っていのちを曳き摺って歩くのだね。日本には拙《まず》い面《つら》を見せに帰ったようなものだったが、これだけ大きなものを受け取れば充分だったのだ。出かけるのだね、もう一度」

酔いも深かった。グラスが来ると、左衛子にも注いでやり、自分も新しく立て続けにあおって、相変らず強かった。

「子供のことを考えていると、心がきれいになるものだ。親とは、そういうものなのだな。マダム」

静かな声で深い感動を伝えた。そして、外の水の音を聞き入るような姿で、コニャックの盃を掌でかこって、黙り込んでいたが、やがて笑顔を起こしながら、呟くように言った。

「しかし、なんと、いろいろな人間がうじゃうじゃといることだ！　君はどうしたい？」

眠りから醒めたひとのように瞳を大きく、左衛子が知っている強い見まもりようであった。

「君はつくづくと変な女だなあ」

風を受けた花が揺《ゆら》いで匂うように左衛子は急に笑顔をひらいた。湯上がりの上に念入りに夕化粧した顔は皮膚が底光りしているような感じで、大胆な調子であった。

「覚悟はしてまいりました。お気のすむようになさって下さいまし」

「いや、恨みのことは後回しだ。賞めているのかも知れないよ。しかしいつまでもきれいだね」

「おひやかしになって」

「自分では、そう思ってないというのかね。日本流の謙遜はなさらぬことだ。君は日本で暮らしているだけで、日本人じゃないのだ」

ダイヤモンドのことを聞いて、左衛子は故意に判らなかったような顔を作っていた。その嘘までが彼女を美しく見せた。

「えらいものだね。利口に生きている。日本人の女には珍しいのじゃないか。それでいて君は淋しいなんてことを知らないでいるらしい」

「先生、まさか！」

「いや、そうでないよ。センチメンタルなところなんかない。日本の女には珍しい型だよ。男の僕なんかより、君は強いかも知れん。一年あまり僕はマラッカの牢に打ち込まれていた。三方が壁で入口の鉄柵を目隠ししてあるような独房だ。戦争が間もなく終わるとは考えていたが、先のことは、どうなることかわからぬから、過ぎ去ったことだけを復習するように思い出して見ては、慰めていたのだ。その時、君を殺してもあきたらぬ憎い奴だと思っていながら、妙に感心して来たものだ。生きて外へ出たら、必ず仕返しをしてやろうと思った。物を考えるのは十分以上に時間があったものだからね。とにかく高いところにある明かり取りの窓から、椰子の梢の先だけ見えているが、それ以外はコンクリートの壁か床を見ている他はないような毎日なのだ。これは、いろんなことを考えても仕方がない。自分の頭の中の影を単調な壁の上に追っているだけの始終さ。気が違いそうな心持ちにも時にはなる。その時、救いとなるのは、自分が心底から憎む人間を考えていることなんだ。他人を憎むということは健康なことなんだな。出たら、あいつをどうやって苦しめてやろうかと、いろいろ工夫して慰められているのだ。復讐の鬼の仕事だ。コンクリートの壁の中に、押し込められていると、人間はいくらでも残忍になれるものなのだ」

蒼ざめながら、左衛子は言った。

「逃げようとは致しません。わたくし」

「そうだよ。君は自分で出て来た」

「ええ、伺わずにはいられませんでした。夜も先生のことを考えると、切なくて眠れなかったし……町を歩いていても、いつ、お目にかかることになるのかと思って……苦しかったんです。

今は、ほっとしています。何もこわくなくなっています」

恭吾は、笑って見まもって言った。

「しかし、明日は僕が出かけてしまおうというところへ来たとはね」

左衛子は、うつむいていた顔を起こして両手で蔽《おお》うと、突き詰めた心持ちの声をかすらせて呻くように言って出た。

「いつかシンガポールで仰有って下さったように、抱いてもいいのか、と、もう一度、仰有って下さいまし」

恭吾は不敵で露骨な視線をあびせかけていた。両手で顔を隠して俯向いている左衛子の白い頸筋《くびすじ》に艶麗《えんれい》に動いて上がって来る血の色が見えた。

「こわいね」

と、彼は笑うようにして言った。

左衛子は、首を振って否定して見せた。今にも抱きすくめてくれるものと、軀は待ち設けていた。

「どちらの軀の血が冷たいかということだ」

と、恭吾は立ち上がりながら言った。

「失敬して、一と風呂、暖まって来る。どうも、僕の方が血が冷たいらしいからね。断わっておくがマダム、僕の考えた仕返しの方法も、君に着ている物を脱いでもらうことだった」

足音が畳の上を廊下に出て行った。それが浴室の方に消え去ると、左衛子は帯の間からコンパクトを出して、顔をなおした。胸の動悸が激しく、顔はまだ火照《ほて》っていた。ひとりになって水の流れの音に気がつき、耳を澄ました。爽やかな響きに聞き入りながら左衛子は、恭吾がまた外国へ出かけるというのを、自分の力で引き留めることが出来るように明るい空想を組み上げて来ていた。勝利が確信出来た。

やがて恭吾の帰って来たのを眩しいように感じながら目で迎えた。自分の征服の武器を確かに信じていられるので、左衛子は自から美しくなっていた。光は軀の奥深くから泉のように湧いて出て皮膚に輝きを加えていた。柔かい光の暈《かさ》のようなものである。黒髪もつややかに輝き、目や唇は強い期待に燃え立って焔を点じていた。

恭吾は、鏡台の前で櫛《くし》を使っていた。肩の厚みや、筋肉の緊《しま》りようがやはり美しい男振りであった。にくらしいほど平静でいる空気が粗野な性質はなく、潜伏している深い力を暗示していた。

「君は賭事をやったこと、ある?」

左衛子は首を横に振って見せた。

「だが、勝負に弱いひとじゃないらしい」

と、恭吾は言った。

「女のひと自体が、男よりはチャンスの神様に気に入られているらしい。僕の知っている君は、その中でも冒険者だね。ずっと上り坂を歩いて来たんだろう」

「先生だけに敗けましたのね」

「とんでもない」

と、恭吾は言った。

「だが、僕が賭に強くないとは言えない。海軍をしくじったのが、こいつだった。それがくやしかったし、一生をどうやって食うかとなって、賭事という賭事のプロバビリティ(※107)と取っ組むのを仕事にしたようなものだ。運と対決したら、のぼせ易くては駄目だ。冷たく計算を働かすことだ。狼狽しないで、潮時を待つことだった。いつも公平なのがチャンスの神らしい。おとなしく待っていると必ず、目を見せてくれる。マダム、ここでは待つことなしに、たった一度の勝負だ。君が勝つか、僕が勝つか、勝負の神様に判定してもらおうじゃないか」

左衛子は、恭吾が鏡台に置いてあったトランプを持って来たのを見て、笑顔をひらいて側に寄り添った。

「何か賭けますの?」

恭吾はトランプの札を撰《よ》っていた。

「ふたりの持っているもの全部、全財産かね」

「小さいんですこと」

「だがね」

と、恭吾は目を上げて左衛子を見まもって言った。

「負けると、元も子もなくして裸になるんだよ」

穏やかな普通の声だった。

「勝負のきめ方は簡単だ。赤が出るか黒が出るかでよい。マダム、ダイヤの札は、君に上げよう。ダイヤの女王をね。僕のはスペードだ。君が切って、君が札をめくりたまえ。今も言ったが、僕はこの道では、くろうとだから、長くやったり手の混んだものだと、必ず僕が勝つのはわかっている。子供の勝負のような簡単な方法が君のためだろう」

「ほんきなの?」

不安の色が、瞳にきざしていた。恭吾が冗談でないのが、それも、あまり静かで普通でいるのが原因であった。

「負けると、先生のお持ちになっていらっしゃるものを、すっかり私がちょうだいしますの」

「そうだよ。マラッカの監獄の中にいて、僕がしきりと考えたというのがそれさ。君が一番力にし大切にしているものをちょうだいすることだったんだ。しかし、君は女だからね。一番、公正な単純な方法を考えて見たのだ。僕はカルタに手を触れない」

左衛子は、顔に蒼みをさして沈黙していたのが、不意に声を立てて笑った。

「あたしは、このふたりのお金を、結婚させて一つにするのかと思ったんです」

「金だけをね」

と、恭吾は言った。

「大切なのは、人間の軀はつかっても減らないが金や財産はなくせば跡形なく失くなるということなんだ。なくなるものを失くした方が、誰にも手痛いんだからね」

「………」

「君は、勇気あるかね。それとも、今になって逃げたいだろうか」

「むごいことをお考えになったのね」

「いや、チャンスは公平に平等なのだ。僕が負けるかも知れないのだ」

「いいえ、そうじゃないんです」

と、消えていた炉の熾火《おきび》が風に会って一度に燃え立ったような烈しい顔色で、左衛子は艶麗に笑って見せた。

「わたくし、守屋さんがどなたよりも好きになっていたんです。好きで好きで、苦しくなったから伺ったんです」

「おどかさないで頂きたい」

と、恭吾は、どこまでも静かだし、穏やかだった。

「自分のしたことは、小さいことでも死ぬまで自分について回ります。僕の一代がそうだったから、君にそれを覚えて欲しいのだ。マダムは中世紀のナヴァルの女王の真似をなさった。(※108)この女王様はお気に召した男にお相手を仰せつけられると、翌《あく》る朝はご家来に命じて、生きながら布袋に封じ込んで、セーヌ河へお捨てさせになったものだ。美しい花なのに棘《とげ》があったんだ。刺さないで頂きたい。それよりも、きれいにダイヤモンドの女王を起こして、返り討ちに僕の方を裸になさってはどうです？　君は強いひとなのだ」

「堪忍してやると仰有って下さいません？　わたくし、どんなに心で悔んで来たか……知れないんです」

「僕の方は、もう、許すも許さないもない。思い切ったことをやったなあ、とむしろ、君の仕事を痛快に感じたくらいのものだ。日本人離れしていたからね。また、そのために、こんな僕には不当な対等の条件で、勝負を決めるつもりになっているのだ。君は負けるものと思い込んでいるのかね」

「負けるの平気ですわ」

「もしそうなら、運に強いものだよ。やってごらんなさい。もう、勝負をつけないと、気色の悪いことになるだろう。僕だけでなく、君がだよ。君というひとの気性はそんな弱いものじゃない。会って僕は面白かった。これから先も長く忘れないように、今夜だけは、もっと君らしくしてごらん。あした、僕は出発するのだ。お別れの晩だからね」

「ああ、そう……また、お出かけになりますのね? わかりましたわ。このトランプを切って……」

左衛子は単純なこの勝負には勝つことがありそうな気もして来た。すると勝ちたいと思い、血が顔に上って来た。自分でトランプを切り、卓の上に伏せた。

「ダイヤモンドの女王が先に出れば、私の勝ちなんですね」

「そうなのです。マダム」

「運だけね」

「そうです。運だけだ」

左衛子は身を起こした。トランプに差し伸べた白い手は、自分も心配したほど慄えも見せず、花のように華奢《きやしや》に静かに動いた。数枚の札が起こして卓に捨てられた。

「出ないわ」

「出ますよ。マダム。君が勝つだろう」

スペードの女王の札が、実に黒々とした感じで出て来た時に、さすがに左衛子は、あっと口走った。

「勝ったか」

と、恭吾は言った。

「運がなかったんだな」

手を伸ばして残った札をめくって見ると、一枚置いた下にダイヤの女王は重なっていた。そういうこともあると知っていて、恭吾は驚きもしなかったし、左衛子に向けて、くやみも言わなかった。

「明日、早いんだ。今夜は失敬させて下さい」

翌朝、左衛子が訪ねて見た時、恭吾は小田原で朝の急行に乗るといって自動車で山を降りて行った後であった。山の上の秋の大気の中に朝日を受けて庭木の枝の一本ずつが冷たく明るい。宿に置き手紙があって香港上海《ホンコンシャンハイ》銀行の信用状が添えてあり、記入してある金額だけ左衛子の方からも出して浮浪児か戦災者の何かに約束どおり寄付して欲しいと申し入れてあった。署名は、エヘノジュルスとなっていた。左衛子は忘れてしまっていたが、刑場へ曳かれて行く基督《キリスト》を辱かしめた劫罰《ごうばつ》で永久に死の安息に恵まれることもなく、地上をさまよって苦しんでいる伝説の猶太人の名前であった。エヘノジュルスの淋しさ切なさを彼はこの署名に込めていたのである。

用語注釈一覧

（※1）　マライ半島南西部にある港町。マラッカ海峡にのぞむ、半島最古の都市の一つ。旧イギリス領海峡植民地。太平洋戦争中、日本軍が一時占領していたが、のち一九五七年独立、さらに一九六三年九月以降、マレーシア連邦に属する。

（※2）　過去において特別の美容法を行ない、十分皮膚の手入れをした時期があった。

（※3）　ブンガはマライ語で花の意、チナは英国でカーディニア、日本ではくちなしの花に同じ。

（※4）　一五〇六〜五二。スペイン人で、日本最初のキリスト教伝道者。インドからマラッカなどを経て、天文一八年（一五四九）鹿児島に上陸し、平戸・山口・京都・島原など各地に布教した。のち、中国広東《カントン》湾の上川島で熱病にかかって没した。遺体はゴアの教会に葬《ほうむ》られている。

（※5）　一八七七〜一九五三。フランスの画家。印象派から出発し、立体派の影響をうけたが、やがて軽快なタッチと単純な色彩で独自の画風を開いた。風景画にすぐれ、特に南フランス海岸を描いた作品は、明るい生気に満ちていて傑作が多い。

（※6）キリスト教のこと。イエス（Jesus）の漢語訳。昔わが国において、キリストおよびキリスト教をさして言った言葉。

（※7）外国に定住する中国商人。東南アジアを中心として全世界に散在し、強固な経済的勢力をつくり、政治・経済に大きな支配力をもつ者が多い。

（※8）天官は福を賜《たま》い、五福は門に臨《のぞ》む。天官（道家の三官神の一つで、天神のこと。）は正月十五日（上元節）下降して人民に幸福をお与えになり、五福（長寿・富裕・健康で無事・道徳を楽しむ、天命を全うする。）はわが家に入ってくる、という意。

（※9）柱・壁などの左右に、相対《あいたい》してかける細長い板で、書画・対句《ついく》などを書く。

（※10）三個。顆は接尾語で、宝石などを数えるのに用いる。

（※11）シンガポールのこと。太平洋戦争中、日本軍が占領していたころの呼び名。

（※12）時と場所に応じて出没奇襲して敵の後方をかき乱す小部隊。語源的にはスペイン語で小戦争の意。

（※13）一対《つい》になっている聯《れん》。意味が相《あい》対して一対になった漢詩・漢文などの文句。

（※14）昔中国で、婦人が足や足指に長い布を堅くまきつけ、足が大きく成長しないようにした風習。足の小さいのが美人としての必要条件であった。

（※15）孫文《そんぶん》（一八六六～一九二五）の字《あざな》。近代中国の民主主義政治家。広東省の人。三民主義をとなえ、国民党の基礎を固め、革命の途中で病死したが、のち国民政府から国父と称され、今日も尊敬を受けている。

（※16）中国人が沿岸や内陸の河川で輸送に用いる帆船。船体は平底で数十トンの小形から大形は四百トンに達するものもある。

（※17）インドネシアのスマトラ島北西端の沖にある小島ウェーの港町。インド方面からシンガポールへ向かう航路上の寄港地として利用されることが多い。

（※18）誇張的。人に見せびらかそうとするようす。

（※19）西太平洋、ポリネシアの北西端にある小環礁。ハワイと極東間のほぼ中間にあたるので軍事上航路上重要視され、現在アメリカ海軍の要港。太平洋戦争の初期、この島の攻防をめぐって日米両海軍が激しく戦い、日本軍は敗れた。

（※20）商品を売るだけで人の住まない簡単な店。

（※21）フランスの化粧品会社の名称。一九〇五年フランソワ・コティによってパリに設立されたもので世界的に有名。

（※22）孫文（号は中山）の日常着ていた服に似た中国服。

（※23）放浪しながら音楽をかなでる人。チェコスロヴァキアの首都プラーグ出身者が多いところから一般化した名称。

（※24）京は南京《なんきん》、蘇は江蘇省のことで、中国中部の料理。

（※25）数字のついた円盤を回転させ、玉をころがしてあてる遊びで、賭博の一種。

（※26）トランプ遊びの一つで、賭博《とばく》の一種。

（※27）鳥の名。夜鷹《よたか》。夜行性で鷹に似た色彩や斑紋をもつ。夕方から夜にかけ、また夜明けにキョ、キョと低く長く鳴く。

（※28）南方にすむトカゲに似た小動物。トッケー、トッケーと鳴く。

（※29）中華民国の国旗。紅地の左上方に青天白日を染めた旗。

（※30）くぐって出入りする小さな戸口。

（※31）旧制で、刑務所の長官の称。今の刑務所長にあたる。

（※32）ヨーロッパ人とアジア人との混血児。

（※33）すそまである長い中国服。

（※34）いかだかずらの花。一名ブーゲンヴィレア。おしろいばな科の灌木《かんぼく》。花をつつむ筒状の苞《ほう》が紫・緑・バラ色などで美しく、観賞用として栽培される。ブラジル原産。

（※35）ありがとう。中国語。

（※36）腰にサロンを巻き、襟《えり》のない中国服のような上衣をつける。

（※37）　フィリピン中部のヴィサヤ諸島の中の島。ルソン島とミンダナオ島の間にある。ここは一九四四年（昭和一九年）一〇月二三日から二六日まで、日本とアメリカの海軍が全力をあげて戦い、日本側が敗れたレイテ沖海戦の記事をさす。

（※38）　危険な事態が目前に迫り、国家が存在しつづけるか亡びるかせとぎわの時。

（※39）　中国で、荷物運搬などをする下層労働者。人夫。

（※40）　マレーシア連邦の首都。マライ半島のほぼ中央西寄りにある。現在は、政治の中心地であるとともに、華僑が人口の過半数を占め、その商店街が繁栄している。

（※41）　唐時代に焼かれた軟質陶器のうち、褐色・緑色・藍色《あいいろ》の鉛釉薬《なまりうわぐすり》でいろどったもの。

（※42）　インドのアグラ市にある有名な墓廟《ぼびょう》。ムガール王朝のジャー・ジャハーン帝が熱愛した妃のために建てたもの。

（※43）　突然やって来た、ふだんからなじみのない客。

（※44）　おおまかで小さい事にこだわらないさま。

（※45）「助六」は歌舞伎狂言「助六由縁江戸桜《ゆかりのえどざくら》」の通称。歌舞伎十八番中の一つで津打治兵衛《つうちじへえ》の作。通人は花柳界の事情に明るい人をいう。「助六」に出てくる通人は、吉原へひやかしにくる客たちで、花川戸助六の股《また》をくぐることになっている。

（※46）　昭和二一年、新《あら》たに発行された日本銀行券。旧円による貯金は同年二月一六日公布された金融緊急措置令によって封鎖され、一定の金額だけ新円で交付されることになった。ついで三月公布の物価統制令により旧円の使用は停止された。

（※47）コカの葉から採取したアルカロイド。麻痺《まひ》剤として用いられる。連用すると中毒症状となり、常用せずにはいられなくなる。

（※48）安直の略。簡単で安あがりの意。

（※49）NHKのラジオ娯楽番組の一つにあったもの。数名の出演者に二十まで質問を許して答えをあてさせる遊戯。

（※50）イタリア、ボルサリノ社のことで、この会社製の帽子は高級品として世界的に有名。

（※51）帝釈天《たいしやく》につかえ、四方を守るという持国《じこく》天王（東方）・増長《ぞうちよう》天王（南方）・広目《こうもく》天王（西方）・多聞《たもん》天王（北方）の四神。

（※52）一一四八～一二二三。鎌倉時代初期の仏像彫刻家。定朝《じようちよう》の玄孫康慶《こうけい》の子。写実的で剛健な作風をもって鎌倉期彫刻界の指導的役割りを果たした。東大寺南大門仁王像、興福寺北円堂の諸仏などが代表作。

（※53）神奈川県鎌倉市山の内にある臨済宗円覚寺派の本山。瑞鹿山はその山号。北条時宗の発願により一二八二年（弘安五年）無学祖元が開山した。鎌倉五山の一つ。

（※54）鎌倉市山の内にある臨済宗建長寺派の本山。山号は巨福《こふく》山。北条時頼の発願により一二五三年（建長五年）宋僧蘭溪道隆《らんけいどうりゆう》（大覚禅師）を招いて開基。鎌倉五山の一つ。昭堂は重要文化財に指定されている。

（※55）一二二六〜八六。鎌倉時代後期の帰化僧。無学は号で、字《あざな》は子元。臨済宗の大学者であった。北条時宗に招かれて宋から来日し、建長寺に住み、のち円覚寺を建てた。

（※56）一二五一〜一二八四。鎌倉幕府の執権。時頼《ときより》の子。通称相模《さがみ》太郎。強い性格の持主で、文永・弘安の役《えき》によく元寇《げんこう》を防ぎ国難を救った。

（※57）鐘の曲。

（※58）建長寺の裏山にある僧坊。

（※59）カストリ焼酎《しようちゆう》を売る店のつづいている横丁。カストリ焼酎は、米または芋から急造し、粕《かす》をこして除いた密造酒。

（※60）フォービズムの略。野獣派。二〇世紀の初め、従来の画風に反発して青年画家たちのはじめた革新的な新奇な画風。太い線を用いて大胆な単純化を行なう手法が特色。マチス、ルオー、デュフィなどがその中心画家。

（※61）東京都墨田区吉原にある病院。以前、売笑婦の性病検査や治療などを専門に行なっていた。

（※62）支払いをする。

（※63）イギリスの作家コナン・ドイル（一八二六〜八三）の作品である一連のシャーロック・ホルムズものに登場する名探偵の名。ここは左衛子が女性のため、「夫人」としたもの。

（※64）昭和一一年に、猪熊弦一郎《いのくまげん》らにより創立された洋画家団体。

（※65）上品な、香水のかおり。

（※66）国家や政府の承認・保護を受けた官学的美術の保守的で伝統的な正統派。

（※67）ステープル・ファイバーの略。人造繊維を短く切り、ちぢらせたもの。人造羊毛。

（※68）盗品を売買する市場。小盗児は中国語でこそどろ、こぬすびと。

（※69）安藤広重。一七九七〜一八五八、江戸時代末期の浮世絵師。江戸の人。はじめ美人画や役者絵を描いたが、のち風景画と花鳥画に独自の画風を築いた。作風は客観的で静寂かつ俳諧的な詩趣にみちている。「東海道五十三次」など傑作多数がある。

（※70）一冊一円均一の全集本。大正一五年に改造社が「現代日本文学全集」を刊行したのが始まりで、昭和初期、円本時代を現出した時期があった。

（※71）竹の子生活のことで、生活費にあてるため、竹の子の皮をはぐように衣服その他の持ち物をつぎつぎと売っていく苦しい生活。

（※72）欲がなくあっさりしているさま、物ごとに執着しないさま。

（※73）華中は中国中部、華北は中国北部の称。

(※74) 読者を威圧する構えで全世界に関係するような広い範囲の概念を扱うこと。

(※75) 京都市の東部を流れる川。市街を南流し、下流は南西に転じて淀《よど》川の支流桂川《かつらがわ》に合流している。

(※76) 気分が晴れ晴れなさらないでしょうね。

(※77) 京都市、賀茂川の東方一帯に連なる山の総称。古来、東山三十六峰《ぼう》といわれている山々。

(※78) 京都市左京区の東山《ひがしやま》の中にある如意岳《にょいがたけ》の通称。毎年八月一六日の夜、山の西側中腹で「大」の字の形に篝火《かがりび》をたくのでこの名がある。

(※79) 西陣にある元誓願寺通りのこと。東西に通じている裏通りである。西陣は京都市の北西部、上京、北の両区に亘る区域で絹織物の産地として名高い。

(※80) 内側に横木をとりつけ、柱に穴をあけて、横木をその穴に差しこむ装置になっている戸。

(※81) ベンガラ(Bengaraオランダ語)の宛て字。土を焼いてつくる赤色の顔料。主成分は酸化第二鉄。さびどめ・みがき剤として用いられる。

(※82) 京都市東山区にある坂道で、石段道になっている。古くは二年坂三年坂といった。

(※83) 京都市東山にある法相宗および真言宗の寺。もとは法相宗。延暦二四年(八〇五)

坂上田村麻呂《さかのうえのたむらまろ》により建立された。

（※84）清水寺の本堂は音羽山中腹の崖《がけ》にかかり、桟敷《さじき》が張り出している造りなので「清水の舞台」とよばれる。

（※85）西芳寺《さいほう》の別称。京都市右京区松尾井戸町にある臨済宗天竜寺派の寺。境内《けいだい》の美しい庭苔からこの称がある。

（※86）京都市右京区竜安寺御陵ノ下町にある臨済宗妙心寺派の寺。相阿弥《そうあみ》の作になる石庭で有名。

（※87）一八四四～九六。フランスの詩人。マラルメ、ランボーとともに象徴派の代表的詩人のひとり。

（※88）祥瑞の作った染め付け磁器のこと。釉薬《うわぐすり》が白く光沢があり、幾何学的模様が描かれ、みやびやかな趣に富む。祥瑞については諸説あり、伊勢の国の陶工で、通称五郎太夫《だゆう》のことといい、また一説に祥瑞は中国の地名あるいは明《みん》の陶工で、五郎太夫に陶法を教えたともいう。

（※89）宇治、平等院の本堂の称。阿弥陀堂ともいう。鳳凰（鶴に似た想像上の鳥）が空を飛ぶ形を模した建造物。

（※90）東洋における美的理念の一つ。簡素なものの中に存在する閑寂な風趣。茶道・俳諧などでいう。

（※91）わびと同様美的理念の一つで、閑寂味の洗練されて純芸術化されたもの。蕉風俳諧の根本理念をなす。

（※92）京都市北区金閣寺町にある鹿苑《ろくおん》寺の別称。足利義満の山荘であったのを死後遺命により寺としたもの。庭内の三層の建物、いわゆる金閣が残っていたが昭和二五年焼失。現在のものはその後再建した。

（※93）京都市左京区南禅寺町にある臨済宗南禅寺派の大本山。亀山上皇の離宮を寺としたもの。

（※94）禅宗で寺の住職が居住する所をいう。天竺《てんじく》（インド）の維摩《ゆいま》の居室が一丈四方の広さであったという故事による。

（※95）簿記用語で、貸借対照表のこと。ここでは恭吾という人間のすべてを明らかに示すもの、という意。

（※96）岐阜特産の提灯。骨は細く、薄い美濃紙をはり、草木花鳥などの絵を描く。夏の夜、軒端などにつるして飾りとする。

（※97）京都市の東北方にそびえる山。天台宗の総本山延暦寺は東の峰、大比叡（八四三メートル）の中腹にある。

（※98）虫籠《むしこ》造り。虫かごのようにこまかい格子《こうし》造り。

（※99）庭球用のラケットの網。猫・羊・豚など動物から作った線条。

（※100）二等車のこと。現在のグリーン車にあたる。

（※101）三等車。現在の普通車のこと。

（※102）一八六四～一九三六。フランスの詩人、小説家。アナトール・フランスと並び称された作家。その作品は感覚的で情趣深い描写にすぐれる。代表作に「燃え上がる青年」「ド・ブレオ氏の色ざんげ」「深夜の結婚」などがある。

（※103）オランダの航海家。慶長五年（一六〇〇）、豊後国《ぶんごのくに》（今の大分県）に帆船でアダムズとともに漂着。のち徳川家康に用いられ、江戸に居住した。

（※104）男子用の、袖なし外套。俗称とんび。

（※105）三六五～四二七。六朝《りくちょう》時代の晋《しん》の詩人。名は潜。官界生活八十余日で職を辞す際、「帰去来辞」を作ったのは有名。

（※106）「飲酒」と題する二〇首中の「其七　秋菊有㆓佳色㆒」にある一句。太陽は西山に入って、昼の間動いているさまざまのものは休息すべき時になった、という意。

（※107）みこみ。勝算。確率。

（※108）十三世紀のフランス国王フィリップ四世の王妃ジャンヌ・ド・ナバールのこと。

P+D BOOKS ラインアップ

三匹の蟹　大庭みな子　●愛の倦怠と壊れた〝生〟を描いた衝撃作

冥府山水図・箱庭　三浦朱門　●〝第三の新人〟三浦朱門の代表的2篇を収録

虚構の家　曽野綾子　●〝家族の断絶〟を鮮やかに描いた筆者の問題作

地を潤すもの　曽野綾子　●刑死した弟の足跡に生と死の意味を問う一作

プレオー8の夜明け　古山高麗雄　●名もなき兵士たちの営みを描いた傑作短篇集

白球残映　赤瀬川 隼　●野球ファン必読！胸に染みる傑作短篇集

P+D BOOKS ラインアップ

ソクラテスの妻　佐藤愛子　●若き妻と夫の哀歓を描く筆者初期作3篇収録

女優万里子　佐藤愛子　●母の波乱に富んだ人生を鮮やかに描く一作

黄昏の橋　高橋和巳　●全共闘世代を牽引した作家〝最期〟の作品

堕落　高橋和巳　●突然の凶行に走った男の〝心の曠野〟とは

生々流転　岡本かの子　●波乱万丈な女性の生涯を描く耽美妖艶な長篇

長い道・同級会　柏原兵三　●映画「少年時代」の原作〝疎開文学〟の傑作

P+D BOOKS ラインアップ

居酒屋兆治　山口瞳　●高倉健主演映画原作。居酒屋に集う人間愛憎劇

血族　山口瞳　●亡き母が隠し続けた私の「出生秘密」

家族　山口瞳　●父の実像を凝視する『血族』の続編的長編

マリリン・モンロー・ノー・リターン　野坂昭如　●多面的な世界観に満ちたオリジナル短編集

帰郷　大佛次郎　●異邦人・守屋の眼に映る敗戦後日本の姿とは

夢の浮橋　倉橋由美子　●両親たちの夫婦交換遊戯を知った二人は…

（お断り）

本書は１９６６年に旺文社より発刊された文庫を底本としております。
あきらかに間違いと思われるものについては訂正いたしましたが、
基本的には底本にしたがっております。
また、底本にある人種・身分・職業・身体等に関する表現で、現在からみれば、
不当、不適切と思われる箇所がありますが、著者に差別的意図のないこと、
時代背景と作品価値とを鑑み、著者が故人でもあるため、原文のままにしております。

大佛次郎（おさらぎ じろう）
1897年（明治30年）10月９日―1973年（昭和48年）４月30日、享年75。神奈川県出身。本名は野尻清彦（のじりきよひこ）。1964年文化勲章受章。代表作に『赤穂浪士』『パリ燃ゆ』など。

帰郷

2018年10月16日　初版第1刷発行
2024年6月12日　第6刷発行

著者　大佛次郎
発行人　五十嵐佳世
発行所　株式会社　小学館
〒101-8001
東京都千代田区一ツ橋2-3-1
電話　編集　03-3230-9355
販売　03-5281-3555
印刷所　大日本印刷株式会社
製本所　大日本印刷株式会社
装丁　おおうちおさむ（ナノナノグラフィックス）

ISBN978-4-09-352349-3

P+D BOOKS